W0361048

Volker Surmann

Die Schwerelosigkeit der Flusspferde

Roman

© Querverlag GmbH, Berlin 2010

Erste Auflage März 2010

Alle Rechte vorbehalten. Kein Teil des Werkes darf in irgendeiner Form (durch Fotokopie, Mikrofilm oder ein anderes Verfahren) ohne schriftliche Genehmigung des Verlages reproduziert oder unter Verwendung elektronischer Systeme verarbeitet, vervielfältigt oder verbreitet werden.

Umschlag und grafische Realisierung von Sergio Vitale unter Verwendung eines Fotos von © Eric Isselée (Fotolia.com)
Gesamtherstellung: Norhaven A.S.
ISBN 3-89656-178-7
Printed in Denmark

Bitte fordern Sie unser Gesamtverzeichnis an:
Querverlag GmbH und Salzgeber & Co. Medien GmbH
Mehringdamm 33, 10961 Berlin
www.querverlag.de • www.salzgeber.de

„So fuhren wir durch das kühler werdende
Zwielicht weiter auf den Tod zu."
F. Scott Fitzgerald („Der große Gatsby")

„Darum glaubt mir, Freunde, wenn ich euch sage:
Und würde morgen die Welt untergehen,
so würde ich mich heute noch vor ein Flusspferdgehege pflanzen."
Heiko Werning („Das Flusspferd")

[32. Sitzung]

– *Wo waren Sie?*
– *Weg.*
– *… weg.*
– *Tut mir leid.*
– *Sie wissen, dass Sitzungen, wo der Klient nicht erscheint, privat abgerechnet werden müssen. Das zahlt keine Kasse.*
– *Ich weiß. Dann ist das wohl so.*
– *Ich muss zugeben … Dass Sie einfach ein paar Sitzungen nicht kommen, hat mich überrascht.*
– *Ganz ehrlich? – Mich auch.*

1 [Kaltenbüttel]

Yannick Herbst trat von der Bühne. Ein wohliges Glücksgefühl ritt noch die Applauswelle, bis sie verebbte, sich totlief auf einem Strand, der hier aus Torfmoor bestand. Der Kleinkunstabend in der Alten Meierei Kaltenbüttel war zu Ende. Vierzig zufriedene Zuschauer verließen den zum Theater umgebauten Geräteschuppen einer ehemaligen Landmolkerei und trollten sich in die dunkle Ödnis der niedersächsischen Provinz.

Es war ein guter Abend gewesen. Ein guter Abend eines durchwachsenen Tages, an dem die Lustlosigkeit im Käfig seines Hirns auf und ab getigert war und an fast jedem Nervenknoten das Bein gehoben und ihr Revier markiert hatte. Lustlos war Yannick in Berlin aufgebrochen, lustlos war er in den Zug gestiegen, lustlos war er in Uelzen aus- und in den Bus nach Kaltenbüttel umgestiegen. Mein Gott! Der nächstgrößere Ort war Uelzen! Das sagte doch schon alles! Lustlos hatte er folglich die Bühne eingerichtet und sie später betreten. Erschrocken hatte er registriert, dass nur eine Handvoll Leute in seinem Alter war, der Rest Mitte fünfzig. Von der Bühne blickte er in eine Art Lehrerzimmer.

Nur ein attraktiver Junge, Anfang zwanzig mit sympathisch unfrisierten, schwarzen Haaren, hatte seine Aufmerksamkeit auf sich ziehen können. Er saß in der letzten Reihe, offensichtlich allein. Yannick hatte ihn angelächelt, als er seine Nummer über eine Lehrerclique auf einer Geburtstagsparty vorbereitete: „Smalltalk hat ja schon sehr viel von einem Guerilla-Krieg an sich, aber Smalltalk unter Lehrern fällt unter das Kriegswaffenkontrollgesetz", hatte er gewitzelt, und das ganze Lehrerzimmer hatte gelacht.

„Ganz schlimm ist, wenn Lehrer Witze erzählen." Lacher. Hier hatte noch nie jemand gelacht, aber offenbar kannte sich sein Publikum bestens aus.

Es musste am Berufsstand des Pädagogen liegen. Niemand ließ sich so gerne von der Bühne aus abwatschen wie Lehrer und Sozialpädagogen, ausgenommen vielleicht noch Politiker. Als ob es ihnen nicht reichte, in ihrem Job ständig fertig gemacht zu werden. Yannick fragte sich, ob Masochismus dereinst als Berufskrankheit für Pädagogen anerkannt werden würde und wann wohl der erste Lehrer Beihilfe für SM-Spielzeug einklagte.

Dann folgte wie immer der Witz, den mal sein eigener Philosophielehrer im Unterricht erzählt hatte: „Was sitzt im Lehrerzimmer mit 'nem IQ von hundertzwanzig?"

Hier setzte Yannick immer eine kurze Kunstpause, zögerte, bis es still war im Saal, und gab dann die Antwort: „Drei Sportlehrer!" Wieder ein Lacher.

Damals, in der elften Klasse hatte Yannick nichts Besseres zu tun gehabt, als diesen Spruch umgehend auf der Klatschseite der Schülerzeitung zu veröffentlichen, was kurzfristig zu einer erbitterten Feindschaft der Fachkonferenzen Philosophie und Sport geführt hatte.

Yannick legte nach: „Ich hab den Witz mal auf einer Party erzählt, wo auch viele Lehrer waren. Alle haben gelacht – bis auf einen." Verhaltene Lacher.

An dieser Stelle wussten die meisten Zuschauer stets, was kommen würde, was kommen musste. Natürlich war es ein Sportlehrer, der nicht lachte. Prompt lachten wieder alle: die eine Hälfte des Saals, weil sie den Witz erst jetzt kapierte, die andere, weil sie ihn schon vorher verstanden hatte und sich bestätigt fühlte. Doch dann drehte Yannick den Gag unerwartet herum und legte noch einen drauf: „Ja, der hatte den Witz nicht verstanden."

Yannick Herbst liebte diesen Gag; derartige Kombinationen fielen ihm nur selten ein. Sie waren pures Gold für Komiker. Der Saal hatte getobt. Nur ein Endfünfziger in der ersten Reihe hatte sich, offensichtlich nur seiner weiblichen Begleitung zuliebe, ein mühsames Lächeln abgerungen. Yannick hatte ihn angesprochen: „Sie gucken so ernst. Sind Sie etwa zufällig Sportlehrer?" Ein hysterischer Kiekser seiner Begleitung. Prompt hatte auch das restliche Publikum zu kichern begonnen. Volltreffer. „Nicht wahr?! Sie sind wirklich Sportlehrer!" Das Publikum hatte gejohlt und Yannick einen Geistesblitz gehabt: „Soll ich den Witz noch mal langsam wiederholen?“ Kreischende Lacher, Szenenapplaus. Yannick Herbst war in seinem Element gewesen.

Doch nun hatte Yannick Herbst sein Element verlassen und widmete sich anderen Elementen.

Inzwischen stand er am Tresen und trank bereits das zweite Glas Rotwein. Langsam spürte er eine wohltuende Wärme in sein Großhirn aufsteigen, wo sie sich eine bequeme Hängematte aus Synapsen und Ganglien knüpfte und ihr Kopfkissen aufschüttelte. Yannick Herbst wurde müde. Mühsam hangelte er sich durch den üblichen Smalltalk mit den Gästen und Veranstaltern. „Der Georg“ (Deutsch und Geschichte) hatte Tresendienst, dabei den angebotenen Produkten selbst wohl ordentlich zugesprochen, und redete auf Yannick ein, wie professionell er auf der Bühne wirken würde.

„Ja ja, danke“, sagte der und schaute sich im Saal um. Der Twen mit der hübschen Wuschelfrisur stand etwas abseits umringt von einigen Binnen-I-TrägerInnen. Yannick gab ihn auf. Er freute sich auf sein Bett im Hotelzimmer.

„Iris, wie sieht es aus, bringt ihr mich gleich ins Hotel?“

„Die Iris“, Georgs Frau (Französisch und Textiles Gestalten) und Sprecherin des Kulturvereins, ein freundlicher Muttertyp mit gelegentlich angestrengt wirkendem Blick, drehte sich entrüstet zu ihm um: „Ach was, du schläfst doch bei uns.“

Scheiße. Yannick wusste, was das bedeutete: Noch mehr Rotwein, noch mehr sinnloser Smalltalk, mindestens einmal mehr die Fragen, ob er von seinem Job denn leben könne und worin denn nun genau der Unterschied zwischen Kabarett und Comedy bestehe. „Britta kommt auch noch mit und Simon natürlich. Dann können wir bei uns noch einen trinken.“

Das hatte er befürchtet.

„Wer ist Simon?“

„Unser Sohn.“ Iris Blick schwenkte zu dem schwarzen Wuschelkopf.

Wenigstens eine kleine Entschädigung für ein ausgefallenes Hotelzimmer.

Britta war Anfang fünfzig mit kurzen, schwarzen Haaren. Yannick wollte kein Unterrichtsfach für sie einfallen. Kosmetikfachschule, dachte er, als er des perfekten Make-ups und der stark gezupften Augenbrauen gewahr wurde.

Bald saßen sie zu viert in Iris' und Georgs Fünfziger-Jahre-Backstein-Häuschen in der Küche. Simon hatte sich aber sofort in sein Zimmer verzogen, weil er am nächsten Morgen mit seiner Freundin zu einem Fußballspiel wolle. Freundin. Fußball. Zwei Worte, dieselbe Enttäuschung. Yannick goss sich daraufhin einen weiteren Rotwein ein. Er schaute auf die Flasche: Von einem billigen Bardolino im Kulturhaus zu einem schweren Merlot. Das ist überhaupt nicht gut; Rotweine soll man nicht mischen, dachte Yannick und nahm einen großen Schluck.

„Soll ich ein paar Schnittchen machen?", fragte Iris, den Kopf schon im überdimensionierten Kühlschrank auf der Suche nach Aufschnitt und Butter. Yannick nickte: „Ich brauch eine Grundlage", nuschelte er.

„Ich kann's immer noch nicht fassen, dass du wirklich schwul bist", ereiferte sich Britta. Yannick lächelte etwas gequält. Ja okay, er war schwul, er hatte es auf der Bühne erwähnt, aber was war schon dabei? Heute waren doch alle schwul.

„Ja, genau, du, du wirkst so ... männlich auf der Bühne", schaltete sich Georg ein, während er eine weitere Flasche Rotwein entkorkte. Dabei waren ihre Gläser noch voll.

„Ehrlich!", fuhr Britta fort. „Ich bin seit zwanzig Jahren Stewardess und dachte, ich könnte es sofort erkennen."

„Schon gut, ich werde in Zukunft mit einem Safttablett auftreten."

Iris stellte die Schnittchen auf den Tisch: viel Wurst, viel Käse, schweres Brot. Yannick griff zu.

Die nächste Flasche war ein Weißwein. Yannick lehnte ab. Britta hatte sich hicksend verabschiedet, nachdem Yannick die wirtschaftliche Situation eines selbständigen Komikers ausführlich dargestellt und während einer halbstündigen Diskussion möglicher Abgrenzungskriterien zwischen Kabarett und Comedy mindestens sechs Salamistullen vertilgt hatte. Er hoffte, diese Grundlage war ausreichend schwer, um noch rechtzeitig unter den Alkoholspiegel zu sinken.

„Du, du bist so ... so anders als sonst, wenn du da vorne stehst", lallte Georg. „Du, du wirkst so männlich."

Nicht schon wieder. Yannick spürte Unbehagen in sich aufsteigen. Schwungvoll goss er sein Glas mit Weißwein voll und trank einen großen Schluck. Sein Unwohlsein blieb. Er kannte viele Vorurteile über Schwule. Dass sie besonders männlich wirkten, gehörte nicht dazu.

„Da vorne auf der Bühne, da oben, also da wirkst du so … so *potent.*"

Yannick verschluckte sich am Weißwein. Bitterer Traubensaft stieg ihm vom Rachen in die Nase. Er hustete und alkoholhaltiger Schnodder drang ihm aus den Nasenlöchern.

Georg beachtete ihn nicht: „Weiß' du, Yannick", er beugte sich vor und legte seine Hand mitten auf den Tisch, als erwartete er, dass Yannick die seine darauf legte. Doch der hustete noch immer in seine hastig gegriffene Serviette.

„Du … du bist schwul, Yannick, und ich bin bi." – O Gott.

Iris sprang auf: „Ich hol dir ein Glas Wasser. Georg, lass das doch."

Doch Georg ließ nichts.

„Nein, wir können doch mal ehrlich sein! Ich bin betrunken, da darf ich doch mal sagen, was ich denke."

Iris kramte geräuschvoll ein Glas aus einem Schrank und riss den Wasserhahn auf.

„Ach, Georg, lass, das geht doch niemanden was an."

„Wieso?" Georg wurde lauter. „Da kann man doch offen drüber sprechen, wieso 'nn nicht!?"

Iris stellte das Glas Wasser auf den Tisch und Yannick versuchte, seinen Hustenreiz mit Weißwein unter den Tisch zu trinken.

„Wir sollten vielleicht lieber ins Bett gehen", schlug Iris vor. Sie hatte sich gar nicht erst wieder an den Tisch gesetzt, sondern räumte ihn ab und sortierte Brot und Schinken wieder in die Küchenschränke ein.

Yannick Herbst mochte peinliche Geheimnisse, aber etwas an Iris' Reaktion sagte ihm, Georgs Geheimnis lieber nicht kennen zu wollen. Doch Georg war nun richtig in Fahrt: „Ich kann's ja offen sagen, Yannick. Ich bin betrunken." Nun gut, das war kein Geheimnis: „Ich hab da auch kein Problem mit. Ich hatte mal 'ne Prostata-OP, ein Karzinom. Ist aber alles weg jetzt."

„Oh", sagte Yannick und schaute in sein Glas. Schweres Thema. Viel zu schwer für so viel Alkohol. Karzinome und Alkohol vertrugen sich nicht.

„Ach, hör doch auf, Georg", flehte Iris und klapperte geräuschvoll mit der Besteckschublade, die sie seit zwei Minuten unaufhörlich auf- und zuzog, vermutlich um das Unvermeidliche selbst nicht hören zu müssen.

„Wieso? Ich hab da kein Problem mit. Ist doch nichts dabei. Seitdem krieg ich keinen mehr hoch!", polterte Georg, und Yannick wurde langsam klar, wieso er potent auf der Bühne wirkte.

„Ist halt so. Ich hab seit zwei Jahren keinen Verkehr mehr. Ich hab da überhaupt kein Problem mit!"

In der Küche wurde es still. Georg schwieg, Yannick schwieg, nur Iris' Hand klapperte noch immer an der Besteckschublade, während sie ihren Kopf hinter der geöffneten Kühlschranktür verbarg und angestrengt Käse-Scheibletten anstarrte. Auch sie schwieg.

Zum ersten Mal in seinem Leben sehnte sich Yannick Herbst nach belanglosem Smalltalk. Da hatte er wenigstens seine Antworten parat.

„Und, Yannick, was sagst du dazu? Is' doch nichts dabei, oder?" Georg schaute ihn mit trunkenen Augen erwartungsvoll an.

Yannick überlegte, was er sagen sollte.

„Nun, ich ... also ... ich finde den Unterschied zwischen Kabarett und Comedy gar nicht so wichtig", plapperte er. „Das sind doch irgendwie zwei Seiten derselben Medaille ..."

„Warum lenkst du jetz' ab, is' dir das Thema unangenehm?"

Nö, gar nicht! Nächtliche Gespräche mit volltrunkenen impotenten Krebsopfern gehörten schon immer zu meinen bevorzugten Freizeitbeschäftigungen, dachte Yannick lieber nur, nickte stumm in seinen Weißwein und hoffte auf eine plötzlich aufsteigende Übelkeit. Doch die ließ ihn im Stich.

„Du kannst gut reden, du stehst in der Blüte deiner Manneskraft!"

„Georg! Bitte!", zischte Iris.

„Ist doch nichts dabei. Ich hab 'ne tolle Frau, ich hab 'nen tollen Sohn gezeugt. Ich hab da kein Problem mit. Ist doch nichts dabei. Ich kann halt nicht mehr ficken!"

„Ja, da kann man schon stolz drauf sein, auf so einen Sohn", griff Yannick nach dem kommunikativen Strohhalm und wollte ihn nicht mehr loslassen: „Und 'ne Freundin hat er auch, na die kann aber auch stolz sein, mit so einem tollen Jungen ..." – zu ficken, kam Yannick in den Sinn – „... zusammen zu sein."

Georgs wässrige Augen verrieten, dass er den gleichen Gedanken gehabt hatte.

„Georg, ich finde, wir sollten jetzt Schluss machen, das ist mir alles zu privat. Außerdem bin ich doch Komiker, nachher mache ich da später mal Witze drüber. Wir sollten jetzt besser Feierabend machen. Es ist ja auch schon spät …"

Yannick redete ununterbrochen weiter. Er redete, um nicht mehr hören zu müssen. Er plapperte noch, als er schon längst hinter Iris ins Obergeschoss trottete und sie ihm sein Zimmer zeigte: ein als Gästezimmer getarnter Abstellraum abgewohnter Jugendmöbel.

Yannick zog sich aus, schluckte eine Aspirin und legte sich ins Bett. Die Decke war deutlich zur kurz, aber das machte nichts, denn das Bett war kaum länger. Er roch den muffigen Duft aus staubigem Sperrholzmobiliar und versuchte zu schlafen, während der Kater begann, auf dem Schrottplatz seiner Träume ein grässliches Musical zu inszenieren.

Trotzdem spürte Yannick in seinen Shorts eine Erektion aufsteigen. Nein, das war gar nicht gut, sagte er sich. Das war zu potent. Doch dann fiel ihm ein, dass ein oder zwei Räume weiter der hübsche Simon liegen musste. Er hätte sich jetzt gerne einen runtergeholt, doch er konnte nicht. Allein der Gedanke, Georg würde am nächsten Morgen sein Bett abziehen und das Laken nach seinen ach so potenten Komiker-Flecken absuchen, hielt ihn davon ab. Yannick hoffte bloß, nicht von Simon zu träumen, und dachte deshalb vorm Einschlafen intensiv an fünfzigjährige Sportlehrerinnen.

2 [Uta Sybille Kramer]

Am nächsten Morgen frühstückte Yannick allein mit Iris und seinem Kater. Georg schlief noch. Yannick zelebrierte den Kater ausgiebig: „Mann, Mann, Mann, haben wir gesoffen. Ich hab echt 'nen totalen Blackout. Kann mich gar nicht mehr dran erinnern, worüber wir gestern Nacht eigentlich gesprochen haben", log er.

Iris glaubte ihm nicht. Trotzdem lächelte sie dankbar.

Yannick saß im Bus. Sein Kopf dröhnte immer noch und ihm war flau vom starken Kaffee, den Iris am Morgen aufgebrüht hatte. Als wäre es ihr Plan gewesen, mit einer Überdosis Koffein auch die letzte Erinnerung an den Vorabend aus seinem Hirn zu ätzen. Sie hatte darauf verzichtet, ihn zum Bahnhof zu bringen. Stattdessen hatte sie ihm den Weg zur nächsten Bushaltestelle erklärt, er war mitsamt Gepäck dorthin getrottet und teilte sich nun die Stehplätze im Linienbus nach Uelzen mit krakeelenden Schulkindern, deren schrille Stimmen ebenfalls dazu geeignet waren, den gestrigen Abend aus dem Gedächtnis zu lasern. Kaffee und Gekreische sorgten dafür, dass sich sein Magen anfühlte wie ein Kristallglas kurz vorm Zerspringen. Yannick drehte sich zum Fenster, wischte Kondenswasser beiseite und schaute auf die flache Landschaft. Äcker und Fichtenschonungen. Fichten, Äcker. Dazwischen gelegentlich eine Siedlung aus flachen, rotbraun geklinkerten Häusern mit Spitzdächern und Metallzäunen, gestrichen in Türkis, Weiß oder Rost. Blautannen im Vorgarten. Damit die Lichterketten im Dezember nicht in der Luft hingen.

Kaltenbüttel. So weit hatte er es also geschafft. Da spielte echt nicht jeder.

Yannick überlegte, ob er zufrieden sein sollte. Er hatte einen Auftritt hinter sich, bei dem die Zuschauer fröhlich nach Hause gegangen waren und mit Lob und Schulterklopfen nicht gegeizt hatten. Gestern war er glücklich gewesen, kurz nach dem Auftritt.

Heute kam ihm dieses Glück wie ein Strohfeuer vor. Während des Spielens fielen Nervosität und Lampenfieber von ihm ab, Adrenalin wurde in verträglichen Dosen durch sein Blut gepumpt, mit dem Applaus schwappte eine Welle Serotonin durch seinen Körper und sprudelte lustig bis unter die Haut. Dann war das Serotonin abgebaut, die letzten Glückshormone gingen an einer Alkoholvergiftung ein und nun schaute Yannick aus dem Busfenster in die nieselverregnete niedersächsische Pampa. Äcker, Fichtenschonungen. Nieselregen jenseits der Scheibe und in seinem Innern, gelegentlich donnerte ein Magengrimmen.

Kaltenbüttel. Ziel aller Komiker. Was waren Mainzer Unterhaus, Münchner Lach & Schieß-Gesellschaft, Quatsch Comedy oder der Berliner Cheeseclub, wenn man auch in der Alten Meierei Kaltenbüttel auftreten konnte? Was waren Viersternehotels, wenn man in den Genuss echter Gastfreundschaft in einem Gästezimmer aus verblichenem Furnierholz kommen konnte!

War der Auftritt erfolgreich? Yannick zählte im Kopf die Eckdaten zusammen: Er hatte rund vierzig Zuschauer gut unterhalten. Er hatte sich dabei wider Erwarten wohlgefühlt. Er hatte eine Gage erhalten, bei der nach Abzug von Steuer, Fahrtkosten und der Provision für seine Agentin sogar etwas zum Leben übrig blieb. Yannick überschlug kurz: Um ein normales Monatseinkommen zu erwirtschaften, musste er nur zwanzigmal monatlich in Kaltenbüttels auftreten, zwanzigmal in abgewohnten Jugendmöbeln schlafen oder in Dorfpensionen mit durchgelegenen Federbetten, altmodisch gemusterten Teppichen und „Frühstück von 6 bis 8.30 Uhr“. Sich zwanzigmal im Monat mit Georgs und Irissen betrinken. Der Bus fuhr über eine Bodenwelle und Yannick musste einen Mundvoll aufgestoßenen, bitteren Kaffees zum zweiten Mal hinunterschlucken.

Später im Zug rief er seine Agentin an.

„Humorkontor Berlin: Uta Sybille Kramer, ich grüße Sie.“

„Hallo, Uta, hier ist Yannick.“

„Guten Morgen, Yannick, schön, dass du dich meldest, ich hab nur wenig Zeit. Wie war's in Uelzen?"

„Das war nicht Uelzen, sondern Kaltenbüttel, das ist zwanzig Kilometer weiter weg."

„Und wie war's?"

„Ganz okay, vierzig Zuschauer, gute Stimmung, aber …"

„Das ist doch schön. Was ‚aber'?"

„Uta, ich glaube, ich will solche Auftritte nicht mehr machen."

„Aber wieso denn nicht?" Seine Agentin klang ein wenig belustigt. Yannick schilderte den Abend.

„Na, so was gehört aber zum Job."

„Aber kannst du nicht wenigstens dafür sorgen, dass ich immer ein Hotelzimmer kriege?

„Dann hättest du diesen Auftritt nicht bekommen. Hotelzimmer können die nicht bezahlen. Sei froh, dass ich dir dort überhaupt dreihundert rausgeholt habe."

Yannick schwieg. Das war immer das Dilemma. „Friss oder stirb", lautete die übliche Alternative für Komiker seines Standes; tingeln hieß, sich auf solche Bedingungen einzulassen, zumindest, wenn man neu im Geschäft war. Das Problem war nur: Yannick war nicht neu im Geschäft; er tingelte seit knapp zehn Jahren.

„Du bist noch neu im Geschäft, Yannick. Damit musst du leben."

„Ich bin nicht neu im Geschäft."

„In meinem Geschäft schon."

Manchmal fragte er sich, ob seine Agentin überhaupt an ihn glaubte. Oder ob er in ihrem Agentur-Portfolio das Feigenblatt der Nachwuchsförderung für finanziell minderbemittelte Kleinkunstveranstalter darstellte. Das Humorkontor Berlin – ein Eineinhalb-Personenbetrieb bestehend aus Uta Sybille Kramer und stetig wechselnden, unbezahlten Praktikantinnen – organisierte in der Hauptsache Tourneen beliebter Comedians und Kabarettisten. Yannick Herbst war der am wenigsten bekannte Komiker in ihrem Angebot.

„Oder soll ich meinen Klienten etwa sagen, dass du seit zehn Jahren erfolglos durch die Lande tingelst?"

Vielleicht brauchte Uta Sybille Kramer aber einfach einen Künstler, an dem sie all die schlechte Laune auslassen konnte, die sie bei ihren Stars runterschlucken musste.

„Nein, so meinte ich das auch nicht.“
„Wo bist du heute?“
„In Berlin, bei dieser Mixshow im Kaffeehaus.“
„Das machst du doch mit links.“
„Klopf auf Holz.“
„Übrigens, kannst du Lisa noch neue Pressemotive von dir schicken?“
„Wer ist Lisa?“
„Meine neue Praktikantin, sehr patentes Mädchen.“
„Ich hab euch doch gerade erst die neuen Motive geschickt.“
„Die gefallen uns nicht.“
„Aber mir gefallen sie.“
„Aber ich kann dich damit nicht verkaufen.“
„Was hast du gegen das Motiv? Hallo? … Uta?“
Die Verbindung war abgebrochen. Der Zug befand sich zwischen Uelzen und Hannover im mobilfunkfreien Nichts. Früher oder später würde man das hier als Tourismusnische erkennen: *„Kommen Sie zu uns, machen Sie Urlaub, wo Sie garantiert nicht zu erreichen sind!“*

Yannick hatte viel Zeit und Energie in seine neuen Pressefotos investiert und war stolz auf die neuen Motive. Er hatte sie mit Laura, seiner Mitbewohnerin, angefertigt. Normalerweise fotografierte sie nur Menschen in Lack und Leder, oder, wenn sie Geld brauchte, Zootiere. Doch für ihren Mitbewohner machte sie gerne eine Ausnahme, obwohl der weder Fell noch Leder trug.

Yannick dachte zurück an den Tag, an dem er Laura kennengelernt hatte. Er war ähnlich trüb gewesen, der Tag wie auch Yannick. Zwei Jahre war das her. Er hatte sich auf dem Rückweg von einem Auftritt in Hamburg befunden, und Laura stand mit einem Rucksack und zwei Fototaschen nah der Autobahnauffahrt Richtung Berlin: ein sehr groß gewachsenes, schlankes Mädchen in schwarzer Lackhose und hoch geschnürten Doc Marten‘s, mit blassem Gesicht und blauschwarz gefärbten Haaren.

Yannick war in der Nacht zuvor von seinem Freund verlassen worden und fand, dass es seiner aktuellen Gemütsverfassung entsprach, sich eine depressive Anhalterin aus dem Gothic-Milieu an Bord zu holen. Mit etwas Glück würde sie *Joy Division* in den CD-Player einlegen, und dann könnten sie gemeinsam den nächsten Brückenpfeiler ansteuern. Dummerweise war Laura äußerst gut gelaunt und aufgedreht, da sie am Vortag ihre Lehre abgeschlossen hatte und nun in Berlin als Fotografin durchstarten wollte.

„Tolle Idee", nuschelte Yannick, „Fotografen werden in Berlin immer gesucht."

„Quatsch! Das wird hammerhart, in Berlin könnteste mit Fotografen die Straße pflastern", korrigierte ihn Laura unwirsch, „wenn die nicht schon mit Webdesignern asphaltiert wär."

Yannick musste lachen. Laura plapperte fröhlich drauflos. Sie würde erst mal bei einer Freundin einziehen und sich nach WG-Zimmern umsehen. In der letzten Phase der Ausbildung hätte sie viel mit Schwarz- und Glanzeffekten herumexperimentiert und hoffte, damit im Umfeld von Mode- oder Musikfotografie punkten zu können, vielleicht auch irgendwo in der Gothic-Ecke. Sie würde schon was finden.

Dann stoppte ihr Redefluss. Laura schaute ihren Fahrer an und sagte: „Und jetzt du."

Yannick war so überrumpelt gewesen, dass er bereitwillig erzählte. Manchmal kann man sich ja flüchtigen Bekanntschaften besser öffnen als selbst besten Freunden, fiel Yannick ein, als er sich die Beziehungsgeschichte zu seinem Ex referieren hörte. Knapp drei Jahre waren sie zusammen gewesen, doch zuletzt hatte es immer wieder gekriselt, weil Marcus einen festen Job mit Fünftageswoche hatte, Yannick dagegen vornehmlich an Wochenenden durch die Lande reiste und jeder dem anderen vorwarf, keine Zeit für den anderen zu haben. Zuletzt wollten sie dem begegnen, indem sie zusammenzogen, um möglichst viele der kostbaren, gemeinsamen Stunden unter demselben Dach zu verbringen.

„Ich hab dann 'ne größere Wohnung genommen, die wir sogar zusammen besichtigt hatten. Aber Marcus kündigte sein Appartement einfach nicht."

„Sondern lieber dir", Laura schaute mitfühlend. „*Shit happens.* Darf ich Musik einlegen?"

„Klar", sagte Yannick, dachte traurig an das leere Zimmer in seiner Wohnung und staunte nicht schlecht, als nicht *Joy Division,* sondern *Roxette* aus den Lautsprechern dröhnten. Er lachte.

„Siehst du", meinte Laura, „wirkt schon. Meine heimliche Leidenschaft, seit ich elf bin. Hilft immer, wenn man schlecht drauf ist."

„Du scheinst eine recht untypische Gothic-Vertreterin zu sein“, stellte Yannick fest.

„Falsch. Ich bin überhaupt kein richtiger Gothic. Vielleicht war ich es mal“, meinte Laura. „Klar, ich mag die Musik. Schwarz ist meine Lieblingsfarbe, aber keine Einstellung.“

Am Berliner Ring sangen sie „Joyride“ schon zum dritten Mal laut mit. Als sie durch Reinickendorf fuhren, fragte Yannick, ob Laura bei ihm einziehen wolle.

Seit knapp drei Jahren war sie nun seine Mitbewohnerin und gute Freundin. Die Rolle der Schwulenmutti, der klassischen Gabi, hatte sie zum Glück nie angenommen. Inzwischen hatte sich Laura auf Fetischfotografie spezialisiert, Schwule waren für sie ähnlich vertraut wie schwarz glänzende Sexualmode, aber nicht minder bizarr. Im Grunde hielt sie alle Homosexuellen für bekloppt. Yannick betrachtete das als eine sehr gesunde Einstellung, die er Laura nicht mal anlasten konnte, da sie auch den Rest der Menschheit für bekloppt hielt und sich selbst bereitwillig einschloss. Diese Grundeinstellung zum Leben stattete sie mit einem wohltuenden Sarkasmus aus, der dafür sorgte, dass ihm ein Spruch von Laura manchmal mehr half als zehn „Hmmms“ von seinem Therapeuten.

Yannick versuchte sich Lauras Reaktion vorzustellen, wenn er ihr nachher die Sache mit den abgelehnten Pressefotos berichtete. Sie würde sich in ihrer Weltsicht einmal mehr bestätigt fühlen.

Er schaute auf sein Handy: wieder Empfang. Sofort wählte er die Nummer des Humorkontors, doch ihn vertröstete nur die Mailbox.

Yannick Herbst lehnte sich zurück, drückte seinen immer noch dröhnenden Kopf an die kühle Fensterscheibe des Intercitys und wachte erst in Hildesheim auf; den Umstieg in Hannover hatte er verschlafen. Uta Sybille Kramer hatte nichts von sich hören lassen.

[28.–31. Sitzung]

– ausgefallen

3 [Sturback's Coffeeshop]

„Was mache ich hier auf der Bühne?“, fragte sich Yannick Herbst, während er sich sprechen hörte und innerlich korrigierte: Nein, stimmte gar nicht, er stand auf gar keiner Bühne: Er stand auf einer etwa ein Quadratmeter großen Europalette, auf die jemand eine Sperrholzplatte genagelt und ein Mikrofon davor gestellt hatte.

„'tschuldigung, kann ick mal vorbei?“, grummelte eine dumpfe Stimme hinter ihm, und Yannick spürte, wie er zur Seite geschoben wurde und sich ein fühlbar ausladender Bauch an seinem Po vorbeischubberte. Einige Leute im Publikum kicherten.

Na, wenigstens mal ein Lacher, dachte Yannick.

Die Bühnen-Palette stand direkt vor dem Gang zu den Toiletten im Sturback's Coffeeshop. Hinter Yannick klebte ein Plakat mit dem Schriftzug „*Volle Latte Fun – Comedy im Coffeeshop*“. Zwischen diesem Plakat und der improvisierten Bühne war eine Lücke von etwa einem halben Meter, und durch die musste jeder, der mal musste. Da der Tresenbetrieb während der Show weiterlief, wollte auch immer mal jemand zur Toilette.

Die Nummer befasste sich mit peinlichen Situationen. Yannick erzählte die Story, wie er sich einmal mit seinem Opa vor einer Beerdigung Mut angetrunken hatte, und sich dann mitten in der Trauerfeier bei seinem Opa die Kohlensäure regte.

Yannick setzte eine Kunstpause, bevor er fortfuhr.

„Und in diesen Moment der andächtigen Stille kam plötzlich aus Opas Mund ein Mark erschütternder …“

„Grande iced crushed coffee vanilla cream latte?”, brüllte es vom Tresen her.

Das Publikum lachte.

Yannick spielte amüsiert und überlegte hektisch, wie er die versaute Pointe retten könnte. Keine Chance.

„Rülpser", ergänzte er trocken. Fragezeichen auf den Gesichtern des Publikums, sie hatten schon vergessen, was er vor der überlangen Latte Kaffee gesagt hatte.

„Der Pastor reagierte aber souverän. Er sagte nur, Gott spreche viele Sprachen, aber ob er den Dialekt kenne, bezweifle er." Die Fragezeichen beim Publikum blieben, es hatte den Faden verloren.

Yannick wusste nicht, wer auf die Idee gekommen war, Comedyshows nicht mehr in Theatern zu veranstalten, sondern an jedem noch so abseitigen Ort. Fast jeder Comedian hatte inzwischen seine eigene Show, die er „hostete", wie man im humoristischen Neusprech sagte, und bei der Auswahl der Location waren die Kollegen nicht eben zimperlich. Hauptsache ungewöhnlich, Hauptsache schrill, Hauptsache irgendein Sponsor butterte Kohle in die Show, damit der Eintritt frei sein konnte.

Nun also Sturback's Coffeeshop. Einst trug der Laden den klangvollen Namen „Heiner Sturbacks Schrippenschmiede", doch mit dem Aufstieg von Berlin-Ost zu Berlin-Mitte hatte der alte Bäckermeister seine Backstube an der Friedrichstraße anglisiert und in „Sturback's Coffeeshop" umbenannt. Anfangs ohne Genitiv-Apostroph, doch erst mit jenem nahm man der ehemaligen ur-deutschen Backstube die Modernisierung tatsächlich ab, fünf Prozent Umsatzsteigerung durch Deppenapostroph, das lohnte sich: Der Deutsche an sich trank italienische Kaffeeprodukte eben nur aus der Hand von Amerikanern. Heiner Sturback vermutete, das habe etwas mit Globalisierung zu tun.

Inzwischen brummte der Laden, ein junger Innenarchitekt hatte ihn „mehr so loungemäßig" hergerichtet, damit die Kunden auch „etwas chillen" könnten. Der alte Bäcker war daraufhin erschrocken, denn er wusste, dass seine Tochter immer „chillen" wollte, wenn sie sich mit ihrem Freund auf ihr Zimmer verzog, doch als der Innenarchitekt nur ein paar gemütliche Sessel in den Laden tragen ließ, war er beruhigt – auch hinsichtlich der abendlichen Betätigung seiner Tochter hinter verschlossenen Türen.

Man musste mit der Zeit gehen, wusste Heiner Sturback. Und die Zeiten von halben Schrippen mit Rührei oder Hackepeter waren in Berlin-Mitte vorbei. Als neuste Neuerung hatte man nach „iced crushed vanilla latte cream coffee“ und den vier Becher-Größen „tall“, „big“, „large“ und „grande“ sogar Bagels eingeführt. Deren Konsistenz erinnerte zwar an Calamares in einer Universitätsmensa, trotzdem gingen die zähen Backwerkkringel weg wie warme Semmeln, beziehungsweise selbst ofenwarme Semmeln wurden ihretwegen verschmäht.

Leider war eine seiner älteren Mitarbeiterinnen – Sturback hatte sie übernommen aus seiner Hellersdorfer Filiale – mit dem neuartigen Trendgebäck überfordert und schrieb kurz nach der Einführung ans Schaufenster: *„Heute im Angebot: American Beagles, 1,30 Euro“*. Nachdem die ersten Kunden amüsiert vor der Fensterscheibe leise gegiggelt und sich andere neben dem amerikanistischen Fauxpas per Handyfoto verewigt hatten, ließ Heiner Sturback nicht etwa den Schriftzug entfernen, sondern stattdessen die Schweineohren am nächsten Tag etwas länglicher ausrollen und verkaufte sie als *„Original American Beagles“*. Sie waren binnen zwei Stunden ausverkauft und brachten Sturback's Coffeeshop sogar eine amüsierte kleine Notiz im Tagesspiegel ein.

Die wiederum las Kalle Grütz. Der Kreuzberger Hauptstadtkomiker hatte eine Idee, und Berlin zwei Monate später eine Comedyshow mehr.

Yannick merkte, dass seine Gedanken ganz woanders waren als bei seinem Gig. Aber das machte nichts. Hier war eh alles verloren. Yannicks Stimme, obschon deutlich verstärkt, versank in den Klängen des Kaffeehauses. Umgeben von Muffins und Bagels war er auf der Bühne schon lange verhungert, „gestorben“ wie man unter Künstlern zu sagen pflegte, wenn ein Kollege richtig abschmierte. Der Ice-Crusher hinter der Theke gab dazu Geräusche von sich, als gelte es, die Kadaver auf der Bühne verendeter Comedians rückstandslos zu entfernen.

„Es is‘ echt total geil hier“, hatte Kalle Grütz geschwärmt. „Unglaublich harte Schule. Dis sind echt amerikanische Standup-Bedingungen hier. Da musste richtich fighten!“

Es war ein Kampf mit ungleichen Mitteln. Wer auch immer Milchaufschäumer und Ice-Crusher hinter der Theke bediente, besaß ein ausgeprägtes Gefühl für Timing. Inzwischen hatte sich Yannick vom Thema Rülpsen in Kirchen zu Herbert Grönemeyer vorgearbeitet, war also nur einen kleinen Schritt weiter: „Grönemeyer ist ja inzwischen mehr so ein Fall für die Theologen! Den kann man nicht mehr *verstehen*, den muss man ...“

– CRUSH-CRUSH-CRUSH-CRUSH – „äh … also *auslegen*, wollte ich sagen."

„Leute, die Grönemeyer hören, sind ja dieselben, die auch Bücher von …" – CRUSH-CRUSH-CRUSH. – „… is doch immer das Gleiche: Suizidale junge Frauen sitzen weinend an verschlungenen Flüssen, dann kommt ein Kloster vorbei und alles wird gut. Ich finde ja …" – SSSSCCHHHWWWÜÜÜÜÜFF FFFFSSSCCCHHHWWWÜÜÜÜÜÜFFFFFSSSCCCHH HHH, unterbrach diesmal der Milchaufschäumer – „… ist in meinen Augen der Xavier Naidoo der Weltliteratur … ähm, … also Paulo Coelho, … falls Sie es nicht mitgekriegt haben."

Zwecklos. Yannick war genervt. Aus dem Hintergrund vernahm er die Stimme von Kalle Grütz, der mit zwei der Thekenbedienungen schäkerte. „Echt amerikanische Bedingungen, total geil", wehte herüber. Yannick nahm sich vor, während Kalles nächster Moderation einen tall big maximum grande ice crushed latte macchiato mit extra viel Eis und Milchschaum zu bestellen.

Inzwischen tummelte sich Frohsinn an allen erdenklichen, noch so abseitigen Etablissements. Es war eine Modewelle, wie es eine Modewelle in den Achtzigern gewesen war, jedes soziokulturelle Zentrum mit „Alter" zu benennen. Yannick hatte schon in mindestens acht Alten Schlachthöfen gespielt, vier Alten Bahnhöfen, drei Alten Schmieden, zwei Alten Schulen und je einer Alten Molkerei, Alten Säge, Alten Sparkasse, Alten Bäckerei, einer Alten Abdeckerei, einem Alten Kindergarten, sogar in einem Alten Altenheim und einem Alten Neubau war er schon aufgetreten.

Doch inzwischen war „alt" *old-fahioned* und neue, trendige Spielorte mussten her. Es gab Comedyshows in Coffeeshops, in jeder zweiten Großstadt gab es Jungvolksbespaßungen in Wasch- oder Frisörsalons, und dem meist jungen Publikum schien es zu gefallen, bei *Live und ungeschnitten* im Frisörsalon Haarleluja zusammengepfercht zwischen Trockenhauben zu stehen und sich vor Lachen in die Hose zu pissen, weil die einzige Toilette angesichts von hundertzwanzig Besuchern im Achtzig-Quadratmeter-Laden immer schon vor der Pause den Dienst quittierte.

Es gab Comedyshows in Autohäusern mit dem Titel *Fahrspaß* und *Bleifuß*, in Einkaufszentren *(Shoppedy)* sogar in einem Sargdiscount: *Die Lach-dich-tot-Show* mit dem „lustigen Bestatterpaar Ilse und Wolfram Tieferleger". Es gab die Show *Völlig abgefahren!* an der BAB-Autobahnraststätte Helmstedt, bei der man Fernfahrerwitze tunlichst vermeiden sollte, sich aber immer einen billigen Lacher einheimsen konnte mit der Erwähnung ukrainischer Prostituierter. Bei *Comedy im Parkhaus* in Köln hatte sich Yannick mal einen furchtbaren Schnupfen geholt. Dafür war es der einzige Gig in der Domstadt gewesen, bei dem er auf Anhieb einen Parkplatz gefunden hatte. Und nächste Woche würde er bei der berüchtigten *Dirty-Jokes-Show – Comedy im Klärwerk* auftreten, natürlich in Darmstadt, wo sonst.

Einzig mit einer eigenen Mixshow war Yannick gescheitert, aber die Idee, eine Comedyshow in einem kleinen Comedyclub zu veranstalten, erschien Kollegen wie Publikum doch als etwas zu bizarr.

[27. Sitzung]

– *Wie fühlen Sie sich jetzt am Ende dieser Sitzung?*
– *Ich bin in den Gedanken schon woanders.*
– *Aha. Wo?*
– *Bei meinem Auftritt heute Abend.*
– *Hm … Ein besonderer Auftritt? Wo spielen Sie?*
– *In so einem Coffeeshop.*
– *Comedy im Coffeeshop?*
– *Ja, so etwas gibt's. Ich war da neulich schon mal. Es war schrecklich. Aber ich muss halt irgendwo diese verdammte neue Nummer ausprobieren.*
– *Sie schaffen das schon. Wie sagt man bei Ihnen? – Toi toi toi!*
– *Okay.*
– *… okay?*
– *Ich sag „okay", weil man nicht „danke" sagen darf. Das bringt Unglück.*
– *Glauben Sie an so was?*
– *Nein.*
– *Aber trotzdem sagen Sie nicht „danke".*
– *Ja.*
– *Aber „alles Gute" darf ich Ihnen wünschen.*
– *Da darf ich sogar „danke" sagen.*
– *Also dann alles Gute für heute Abend, und bis nächste Woche dann!*
– *Ja.*

4 [Zoo]

Yannick schlief noch, als das Telefon klingelte. Bevor er abnahm, schaute er auf seinen Wecker: 8.50 Uhr. Für einen Bühnenkünstler kurz nach Mitternacht.

„Ja?“

„Uta hier. Sag mal, was war denn gestern im Coffeeshop los?“

„Na, was wohl, da ging's richtig ab! Ice-Crusher und Milchaufschäumer haben das Publikum bestens unterhalten und immer wieder stürmten Zuschauer die Bühne, weil dahinter das Klo war.“

„Und dein Auftritt?“

„Das *war* mein Auftritt.“

„Ich hab gerade einen Anruf von Bernd Schelling gehabt. Ich hatte ihn gestern zur Show eingeladen, und er war da.“

„O nee.“ Bernd Schelling war der künstlerische Leiter des Theaters im Alten Wasserturm, einem etablierten Haus mit zweihundert Plätzen, sehr angesehen bei Publikum und Presse. Eine der Top-Bühnen der Stadt.

„Bernd meinte, du habest keinen einzigen Lacher platzieren können.“

„Damit hat er auch ganz recht! Ich hatte nicht die Chance dazu.“

„Bernd meinte, du habest gar kein Gefühl für Timing gehabt. Vielleicht hättest du in Uelzen weniger trinken sollen.“

„Damit hat das nichts zu tun. Die Leute hätten einfach weniger Milchkaffee bestellen sollen, dann hätten sie mich auch gehört.“

„Yannick, das geht so nicht. Bernd Schelling ist ein guter Freund von mir. Er nimmt mir den Abend gestern nicht übel, aber allzu oft kann ich mir das trotzdem nicht leisten."

„Aber ich kann unter solchen Bedingungen nicht spielen!"

„Das wirst du aber müssen, denn den Wasserturm kannst du dir fürs Erste abschminken."

Yannick legte auf und sich selbst wieder ins Bett. Die nächsten drei Stunden verbrachte er damit, die Stuckrosette an seiner Zimmerdecke anzustarren. Stuckrosette. Mehr wollte er nicht sehen, mehr wollte er nicht denken. Stuckrosette. Er fühlte sich elend. Er hatte einen beschissenen Auftritt hinter sich. Er konnte nichts dafür, sagte er sich immer wieder, trotzdem fühlte er sich, als hätte er es mal wieder im Alleingang vergeigt. Er wollte drüber nicht nachdenken. Lieber die Stuckrosette betrachten.

Nach zwei Stunden holte er sich einen runter, damit er wenigstens das Gefühl hatte, etwas Sinnvolles zu tun.

Es gehörte zu Murphy's Gesetzen, dass wichtige Leute stets in den ungünstigsten Situationen auftauchten. Yannicks traumatischster Auftritt in dieser Hinsicht war eine Show in Köln gewesen. Als er in dem kleinen Seitenstraßentheater eintraf, erwischte ihn der Theaterleiter kalt mit der Ankündigung, es gebe nur vier Vorbestellungen, aber an der Abendkasse würde sicher noch was passieren. Da sei er total optimistisch.

An der Abendkasse passierten dann der Verkauf von zwei weiteren Karten und die Herausgabe von zwei Freikarten an Franz Moebel, den Chef eines der bedeutendsten Kabaretttheater der Republik, gelegen in einem Kölner Vorort.

Manche Menschen umgibt eine Aura von Wichtigkeit, die sich beim Betreten jedes Raumes den Kopf am Türrahmen stößt. Schon die Selbstverständlichkeit, mit der Franz Moebel und sein Begleiter als letzte den Theatersaal betraten und gezielt die Mittelplätze in der hintersten Reihe ansteuerten, musste den anderen sechs Zuschauern Ehrfurcht eingeflößt haben. Die Bedeutung der beiden Herren hing im Saal wie ein penetrantes Aftershave und betäubte den Rest des kärglich versammelten Publikums.

Yannick fühlte sich auf der Bühne wie in einem Horror-Film. Da war eine unheimliche, fremde Präsenz im Raum. Normalerweise hatte er auf der Bühne alle Fäden in der Hand. Auch hier warf er sie gewohnt aus, doch irgendwie bündelten sich die anderen Enden in der letzten Reihe, wurden von dort angezogen, entglitten Yannick und verschwanden in einem schwarzen Loch am Ende des Saals.

So sehr er sich bemühte, mit der geringen Zahl der Zuschauer zu kokettieren, es misslang. Im blendenden Gegenlicht der Scheinwerfer konnte Yannick nur eine junge Zuschauerin in der zweiten Reihe sehen. Sie lachte als Einzige. Dann hörte er ihr Lachen abbrechen, sah ihren Blick hektisch flackern; sie schaute sich kurz um und presste die Lippen dann aufeinander. Ihr Lachen hallte noch kurz nach im fast leeren Saal und wurde dann von der letzten Reihe absorbiert.

Ab jetzt war das Theater vollkommen still, leer und tiefschwarz. Yannick kam diese Situation bekannt vor. Ein Déjà-vu? Dann fiel es ihm ein: Es war wie in *Star Trek*: Ein langsamer Schwenk der Kamera durchs All, eine gleißende Sonnenkugel, dann Unendlichkeit, Schwärze, Weite und Sterne, in verschiedenen Helligkeiten glimmend, Stille, und plötzlich gleitet mit unheilvollem Bassraunen ein Borg-Kubus ins Bild. Widerstand war zwecklos.

Yannick kämpfte sich weiter durch seinen Text, aber jedes Fünkchen Lebendigkeit im Saal wurde von den Borgs in der letzten Reihe assimiliert.

Nach der Pause war Franz Moebel verschwunden, und nach und nach zündeten sogar Yannicks Pointen wie vereinzelte Phasentorpedos, die einschlugen in einen Borg-Kubus.

Acht Jahre lag dieser Abend zurück, aber noch immer hatte Yannick das Gesicht der jungen Zuschauerin, die sich selbst das Lachen verbot, vor seinen Augen präsent – vor allem in Momenten wie diesem.

Es klopfte.

Yannick warf sich schnell die Bettdecke über, und Laura steckte den Kopf zur Tür hinein. Seit ein paar Tagen hatte sie eine kupferfarbene Strähne im schwarzen Pony. Korrodiertes Kupfer. Der Haarschnitt hatte sich dazu mangaesk verändert.

„Hey, alles in Ordnung?"

„Bin nicht so gut drauf."

„Liebeskummer?"

„Schön wär's." Für Liebeskummer musste man erst mal verliebt sein. Aber seine Fähigkeit zur Liebe ähnelte immer mehr seinen Kenntnissen über Vektorrechnung: Mit achtzehn wusste er mal, was das ist.

Wann war er das letzte Mal verliebt gewesen? Vermutlich bei Marcus.

„Also künstlerische Existenzkrise. So schlimm?"

Yannick nickte. In groben Zügen schilderte er, wie der Vorabend gelaufen war.

„Hol dir einen runter, das mach ich immer in solchen Situationen. Hilft zwar nicht gegen die Krise, aber man fühlt sich besser."

„Hab ich schon."

„Dann komm mit mir in den Zoo."

Laura ging pro Woche mindestens dreimal in den Zoo. Obschon ihr Spezialgebiet die Akt- und Fetischfotografie geworden war, musste sie sich zeitweise mit anderen Jobs über Wasser halten. Ein unbezahltes Praktikum bei der Berliner Morgenpost hatte sie in den Zoo geführt. Ihre Resultate gefielen, sie hatte es erstmals in der Geschichte der Zeitung geschafft, ein niedliches Foto von einem erwachsenen Warzenschwein zu machen, und so wurde sie bald zu einer gerne gebuchten Tierfotografin wider Willen und durfte all die Bilder schießen, die dann uninspirierte Redaktionspraktikanten beschrifteten mit Sätzen wie *„Giraffenjunge Benjamin kriegt den Hals nicht voll"*. *„Heißa! Heißa! Sommer! Da braucht ein kleiner Eisbär Abkühlung!"* oder *„Neues Gehege: Pinguine haben Fracksausen."*

Laura wäre nicht Laura, würde ihr dieser fotografische Spagat nicht einen Heidenspaß machen. Auf der einen Seite hatte sie mit ihren sechsundzwanzig Jahren schon Dinge gesehen und fotografiert, die neunzig Prozent der Bevölkerung die Schamesröte ins Gesicht treiben würde, auf der anderen Seite machte sie die Fotos, die dieselben neunzig Prozent beim Blick in die Zeitung „Ei, wie niedlich!" ausrufen ließ.

„Was ist heute dran?"

„Nilpferde. Eins davon ist krank. Schnupfen, Süßwasserallergie, Magersucht, was weiß ich."

„Klingt dramatisch."

„Ist es auch; wart mal die Schlagzeile in der B.Z. ab."

Sie gingen also in den Zoo. Die Frau im Kassenhäuschen starrte gelangweilt Löcher in die Luft. Als Laura ihren Presseausweis zücken wollte, nickte sie nur wissend, sie kannte die schmale, schwarze Frau mit den großen Fototaschen nur allzu gut. Laura stellte Yannick als ihren Praktikanten vor und grinste ihn danach an.

„Solange ich nur bei deinen Tierfotos Praktikant bin, soll's mir recht sein."

„Ach, alles andere ist nur 'ne Frage der Zeit."

Es war wenig los; Ende Februar, der Tag war kühl und wolkenverhangen, viele Tiere schienen im Winterschlaf zu wandeln und von den anderen dafür beneidet zu werden. Nur wenige Stammbesucher schlenderten mit hochgeschlagenen Krägen an den Gehegen vorbei. Einige Tiere durften in ihren Häusern bleiben, andere hielten Mahnwachen vor den Stalltüren.

Sie betraten das Flusspferdhaus. Eine feuchtwarme Wand aus Dunggeruch schlug auf sie nieder.

„Das stinkt ja wie im Affenkäfig hier."

„Affenkäfig riecht besser", korrigierte Laura.

Das Nilpferdgehege war von einem Wassergraben umgeben, der zum Besucherraum eine Plexiglaswand hatte. In dem stinkenden Brackwasser zog ein Schwarm Karpfen seine Runden. Fette, graue Viecher. Karpfen sind die Flusspferde unter den Süßwasserfischen, dachte Yannick.

Laura stellte sich an die Ummauerung des Geheges und schaute skeptisch zu den Tieren. Drei Nilpferde lagen regungslos im Sand und stanken vor sich hin.

„Sieht eins davon krank aus?"

„Sehen eher aus wie tot. Und dem Geruch nach verwesen sie schon."

„Dann muss ich auf den Pfleger warten."

Sie starrten weiter auf die Tiere. Das Flusspferdhaus war leer bis auf sie und zwei weitere Besucherinnen. Eine sechzig Jahre alte Frau, offenbar mit ihrer Enkelin da. Die Frau hielt sich ein Taschentuch vor Mund und Nase. Das Kind zerrte aufgeregt am Arm seiner Oma.

„Da! Es hat das Ohr bewegt!", rief es beigeistert.

„Mhm", ertönte es dumpf aus dem Taschentuch.

„Das ist der Wunschtraum jedes Komikers: Eine Bühne zu haben und schon dafür bewundert zu werden, wenn man mal sein Ohr bewegt. Einfach angehimmelt werden dafür, dass man überhaupt existiert. Das wär doch was ...", seufzte Yannick.

„Dafür ist die Komikerpopulation in Deutschland aber noch zu hoch. Erschieß einfach die Kollegen, mach Komiker zur aussterbenden Art, und prompt wird man auch dich lieben."

„Natürlich, und man kann mich wie im Zoo hinter Gittern bewundern."

„Knast? Nur weil du ein paar Komiker erschießt? Ich bitte dich, Yannick! Dafür bekommt man höchstens zwei Jahre auf Bewährung und das Bundesverdienstkreuz."

„Da! Oma, guck mal, das Nilpferd macht A-A!", krakeelte das Kind hysterisch.

„Na, möchtest du auch bejubelt werden, wenn du auf der Bühne Scheiße von dir gibst?"

„Bin ich Harm Obarti?"

Laura lachte. Oft genug hatten sie und Yannick in der Küche über die flauen Späße des prominenten Fernsehkomikers gelästert.

„Könn wa jetz gehen?", drängelte die Oma durch ihr Tempo-Taschentuch. „Das stinkt hier."

„Tut's gar nicht", maulte das Mädchen und folgte widerwillig ihrer Großmutter.

„Ich hab deinem Vater früher schon gesagt, er soll häufiger lüften", zeterte die Zoobesucherin und verschwand mit ihrer Enkelin im Windfang.

„Sie sind Laura Kaup?" Ein Tierpfleger in Gummistiefeln und grünem Overall war zu ihnen getreten. „Die Fotografin?"

„Ja, bin ich, ich fotografiere für Morgenpost, Welt und so", stellte sich Laura vor; das Boulevardblatt B.Z. unterschlug sie lieber, obgleich es ihr Hauptabnehmer war und man dort, vor allem nach Geburten im Zoo, wochenlang journalistischen Tierbabyamok lief. Laura verbrachte dann mehrere Stunden täglich an Käfigen und stellte sich den Revierkämpfen im Rudel der Berichterstatter. Nur die Bilder der Stärksten und am besten Angepassten wurden reproduziert, es sei denn, man war geschickt darin, Knopfaugen gut digital nachzubearbeiten. Laura hatte da ihre geheimen Techniken. „Leder soll auch immer glänzen wie frisch gewienert, und ob ich nun einen Brustharnisch oder eine Eisbärpupille nachbearbeite, macht technisch keinen Unterschied", hatte sie einmal erklärt.

„Du kannst Laura sagen." Sie griff die ihr hingestreckte Hand und schüttelte sie. „Und das ist Yannick, mein Mitbe-, mein Praktikant."

„Hallo", sagte Yannick und schaute dem jungen Zooangestellten ins glatt rasierte Gesicht. Grüne Augen, stellte er fest. Seine Haare waren rot, wuchsen wild in alle Richtungen und fielen strähnenweise in ein jungenhaft-trotziges Gesicht.

„Ich bin Konrad", sagte der Tierpfleger. „Und das da vorne ist Uhura."

Er deutete auf ein Flusspferd, das wie angeschossen am Ufer des künstlichen Brackwassertümpels lag, das linke Hinterbein ins Wasser ausgestreckt.

„Dr. Jessen wird die gleich untersuchen. Von wo wollen Sie … willst du fotografieren?"

„Ich bleib hier; das ist die beste Perspektive", erklärte Laura und stellte ihre Umhängetasche mit den Wechselobjektiven ab.

„Der Arzt wird sie hier untersuchen?", fragte Yannick neugierig.

„Klar, oder willst du sie zum HNO-Arzt tragen?"

„HNO?"

„Ja, wir vermuten sie hat Ohrenschmerzen. Sie wackelt so oft mit dem rechten Ohr."

Yannick wandte seinen Blick zu den Nilpferden. Seit sie hier waren, hatte Uhura vielleicht zwei Mal in zehn Minuten mit dem Ohr gewackelt, aber vielleicht war das ja schon viel.

„Aber … ist das nicht gefährlich? Macht der Arzt das so ganz ohne Betäubung?"

„Klar, es sei denn, er hat gestern lange gefeiert." Konrad, der Tierpfleger, grinste, als Yannick den Witz nicht verstand.

Laura sprang rettend bei: „Yannick ist übrigens Comedian."

„Hab's schon gemerkt", murmelte der Tierpfleger und wandte sich der Tür zu, aus der er eben gekommen war. Yannick beobachtete ihn dabei. Konrad war hoch gewachsen und schlank, etwa einen halben Kopf größer als er selbst. Der grüne Overall erlaubte Yannick, sich darunter einen drahtigen, wohl proportionierten Körper vorzustellen. Auf Höhe der rechten Pobacke prangte allerdings ein verwischter schwarzbrauner Fleck, über den er sich sofort verbot, weiter nachzudenken.

Hinter dem Fleck schlug die Tür zu.

Bald darauf tauchten Konrad und Dr. Jessen im Flusspferdgehege auf und näherten sich Uhura.

In Yannick baute sich eine Spannung auf. Er hatte mal gehört, Flusspferde seien ungemein gefährlich, ein Biss könne ganze Gliedmaßen abtrennen. Sein Gedächtnis flüsterte ihm diese Informationen mit der Stimme Bernhard Grzimeks ein. Unfassbar, wie lange sich die akustischen Traumata der eigenen Fernsehkindheit hielten.

Langsam und Schritt für Schritt näherte sich Dr. Jessen der Nilpferddame. Dann legte er ihr eine Hand auf den Rücken. Laura drückte auf den Auslöser. Leben kam in das träge Flusspferd. Ein Zucken durchfuhr seinen massigen Körper. Yannick hielt den Atem an, instinktiv erwartete er, das Flusspferd würde jetzt aufspringen und sich blitzschnell auf den Tierarzt stürzen und ihm ein Bein abreißen. Der schöne Konrad würde beherzt beispringen und Uhura mit den bloßen Händen vom bewusstlosen Veterinär ziehen und ihm das Leben retten. Und tatsächlich! Uhura reagierte! Sie wackelte mit dem Ohr, dem linken.

Dann nahm Dr. Jessen Uhuras rechtes Ohr in die Hand und leuchtete mit einer gewöhnlichen Stabtaschenlampe hinein.

Laura drückte auf den Auslöser. Uhura blinzelte einmal müde. Dann gähnte sie. Laura stellte den Auslöser auf Bildserie. Dribb dribb dribb machte die Digitalkamera Bild für Bild.

Yannick stupste Laura an und deutete unauffällig auf den etwas abseits im Hintergrund stehenden Tierpfleger.

„Nee, war klar …“, murmelte sie, hob die Kamera etwas an, zoomte auf Konrad und drückte ein paar Mal ab.

„Wahrscheinlich ’ne leichte Entzündung im Ohr“, erklärte Dr. Jessen kurz darauf, als er mit Konrad im Gefolge wieder vor dem Gehege angelangt war. Eigentlich ist auch der Tierarzt nicht unattraktiv, fiel Yannick auf, schlank und um die vierzig, aber mit einem rothaarigen Mittzwanziger konnte er einfach nicht mithalten. Außerdem war er klar hetero, so wie er Laura musterte, während er sprach: „Sie kriegt ein paar Tage Antibiotika, bald ist sie wieder voll und ganz die Alte.“

„Ist ihr Verhalten denn so auffällig?“, fragte Yannick.

„Uhura ist derzeit sehr nervös und reizbar“, erklärte Konrad. Hier im Flusspferdhaus gingen die Uhren wohl einfach anders.

Sie verabschiedeten sich. Konrad rieb sich vor dem Händedruck die flache Hand am Overall ab, an der rechten Pobacke. Yannick griff sie trotzdem: „Ähm, war schön, dich kennenzulernen“, sagte er und versuchte, so viel Freundlichkeit in seine Stimme zu pumpen wie möglich.

„Hm", murmelte Konrad, steckte die Hände in die Taschen und schlurfte mit dem Tierarzt davon. Yannick schaute ihm nach, ihm war heiß und leicht schwindelig, doch er schob das auf die Luft im Flusspferdhaus.

„Guck mal, sie wackelt gerade mit beiden Ohren." Laura zeigte in das Flusspferdgehege. In der Tat: Uhuras Ohren spannten sich an, ihre Nasenlöcher zitterten und schlossen sich, und dann … furzte die Flusspferddame lustvoll.

„Vielleicht sollten wir jetzt gehen", schlug Laura vor.

Sie drehten noch eine Runde durch den spätwinterlich-kühlen Zoo.

Die Kamele standen in ihrem Gehege unweit des Bahndammes, ihre dicken Felle wirkten wie Kamelhaarmäntel aus der Altkleidersammlung. Offensichtlich hatten die Wüstentiere Langeweile und starrten zum Regionalbahnsteig hoch. Trainspotting. Wir Kamele vom Bahnhof Zoo. Wären sie Männer, würden sie mit Sternburg-Pils an Verteilerkästen lehnen.

„Musst du jetzt noch öfter zu den Nilpferden?", fragte Yannick so beiläufig wie möglich.

„Er hat's dir ganz schön angetan, was?" Laura lachte. „Kommt drauf an, wie Uhura bei den Lesern einschlägt. Was findest du an ihm?"

„Weiß nicht … gefällt mir halt. Er hat grüne Augen. Und ich bin schon so lange Single …"

„Und da verguckste dich in den erstbesten Tierpfleger? Mann, er ist *Tierpfleger*! Das ist nicht gerade der schwulste Beruf! Ich hab hier im ganzen Zoo bisher erst einen einzigen schwulen Tierpfleger gesehen und das war bei den Papageien. Und der hier arbeitet bei übergewichtigen Stinktieren! Wenn der schwul ist, steht er sicher nur auf ganz schmutzige Dinge. Hast du den Fleck auf seinem Arsch gesehen?"

„Ja. Ich fand ihn trotzdem ganz süß."

„Wenn du meinst und dich das von deiner Schaffenskrise ablenkt, darfst du gerne dein Praktikum bei mir verlängern. Aber dann trag bitte meine Tasche."

Die Schaffenskrise. Die hatte er ganz vergessen. Danke, Laura! Er nahm ihr die schwere Fototasche ab.

„Und wie geht's jetzt bei dir weiter?"

„Weiß nicht. Wie immer. Es kommen neue Auftritte, andere Bühnen; es gibt schöne Jobs, dann ist alles gut, und es gibt Scheiß-Jobs, dann ist alles scheiße. So ist es nun mal."

„Klingt, als liebtest du deinen Beruf über alles."

„Frag mich nach einem guten Auftritt noch mal."

Liebte er seinen Beruf? Ja, er glaubte schon. Er hatte wie jeder Job seine Schattenseiten. Aber hatte er nicht mehr Sonnenseiten? Yannick ging es mit seinem Beruf wie mit deutschen Sommern. Irgendwann stand man immer an dem Punkt, an dem man Sonnentage und Regenwochen gegeneinander aufrechnete und bei der Frage nicht weiterkam, ob es denn nun ein guter oder schlechter Sommer gewesen war. „Aber im Mai war es mal sehr warm." „Das war aber nur 'ne Woche." „Und der goldene Oktober ging bis Mitte November." „Dafür war der August total verregnet." „Aber nicht kalt." „Nee, kalt war's im Juni." „Das war die Schafskälte." – Meistens einigte man sich auf Kompromisse wie „Der Sommer war eigentlich ganz okay."

Sein Job war auch eigentlich okay. Leider erwartete man von Künstlern immer, dass sie den Anspruch haben müssten, Star werden zu wollen. Wieso eigentlich? Von einem guten Restaurant im eigenen Stadtteil erwartete auch niemand, dass es aufstieg zum unbezahlbaren Sternerestaurant. Yannick war ein Comedian und erfüllte seinen Zweck, das Publikum ging satt und zufrieden nach Hause. Wieso musste man immer zu den Topleuten zählen wollen müssen? Die Antwort fiel Yannick ein, als sie am Eisbärgehege ankamen. Sie lautete Kaltenbüttel.

„Wir müssen übrigens neue Pressebilder machen", fiel Yannick ein.

„Wieso? Die letzten waren doch super."

„Meiner Agentin gefallen sie nicht."

„Na und?"

„Sie weigert sich, sie zu verwenden."

„Mit welcher Begründung?"

„Sie weigert sich, sie zu verwenden."

„Das ist keine Begründung."

„Bei ihr schon."

„Aber *du* bist doch der Künstler!" Laura schaute ungläubig.

„Ja, bin ich. Aber wenn die Bilder ihr nicht gefallen, gefallen sie ihr nicht. Sie muss damit arbeiten."

„Aber sie arbeitet für dich, du bezahlst sie schließlich!"

„Im Zweifel würde sie das umgekehrt sehen."
„Verstehe ich nicht."
„Na ja, einen Agenten musst du dir vorstellen wie einen Silberrücken hier im Gorillakäfig, das Alphatier. In der Herde der Komiker kann er sich die Partner aussuchen. Aber wie in dieser Herde hier sind viel mehr Weibchen da, als den Silberrücken interessieren, daher buhlen sie alle um seine Aufmerksamkeit, versuchen im Rang aufzusteigen. Und die rangniedrigen können froh sein, überhaupt mal ab und zu begattet zu werden."
„Mit anderen Worten: Du bist ein frustriertes Gorillaweibchen aus der Gosse, das froh sein kann, für den Silberrücken gelegentlich mal die Beine breit zu machen."
„Wenn du so willst, ja."
„Wenn das so ist, dann beschwer dich nicht, dass du dich von deiner Agentin gelegentlich gefickt fühlst."
Yannick schwieg. Laura hatte natürlich recht. Aber Yannick war froh, eine Agentin gefunden zu haben. Mit Grausen dachte er an die Zeit, in der er sich selbst vermarktet hatte, an all das Eintüten von Videos und Pressemappen, an all die Telefonate mit Theaterbetreibern, an all die auf Kulturmanager umgeschulten arbeitslosen Lehrerinnen und Lehrer in den Kultur- und Stadtteilzentren der Republik, an die Ausreden am Telefon und die „verlorenen" Bewerbungs-Videos. „Also, die DVD, nein, die ist wieder nicht angekommen, können Sie sie mir noch mal schicken?" Irgendwo in Deutschland musste ein Postbote herumlaufen, dessen Hobby es war, so viele Videos von Bühnenkünstlern wie möglich abzufangen und in seinem Keller zu bunkern. Nach der Zahl der auf dem Postwege verlorenen DVDs zu urteilen, musste es ganze Untergrundvereinigungen diebischer Briefzusteller geben und heimliche Internettauschringe für halbprofessionell geschnittene Comedyvideos: *„Suche Mittermeier-Demo von 1989, biete Harm-Obarti-VHS von 1999 plus beliebig viele, verwackelte Frauenkabaretts"*.
Alles, nur das nicht! Bloß keine Selbstvermarktung! Vielleicht war die gelegentliche Bräsigkeit seiner Agentin nur eine Art Berufskrankheit.
„Wir könnten dir eine dicke Hornbrille aufsetzen und dich debil in die Kamera grinsen lassen", überlegte Laura. „Das würde ihr sicher gefallen."
Yannick schüttelte sich innerlich bei dieser Vorstellung. Irgendjemand war mal auf die Idee gekommen, dass dicke Horn-

brillen, Hausmeister- oder Putzfrauenkittel zur Dienstkleidung von Unterhaltungskünstlern gehörten. Dieses Vorurteil hielt sich beharrlich, vor allem bei komödiantischen Berufsanfängern. Yannick war sich sicher, dass gute siebzig Prozent der deutschen Graukittel-Jahresproduktion mittlerweile an Bühnenkünstler verkauft wurden und beim Finanzamt mühelos als Arbeitskleidung abgesetzt werden konnten. Er versuchte sich zu erinnern, wann er zuletzt einen echten Hausmeister im grauen Kittel gesehen hatte.

Laura steuerte das Eisbärengehege an. Sie beobachteten einen schmuddelig braunen Eisbär, der schwer hospitalisiert immer drei Schritte vor- und zurücklief. Auf dem Fels zeugten Kot und Urinspuren davon, dass er dieses Gebaren Tag für Tag zeigte. Am Ende seiner Kurzstrecke angelangt, schüttelte das Tier den Kopf, als wollte es sagen: „Nee nee, jetzt lauf ich schon wieder nur vor und zurück." Schüttelte den Kopf und lief wieder rückwärts. Drei Schritt zurück, drei Schritt vor. Immer so weiter.

Yannick und Laura betrachteten den Eisbären ein paar Minuten lang. Eine Traurigkeit ging von ihm aus, die sich bleischwer um Yannicks Gedanken wickelte. Etwas an dem Eisbären rührte ihn. Laura deutete auf ein Schild, das besagte, der Bär habe jahrelang in einem engen Zirkuswagen gehaust. Er leide aber nicht unter seinen Zwangshandlungen. Tierpsychologen kümmerten sich um ihn. Auch Eisbären durften weinen.

Yannick meinte, etwas sagen zu müssen. Er ertrug die traurige Stille, die von dem Tier ausging, nicht länger: „Früher, als ich zu Schulzeiten mal in 'ner Dark-Wave-Disko war, nannte man das ‚metern'. Müsstest du doch kennen, Laura. Drei Schritt vor, drei Schritt zurück, und dazu *Sisters of Mercy* oder *Deine Lakaien*."

„Deswegen waren Gothics auch immer so depressiv drauf, weil sie im Leben nie vom Fleck kamen."

„Wie sprichst du denn über Gothics?"

„Ich bin eben keiner mehr."

„Und wer trägt immer schwarz und hat acht Kajal-Stifte im Bad?"

„Ich bin halt *post-gothic*."

„Und das heißt? Du hörst Dark Wave und trägst zukünftig nur noch gelb?"

„Sehr komisch. *Post-gothic* heißt, ich bin drüber weg."

Ihr albernes Geflachse vermochte das deprimierende Bild des verhaltensauffälligen Bären nur kurzzeitig zu vertreiben. Yannick zeigte wieder auf das Schild am Gehege: „Er hat mal im Zirkus gearbeitet."

„Genau wie du, und richtig voran geht's bei dir ja auch nicht." Laura lachte schäbig. Yannick schluckte: „Danke, du bist sehr mitfühlend."

„Lass uns gehen, die Bilder müssen zur Redaktion und ich muss dir ja auch noch deinen Konrad auf DVD brennen."

Laura ging voran. Yannick trottete hinterher. Der Eisbär schüttelte den Kopf und machte einen Schritt zurück.

[21. Sitzung]

– Ich habe mir die Texte angeschaut, die Sie mir vor ein paar Wochen gegeben haben.
– Hm.
– Sie haben sich sehr viel Mühe gemacht.
– Sie hatten mich ja neulich auch ordentlich runtergeputzt.
– Haben Sie das so empfunden? „Runtergeputzt" würde ich nicht sagen. Ich habe Sie gefordert.
– Bitte nicht dieses Wort.
– Oh, Entschuldigung, ich vergaß.
– ...
– Welche dieser Fantasien von Ihrem letzten Auftritt gefällt Ihnen denn am besten?
– Was ist denn das für eine Frage? Die positive natürlich.
– Und welcher Text gefällt Ihnen am besten?
– Äh, wie meinen Sie das jetzt?
– Nun, auf meine Frage hin haben Sie in den letzten Wochen ja drei, ich möchte sagen, ausgefeilte Texte zu Papier gebracht. Wenn ich Sie als Autor frage, den besten von den dreien auszuwählen, welchen würden Sie auswählen?
– Einen anderen.
– Einen anderen.
– Ja, Romantik ist schön, romantisch eben. Aber selten wirklich komisch. Tragik ist komischer. Selbst die romantischen Komödien aus Hollywood leben im Grunde von tragischen Verwicklungen, nur dass am Ende alles irgendwie gerade noch gut ausgeht.
– Wie wird es bei Ihnen ausgehen?
– Woher soll ich das denn wissen?
– Wer soll es denn sonst wissen?

5 [Reeperbahn]

Am nächsten Morgen lief Yannick mit jener Erregung zum Kiosk, als enthielten die Zeitungen seine Premierenkritiken. Auf einem Aufsteller vor dem Zeitungsladen prangte die aktuelle Titelseite der B.Z.: Riesengroß eins von Lauras Fotos, das Nilpferd mit weit aufgerissenem Maul, daneben der Tierarzt, der ihr gerade ins Ohr schaut. Die Lettern waren zentimetergroß: *„Tinnitus! Nilpferddame brüllt vor Schmerzen! Uhura hat ständig Pfeifen im Ohr.“*

Yannick grinste. Dann überflog er den Rest der Titelseite: *„Schon wieder toter Säugling in verwahrloster Wohnung!“, „Massensterben in Dafur“* und ein neues Skandalbildchen eines C-Promis quetschten sich neben Uhuras aufgerissenen Schlund. Yannick schaute auch in die Morgenpost. Auf der vermischten Seite ein Foto der trägen Nilpferddame: *„Hört, hört! Ein Flusspferd kann nichts erschüttern. Nicht mal der Besuch vom Hals-Nasen-Ohrenarzt. Dr. Jessen untersucht das Flusspferd Uhura (Foto). Die 31-jährige alte Dame nimmt's gelassen und döst weiter, ihre Lieblingsbeschäftigung. Wer will schon gerne 3,5 Tonnen Gesamtgewicht durch die Gegend tragen? Nun bekommt Uhura Antibiotika und kann sich demnächst auch wieder auf das rechte Ohr legen (eigener Bericht)“.*

Yannick steckte die Zeitungen ein, kaufte beim Bäcker ein paar Schrippen und ging gut gelaunt nach Hause. Spätestens am nächsten Tag hatte Laura den nächsten Termin im Flusspferdhaus, und er wusste, wer wieder den Praktikanten geben würde.

Lauras Zweifel hin oder her. Konrad war schwul. Das war so. Basta. Wieso, wusste er nicht. Die Fähigkeit, einander zu erkennen, war vielen Schwulen rätselhafterweise gegeben, „Gaydar“ nannten das nicht wenige. Irgendetwas an Konrad machte Yannick in diesem Punkt sehr sicher. Vielleicht die Art, wie er mit Laura umging. Jeder Hetero, den er kannte, versuchte mit Laura zu flirten. Konrad nicht. Er musste also schwul sein – oder verdammt doof. Yannick war sich sicher und hoffte inständig, dass Konrads Anziehungskraft sein Gaydar nicht in die Irre führte.

Sicherheitshalber setzte er sich vorm Frühstück an den Computer und durchforstete die Seiten des schwulen Einwohnermeldeamts, der Internet-Community Gayromeo. Jeder Hauptstadtschwule hatte dort ein Profil. Wer keins hatte, war entweder extrem rückständig, fest liiert oder einfach kein ordentlicher Hauptstadtschwuler. Yannick suchte nach einem rothaarigen, schlanken Mann zwischen zweiundzwanzig und achtundzwanzig: zwei Dutzend Treffer. Er schaute sich die Bilder an. Konrad war nicht darunter. Allerdings gab es einige Profile, die keine Bilder oder nur unbekleidete Torsos zeigten. Oder andere unbekleidete Körperteile. *„red rat“* war so ein Profil. Könnte hinhauen, überlegte Yannick und studierte die Detailfotos. Wenn das Konrad sein sollte, könnte er sich auf die erste Nacht mit ihm freuen.

Yannick machte die Gegenprobe und gab mal auf gut Glück einige Nicknames ein: Er startete mit *„Zooboy“*. Nur einmal vergeben in London, der *Zooboy* war auch schon dreiundfünfzig Jahre alt. Es gab zwölf Variationen des Namens *„Uhura“*, *„Flusspferdfreund“* gab es nicht und hinter *„Tierpfleger“* verbarg sich ein älterer Herr mit verpixeltem Gesicht, der gerne schwule Boys bis zwanzig als Hauskatzen halten wollte. Kranke Webwelt. Kein Wunder, dass Konrad da nicht mitmachte. Yannick loggte sich aus, *Scherzkeks* war offline.

„Hast du Brötchen besorgt?“, rief Laura aus der Küche.

Laura sah die Zeitungen auf dem Tisch, zählte zwei und zwei zusammen und kam auf vier. „Du willst dein Praktikum bei mir also tatsächlich verlängern“, grinste sie.

„Wenn du nichts dagegen hast.“

„Ich ruf heute mal in der Redaktion an und frag nach. Wenn genügend Genesungswünsche für Uhura angekommen sind, schicken sie mich sicher noch ein paar Mal los. Wieso ausgerechnet er?“

Yannick zuckte mit den Schultern.

„Das geht doch wieder schief. Kannst du dir nicht irgendeinen lustigen Zauberer suchen?“

Tatsächlich waren die meisten jungen Zauberer, die Yannick kannte, schwul. Woran das lag, wusste er nicht. Zauberer waren einfach eine Bevölkerungsgruppe, in der Schwule mindestens so stark vertreten waren wie bei Frisören, Visagisten oder Jungen Liberalen. Vielleicht weil man sich als Schwuler mit Täuschungen recht gut auskennt. Offen schwul war nämlich kein einziger dieser Magier.

„Oder einen smarten Jongleur, der gut mit Bällen und Keulen umgehen kann.“ Laura kicherte. Ein paar ihrer Armreifen klimperten dazu einen albernen Takt.

„Autsch. Ey, für die schlechten Witze bin *ich* zuständig.“

„Ich fand den aber gut. Aber mal im Ernst, Yannick, er ist Tierpfleger! Weiter weg von deinem Job geht es gar nicht.“

„Vielleicht ist es das ja.“

Die meisten Zauberer konnten nie abschalten und wollten auch nicht. Kein Zauberer, den er kannte, der nicht immer irgendein Kunststück in einer Tasche hatte. Münze da, Münze weg. O und guck mal, ein buntes Tuch, das ich aus meiner Hand ziehe! Bin ich nicht toll? Zauberer waren wandelnde Partygags. Yannick war mal auf einer Geburtstagsfeier gewesen, wo auch ein Zauberer zur entfernten Verwandtschaft gehörte. Der zog Serviette nach Serviette aus seiner künstlichen Daumenkuppe und nervte damit mindestens genauso wie der Großonkel mit seinem künstlichen Darmausgang.

Konnte Yannick mit einem anderen Künstler zusammen sein? Sicher, es hätte Vorteile. Seine letzte Beziehung war schließlich an zu verschiedenen Lebensrhythmen zerbrochen. Der Zeitplan eines tingelnden Komikers passte nur leidlich zum Wochentakt eines Mitarbeiters in der Pressestelle des Bundesrechnungshofes. Nicht, dass Marcus und er sich nur selten gesehen hätten. Yannick war sich zudem einfach sicher, den spannenderen Beruf in die Beziehung eingebracht zu haben. Insgeheim sah Marcus das wohl genauso, zumindest war es nie ein Geheimnis, dass er seinen Job nicht wirklich mochte; deshalb war er selten Thema. Yannicks Job dafür umso mehr. Die Komik diktierte ihre Beziehung und war dabei selten komisch. Sie gab Termine vor, verursachte Trennungszeiten. Yannicks Aufs und Abs bekam Marcus immer als Erster zu spüren. Er saß da, wo im Kabarett sonst niemand sitzen will: in der ersten Reihe, dort, wo man alles abbekommt. Arbeitete sein Freund an neuen Texten, krochen halbgahre Pointen zeitweise bis unter die Bettdecke, manch einmal fiel das Liebesleben flach, weil Uta Sybille Kramer die Besucherritze in Yannicks Lustzentrum bezog. Irgendwann hatte es Marcus gereicht. Zwei Jahre war das jetzt schon her.

Yannick hatte damals in den Kulissen der *Reeperbahn Midnight-Show* gestanden. Es war halb ein Uhr nachts, sein Auftritt sollte erst in einer Dreiviertelstunde sein. Auf der Bühne stand ein knapp fünfzigjähriger, schwuler Entertainer im Paillettenanzug und erzählte Witze. Eine Performance, als hätte sich Fips Asmussen einer Geschlechtsumwandlung unterzogen und wäre reinkarniert als Witzfigur aus seinem eigenen Repertoire: Gabriel Tuff.

Ein buntes Etwas, das so schwul war, dass selbst Fummel und Perücke nur noch zu einer Heteroisierung seiner Optik beigetragen hätten. Gabriel Tuff war der Inbegriff des schwulen Klischees auf der Bühne. Er sprach nasal und affektiert, zog Vokale gerne in die Länge und bemühte dabei sämtliche Nebenhöhlen als Resonanzraum. Sein Make-up erinnerte an exotisches Bodypainting, seine Frisuren an das Rad eines Pfaus, seine Anzüge waren halluzinogen.

Wäre die *Midnight-Show* an der Reeperbahn nicht überwiegend mit biederen schwäbischen und westfälischen Touristen gefüllt gewesen, müssten sie sich bei Tuffs Anblick kollektiv in einem LSD-Rausch wähnen. Aber von LSD hatten die Städtetouristen von *„Drei Tage Hamburg mit Hängerle-Reisen, 149 alles inklusive“* noch nichts gehört und in Ermangelung psychogener Alternativen liebten sie Gabriel Tuff über alles. Er war ja so herrlich flippig und schrill!

Manchmal frustrierte es Yannick, dass die Akzeptanz von Schwulen im Showbiz zumeist davon abhing, wie schwul sie sich inszenierten. Je irrer, desto besser. Wer als Schwuler auf der Bühne stand, musste gefälligst schrill, flippig und extrovertiert sein, ansonsten hatte er das Publikum nicht mit seiner Homosexualität zu belästigen. Der gewöhnliche Hetero war eben lieber bereit, einen Alien von Tunteigeuze in sein Herz zu schließen als einen Schwulen, der am Ende doch nur so aussah wie der Nachbar oder gar der eigene Sohn. Schwule auf der Bühne mussten wohl möglichst viel Distanzierungsfläche bieten, und die hatte gefälligst bunt zu sein, mit Pailletten behängt. Einziger Ausweg aus diesem Dilemma: Man wanderte auf dem Jakobsweg, dann ging man vielleicht als Hetero mit seltenem Gendeffekt durch.

„Mir persönlich ist das ja vöööllig egal, wie Männer aussehen, ich muss sie ja nicht aaansehen, wenn sie mich von hinten nääähmen", nasalte Gabriel Tuff und das Publikum kreischte. Dieser Homosexuelle da vorne, der war ja so herrlich obszön! Da ham wir in Hamburg doch mal richtig was erlebt!

Yannicks Handy vibrierte in der Hosentasche. Er verschwand im Treppenhaus, trabte hoch Richtung Garderobe und nahm ab. *„Marcus"* hatte das Display gezeigt, wäre es nicht stumm geschaltet, hätte das Gerät als Klingelton dazu in Gollumstimme *„Mein Schatz … mein Schatz …"* gezischelt. Anfangs hatte Marcus das sogar ganz lustig gefunden.

„Hey Süßer!"

„Hey", Marcus klang gar nicht gut.

„Is was?"

Sie telefonierten oft um diese Zeit. Es war sonst die Zeit nach Yannicks Auftritten, wo er im Hotel angekommen war und Ruhe einkehrte. Marcus fragte, wie der Auftritt war, Yannick erzählte; sie versicherten sich, dass sie sich vermissten; manchmal hatten sie Telefonsex.

„Yannick, wann sehen wir uns wieder?"

„Mittwoch, oder Donnerstag … ich bin morgen noch hier, dann weiter zu ein paar Mixshows …"

„Weil … ich finde, wir müssen uns mal … unterhalten."

Yannick bekam ein Gefühl, als hätte er gerade etwas verschluckt, das auf halbem Wege im Hals stecken geblieben war; ein Kürbiskern, oder nein, wie damals vor vielen Jahren im Kinderzimmer, als er sich an einem Legostein verschluckt hatte. So fühlte es sich plötzlich an.

„Ähm, ja, können wir gerne … Donnerstag! Donnerstag ist gut! Komm doch vorbei, wir kochen schön …"

„… donnerstags hab ich Volleyball."

„Ach ja, Mist. Aber ich komm Donnerstagmorgen zurück und muss Freitag wieder los. Kannste das nicht mal ausfallen lassen?"

„Hast du sie noch alle, Yannick?!" Marcus brauste mit einem Mal auf. „Du tourst die ganzen Tage wie doof durch die Republik, du hast einen Tag in der Woche für mich Zeit, und da soll ich dann strammstehen und muss alles liegen lassen, weil mein Freund mir eine Audienz gewährt? Hast du 'nen Knall oder was?"

Dieser Ausbruch kam unerwartet. Der Legostein wuchs zu einem Duplostein, dessen Noppen in den Knorpel der Luftröhre drückten.

„Sorry, Marcus, aber das ist nun mal mein Job. Sorry ..."

„Deswegen will ich ja mit dir reden ... oh, Mann."

„Donnerstag, mehr kann ich nicht anbieten ... tut mir leid", presste Yannick leise an dem fiesen Klotz im Hals vorbei.

„Du Vollidiot! Yannick, es ist echt zum Kotzen, mit dir zusammen zu sein. Ich komm mir gerade wie ein Arschloch vor, weil ich das Gefühl hab, ich mach gerade per Telefon mit dir Schluss, aber ... ach, verdammt."

Yannicks Halsmuskulatur spielte mit dem Duplostein im Rachen, drehte und wendete ihn.

„Yannick? ... Ich, ich wollte das gerade nicht sagen ... also, nicht jetzt ... Ich wollte es dir gerne persönlich sagen, meine ich ... Ich will das nicht mehr, kann das nicht mehr, ich hab keinen Bock mehr auf eine Beziehung, die man sich immer in seinen Terminkalender eintragen muss. ... Yannick?"

„Sorry, Marcus, ich kann grad nicht ... ich spiel hier gleich in einer Mitternachtsshow."

„O Scheiße, ... tut mir leid ... verdammt ... Sorry, das hab ich nicht gewusst, ... Scheiße."

Yannick schmiss das Handy gegen die Wand, mit voller Wucht, so stark er konnte. Doch statt des erhofften Nokia-Einzelteilregens platschten nur drei Bruchstücke klappernd auf den Treppenhausbeton. Fucking Wertarbeit!

Yannick hockte sich auf die Treppe, der Klotz im Hals zerbröselte, löste sich in Tränen auf. Die fühlten sich an wie kleine, kantige Legosteinchen, die sein Kummer gerade durch die engen Tränenkanäle nach außen quetschte. Yannick heulte los.

Zwei Jahre und elf Monate Beziehung endeten in einem muffigen Treppenhaus an der Reeperbahn nachts um zwanzig vor eins. Aus der Ferne erklang tosender Applaus.

Kurz darauf trat Gabriel Tuff ins Treppenhaus, seine lila Cowboystiefel, vermutlich aus Milka-Kuhleder, knartschten auf den Resten eines zerschmetterten Handys.

„Huuuch! Ich konnt diese finnischen Scheißteile auch nie leiden. War das deins, Yannick?"

Gabriel schaute zu ihm hoch. Yannick nickte, den Kopf in den Armen vergraben.

„Kauf dir ein Samsung. Sind viiieeel hübscher und glänzen auch viel mehr. Und es gibt sie auch in piiink."

Gabriel Tuff erklomm die Treppe, auf der Bühne tobte gerade der erste Künstler des Abends. Yannick war schon geschminkt für seinen Auftritt, nicht viel, nur ein wenig Puder, ein bisschen Kajal, aber genug, damit er verlaufen konnte.

„Gabriel", Yannick schluckte und schaute auf.

„Oooch, das Kindchen hat geweint … nur, weil du dein Handy kaputt gemacht hast?"

Gabriel grinste ihn süffisant an und wechselte dann auf ernst: „Was ist los?" Er setzte sich mit auf die Treppe.

„Gabriel, tut mir leid. Ich kann gleich nicht auftreten … Du musst irgendwie improvisieren, ich … Es geht einfach nicht. Mein …" Yannicks Stimmbänder pappten plötzlich wieder zusammen wie Legosteine. Gabriel schaute ihn mit aufmerksamer Neugier an. Sein bunter Lidschatten verzog sich zu paradiesfarbenen Fragezeichen.

„Mein Freund hat gerade mit mir Schluss gemacht."

„Und du hast gleich den Überbringer der schlechten Nachricht gevierteilt. Was kann denn der arme finnische Onkel Nokia dafür?"

„Jetzt lass doch bitte mal deine Witze, verdammt!"

„Ich muss ja wohl welche machen, wenn du deine Witze heute lieber lassen willst."

Yannick schwieg.

„Das erste Mal, dass du verlassen wirst?"

Yannick schüttelte den Kopf. Nicht das erste Mal. Er dachte an Nicolai, seinen ersten Freund. Drei Wochen Händchenhalten in der schwulen Jugendgruppe, wildes Rumgeknutsche auf Partys, eine Handvoll gemeinsamer Nächte mit vorzeitigen Ejakulationen auf beiden Seiten, davon aber reichlich. Dann wandte sich Nicolai für drei Wochen Jonas zu und Yannick für drei Monate Gras und Alkohol. Er dachte an das halbe Jahr mit Thorsten. Sie hatten großartigen Sex, sich aber sonst nicht viel zu sagen. Thorsten reichte das anscheinend. Yannick nicht. Er dachte an … verdammt, ihm fiel nicht mal der Name ein, der ihn nach einem Monat wegen seiner Ex-Freundin verlassen hatte. Nicht wichtig, die danach auch nicht: Affären und lockere Bekanntschaften, die den Evolutionssprung zur Beziehung nie geschafft hatten, die Quastenflosser seines Liebeslebens.

Marcus war der erste, mit dem es ernst schien. Zwei Jahre und elf Monate. Es war schon mal das Wort Hochzeit gefallen! Zwar nur im Negativen, denn sie waren sich beide einig, dass sie nie und nimmer eine Homohochzeit wollten, aber wer über so etwas spricht, plant doch wohl trotzdem in die Zukunft! Sie waren ja keine sechzehn mehr. Im Gegenteil: Yannick war achtundzwanzig, Marcus siebenundzwanzig. Da fing man doch an, das Leben miteinander einzurichten. Sie wollten schließlich zusammenziehen! Sie planten doch schon Marcus' Einzug in die größere Wohnung. Beziehungsweise wollten ihn planen, aber dann kamen die zusätzlichen Proben für Yannicks neues Solo dazwischen; die Fahrt zu IKEA wegen des gemeinsamen Bettes fiel einmal einem gut bezahlten Vertretungsauftritt für einen kranken Kollegen zum Opfer, ein anderes Mal zitierte ihn Uta Sybille Kramer spontan zu sich in die Agentur. Yannick fiel auf, dass Marcus und er seit zwei Monaten nicht mehr so recht dazu gekommen waren, ihr Zusammenziehen zu planen.

„Nein", sagte er leise, „aber das erste Mal so kurz vor einem Auftritt. Am Telefon."

Gabriel legte seinen Arm tröstend um Yannicks Schulter. „So ist es nun mal, Kleiner. Wir sind fahrendes Volk. Wir lernen jemanden kennen, aber wir verlieben uns am Telefon, wir führen Beziehungen am Telefon, wir lieben uns am Telefon, wir streiten am Telefon. Wir trennen uns am Telefon. Und wieso? Nur, damit unser Publikum uns die Liebe gibt, die unseren Beziehungen fehlt. Dafür werden wir geliebt. Vom Publikum – und unserem Mobilfunkanbieter. Und wenn wir uns irgendwo in einer fremden Stadt mit irgendwem durch die Nacht vögeln, denken wir dabei nur an die, die wir eigentlich lieben … Geht mir zumindest so, ich weiß ja nicht, wie's bei dir war."

Yannick schüttelte den Kopf. Gabriels defätistische Liebesphilosophie kippte zusätzlich Wut in die emotionale Suppe in seinem Kopf. Jetzt spielte diese aufgetakelte, alternde Tunte auch noch genau die Rolle, die ihr sonst in jedem Show-Melodram zugedacht wäre und tröstete Yannick mit lebensweisen Worten über das Wesen der Liebe und der Kunst! Es war zum Heulen! Und praktischerweise tat er das ja auch schon.

„Schätzchen, ist einfach so: Liebeskummer gehört zur Jobbeschreibung. Hast du wieder das Kleingedruckte nicht gelesen?"

Yannick wollte nicht, doch eh er sich versah, hatte er schon den Kopf geschüttelt. Super, er hatte Liebeskummer, heulte 'ne Viertelstunde vor seinem Auftritt rum wie ein Schlosshund und beantwortete jetzt auch noch rhetorische Scherzfragen. Er war wirklich ganz unten angelangt.

„Scheiße is' es trotzdem." Gabriel drückte ihn fest an sich, strich ihm tatsächlich durchs Haar und ließ ihn ein paar Minuten leise vor sich hin weinen.

„Hast *du* eigentlich einen Freund?", fragte Yannick zwischendurch.

„Würde ich so reden, wenn ich einen hätte?"

Yannick schüttelte unmerklich den Kopf. Es tat gut, sich anzulehnen. Es war ja niemand sonst mehr da. Das ist ja das Frustrierendste an Liebeskummer, dachte er, dass derjenige, bei dem man sich immer am liebsten ausheult, einem die Schulter einfach wegzieht. Und sich an einem quietschbunten Paillettenanzug mit Schulterpolstern auszuheulen, erschien ihm immer noch besser als eine schmuddelige Betonwand im Treppenhaus eines Reeperbahntheaters.

„Dich hat's ja echt erwischt ... Okay, ich lass mir was einfallen."

Gabriel Tuff erhob sich. Irgendein Gelenk knackte dabei gewaltig, eine Millisekunde war Yannicks Trauer unaufmerksam, und ihm rutschte ein Grinsen raus.

„Lach nicht. Wenn ich mich hier in meine Einzelteile zerlege, musst du die Show zu Ende moderieren und dann gehen die ganzen Schwaben da draußen doch nachher gesammelt ins Wasser."

Yannick zog ein höfliches Grinsen unter dem Tränenschleier hervor, Gabriel stakste wieder Richtung Bühne. „Bleib aber bitte in der Nähe."

Eine Viertelstunde später war Yannicks Kopf fürs Erste leer geweint. Tränen waren gerade aus. In seinem Hirn gähnte eine Leere und erzeugte einen unangenehmen Unterdruck. Es schien, als wollten sich auf seine gescheiterte Beziehung Herz- und Kopfschmerz einen ausgiebigen One-Night-Stand gönnen.

Yannick stand in den Seitenkulissen, wischte sich den verlaufenen Kajal aus dem Gesicht und schaute auf die Bühne. Gabriel Tuff moderierte, schwatzte, witzelte und zotete, das Publikum gackerte und liebte den schrillen Exoten mit der herrlich quietschigen Stimme. Niemand würde Yannick Herbst vermissen.

„So, ihr Lieben, ich habe mir spontaaan überlegt, ich singe noch ein kleines Liedchen für einen gaaanz lieben Freund. Moment, ich muss gerade mal eruieren, ob meine nordkoreanische Tastenfachkraft das überhaupt kaaann ..."

Gabriel tuschelte kurz mit seinem Pianisten.

„Aber natüüürlich kann er das! Einen Sonderapplaus für meinen nordkoreanischen Klaviergenossen, Mr. Pjööönng Jaaang!"

Die schwäbischen Busladungen spendeten einen artigen Applaus. Der kleine Asiate am Piano im graugrünen Kittel mit silberner Kim-Jong-il-Kassenbrille erhob sich steif und empfing die Zuneigung des Publikums, als nähme er eine Militärparade ab. Die Menschen im Saal johlten. In Wahrheit hieß er Téjú und kam aus Taiwan, aber er spielte die Rolle des stoischen Tastengenerals grandios.

„O Leute, könnt ihr bitte rhythmisch klatschen, auf ungeordneten Beifall reagiert Pjöng normalerweise mit schwäääärer Migräne und Erschießungsanfällen."

Der Saal tobte. Selbst Yannick konnte einen Moment grinsen.

„Gut jetzt. Reicht. Sonst zeigt er euch noch seine Atomrakete. Herr Jang, bitte spielen Sie."

Mit eiserner Miene setzte sich Pjöng Jang wieder an den Flügel und spielte die ersten Takte eines zackigen Militärmarsches, der sich dann in eine verspielte Popmelodie verwandelte. Etwas klingelte dazu in Yannicks Hintergedanken. Das machte Gabriel nicht wirklich!

Doch schon schnarrte Gabriel Tuffs Nasalgesang durch den Saal und rankte sich um einen alten Song der *Lassie Singers:*

„Mein Freund hat mit mir Schluss gemacht, ach, ich kann ihn nicht mehr laaaiiiden.

Endlich, endlich wieder frei, bin ich nicht zu benaaaaiiiden?"

Yannick stand mit offenem Mund hinter der Bühne und fasste es nicht. Das war ... frech! Einfach nur ... *frech!*

„... er denkt, ich wein' mir die Augen aus ..."

Frech war überhaupt kein Ausdruck!

„… er ist sooo gemein.

Letztendlich konnte ich nie mit ihm so richtig lustig saaaiiin."

Yannick wusste nicht, ob er sich verhöhnt vorkommen sollte. Oder doch eher gebauchpinselt? War das pure Schadenfreude von Gabriel Tuff oder ein kleiner ironischer Gruß eines Kollegen? Dann diese Textzeile „*Er denkt, ich sitz am Telefon* …" Das Bild des zerschmetterten Handys tauchte vor Yannicks Augen auf. Gedanklicher Schwindel gesellte sich zur wirren Gefühlslage in seinem Schädel. Er lehnte sich an eine Holzkulisse und beschloss, einfach nichts zu denken, so lange Gabriel Tuff den Song in den Saal quäkte.

„Ich reiße mich zusammen, renn ihm bestimmt nicht hinterhäär,

ach Menno! Jungs sind undurchsichtig, feige und verquäär!"

Noch eine Ehrenrunde im Refrain, dann brandete ein tosender Applaus auf, auf den ein paar Johler und Pfiffe aufstiegen und über die Reihen zur Bühne surften.

„So, meine Lieben, wir kommen nun zum nächsten Küüünstler des heutigen Abends!" Yannick schielte auf seine Armbanduhr. Das war aber eine kurze Überbrückung seines Sets.

„Er ist nicht nur ein gut aussehender junger Comedian aus Berliiin, sondern dazu noch ein riiichtiger Schnuckel. Ihr müsst heute totaaal lieb zu ihm sein, denn er wurde gaaanz frisch verlassen!"

Ein paar Leute im Saal kicherten, der Rest entschied sich für ein kollektives „ohhh".

Yannick glaubte nicht, was er gerade gehört hatte, wollte es nicht glauben. Das konnte Gabriel Tuff unmöglich ernst meinen!? Das … war … nicht mehr frech, … das … das war *Arschloch*. Eine ohnmächtige Wut trat die Tür seines Bewusstseins ein, schlug Liebeskummer und Leere k.o. und übernahm die Regie. Was erdreistete sich diese gottverdammte Glitterschwuchtel, sein Privatleben hier öffentlich auszubreiten?!"

„Nix da ‚oooh' …" Gabriel Tuff machte zu seinem „oh", das schon mehr nach „ööóh" klang, eine ausladende Handbewegung mit abgeknicktem Handgelenk. „Jetzt ist die süße Schnitte wieder freeeiii!! Ich werde ihn hööóchstpersönlich heute Nacht trösten, und wenn er danach noch kann, morgen auch noch ein paar Mal."

Lacher. Yannick schäumte innerlich.

„Hier kommt für euch: Yannick Hääärbst!"

Gabriel Tuff klatschte an, verließ die Bühne. Yannick stand nur mit seiner Wut hinter einer Kulisse und starrte, immer noch ungläubig entsetzt, auf den Lichtkegel des Verfolgers, der suchend die Bühne abtastete. Pjöng Jang zog das Auftrittsjingle in die Länge, aber die Akkorde wurden energischer. Es gab nur einen Ausweg. Nach vorne. Yannick trat auf die Bühne und zwang sich zu einem Lächeln.

„Guten Abend! (Begrüßungsapplaus) Toll, mal wieder in Hamburg zu sein. Ach, und was bedeutet schon Liebeskummer ... hier auf der Reeperbahn. (kleiner Lacher) – Es gibt ja viele Rezepte gegen Liebeskummer ..." Yannick stockte. Was wollte er eigentlich sagen? Dann merkte er, dass sein ratloser Gesichtsausdruck schon sprechend genug war: Erste Leute kicherten. „Wie gesagt, es gibt viele Rezepte gegen Liebeskummer ... Selbstmord zum Beispiel (Hohoho-Lacher im Saal) oder lustige Lieder von Gabriel Tuff ... (einzelnes Gekicher) – Ich persönlich würde den Freitod vorziehen." Lacher. Kurzer Szenenapplaus.

Yannick leitete zu seinem eigentlichen Text über, merkte aber, dass er gedanklich woanders war. „Ich bin wieder allein", durchfuhr es ihn, allein in meinem Leben, allein hier auf der Bühne. Yannick versprach sich und versenkte eine Pointe im Gestammel. Egal. Bis hierhin war es eigentlich ganz gut gelaufen. Er kürzte eine andere Sequenz ab, stolperte ungelenk zu seiner Schlussnummer. Aber drauf geschissen, die Leute im Saal kriegten es kaum mit.

„Und das frage ich mich bis heute: Wenn ich die Nacht durchgemacht habe und morgens um sieben nach Hause komme und mir dann die Zähne putze: Nehme ich dann Aronal oder Elmex?" (großer Lacher und Szenenapplaus), „Denkt drüber nach, gute Nacht!" Der Szenenapplaus ging über in einen Schlussapplaus. Höflich, gutmütig, aber nicht enthusiastisch, analysierte Yannick während seiner Verbeugung. Jetzt erst merkte er, dass sein T-Shirt klatschnass an ihm klebte und ihm Schweiß von der Stirn rann. Yannick verließ die Bühne im Laufschritt.

Von der anderen Seite trutschte Gabriel Tuff wieder ins Rampenlicht, moderierte ihn mit zwei Sätzen ab, exhumierte anschließend noch ein paar Pointen aus den Gräberfeldern des Niveaus und leitete zu seinem nächsten Song über. Das Publikum hat seinen Schatz zurück, dachte Yannick, ich hab meinen verloren. Er atmete durch. Er hatte es geschafft. Die Freude darüber wich schnell dem Zorn, dass Gabriel Tuff ihn verarscht hatte. Nach Strich und Faden, hinterlistig, wie nur eitle Tunten es konnten. Yannicks Wut kramte tief in der sonst sorgsam verschlossenen Kiste seiner abgelegten Vorurteile. Er passte Gabriel ab, nachdem dieser den nächsten Showact angekündigt hatte.

Gabriel kam auf ihn zugerauscht, klopfte ihm auf die Schulter: „Gut gemacht, Schätzchen. Taaapfer, mein Junge!"

Yannicks Augenbrauen zogen sich zusammen, zwischen ihnen faltete sich ein Gebirge des Zorns auf. Er holte Luft.

„Momentchen, Darling, bevor du mir hier 'ne Szene machst, die du lieber deinem Freund, … oh sorry *Ex*-Freund machen solltest, der dir 'ne halbe Stunde vor einer Show den Laufpass gibt, solltest du wissen: Denen hier im Haus ist das scheißegal, ob jemand Liebeskummer hat oder nicht. Und wenn dir also was an deinem Job liegt, musstest du da raus. Und Wut ist ein besseres Gefühl, auf die Bühne zu gehen als akute Verzweiflung. Und jetzt reg dich ab, mein Lieber. Während du *on stage* warst, hab ich 'ne Flasche Prosecco für dich in die Garderobe gestellt. Betrink dich. Du hast es hinter dir. Deine Beziehung und den schwierigsten Auftritt deines Lebens. *Chapeau!*"

Gabriel Tuff drehte sich um, und der Pailettenkasper verschwand in den Kulissen seiner Show. Yannick fühlte sich zu matt um zu heulen, er ging in seine Garderobe und entkorkte den Prosecco.

Am nächsten Morgen ging er in ein Internetcafé und googelte nach Gabriel Tuff. Er stieß auf einen Artikel in einem Hamburger Schwulenmagazin. Gabriel Tuff lebte seit vierzehn Jahren mit seinem festen Freund und inzwischen Ehemann in einer Doppelhaushälfte in Pinneberg.

Drei Tage später sagte das Management des Reeperbahn-Theaters Yannicks weiteren Terminoptionen ab. Er sei einfach nicht schrill genug für die *Midnight-Show*.

„Was guckst du denn mit einem Mal so komisch?" Laura betrachtete ihn.

„Ich musste nur gerade an Marcus denken."

„O shit!"

Laura machte das Gesicht, das man auflegt, wenn gerade jemand gestorben war, den man nicht so recht kannte, man aber genau wusste, dass er seinem Gegenüber viel bedeutete.

„Vielleicht hast du recht, Laura. Beziehungen mit Komikern stehen einfach unter keinem guten Stern. Wir sollten einfach Singles bleiben."

„Sagt ihr doch eh immer auf der Bühne. Hallo, ich bin Doof Blöd. Ich bin übrigens Single. Meine letzte Beziehung hab ich bei IKEA verloren, meine Freundin hieß nämlich wie ein Naturholzklodeckel ..."

Das Telefon schnitt Lauras Kleinkünstlerparodie ab. Das war nicht schlimm. Yannick kannte sie bereits. Laura war immerhin seine schärfte Kritikerin.

Yannick nahm ab.

„Uta Sybille hier. Yannick, ich grüße dich."

Seine Agentin klang gut gelaunt.

„Yannick, es geht noch mal um deine Pressefotos, wir warten da auf neue Motive."

„Aber Uta, du hattest doch gerade neue Motive von mir bekommen", sagte er matt und korrigierte sich. Laura war nur seine zweitschärfste Kritikerin. Die schaute nur entnervt und goss sich Kaffee nach. Sie trank ihn natürlich schwarz, allerdings aus der pinkfarbenen *Roxette*-Fan-Tasse, die er ihr zu Weihnachten geschenkt hatte.

„Aber da waren wir uns doch schon einig, dass wir die nicht nehmen können."

„Einig waren wir sicher nicht!"

Laura flüsterte: „Richtig so, mach sie fertig!"

Uta Sybille Kramer war ein Konsensmensch. Sie hasste einsame Entscheidungen und Autorität. Sie hatte während ihres Soziologiestudiums in der Anti-AKW-Bewegung mitgemischt und ließ auf kaum einer Stehparty oder Premierenfeier unerwähnt, dass sie damals zwei Nächte im Winter 1986 in Wackersdorf campiert hatte und es schweinekalt gewesen war. Nach zwei Gläsern Rotwein fügte sie hinzu, dass sie sogar mal einen bayrischen Polizisten mit einem Stein beworfen hatte. Nach drei weiteren Rotweinen gestand sie dann kichernd, dass der Stein in Wahrheit nur ein Vollkorndinkelbrötchen war, aber dieselben Eigenschaften gehabt hätte. Uta Sybille Kramer war Mitglied der Grünen gewesen, hatte sich zeitweise sogar in der Bezirksverordnetenversammlung engagiert, trat aber nach dem Kosovobeschluss aus Protest aus der Partei aus. Nach der Scheidung von ihrem zweiten Mann und einer kurzen Liaison mit einer bisexuellen

Burlesque-Tänzerin aus Neukölln, beschloss sie, sich beruflich zu verändern und ihren Job in der Pressestelle eines Berliner Kabaretttheaters aufzugeben und sich als Kulturagentin selbstständig zu machen.

Ihre linke Sozialisation machte sie schon bald zur beliebten Ansprechpartnerin für zahlreiche Kulturzentren und kommunale Kleinkunstbühnen, in deren Geschäftsführungen und Vereinsvorständen nicht wenige ihrer hunderttausend damaligen Wackersdorf-Mitdemonstranten saßen. Die meisten von ihnen hatten mal auf Lehramt studiert, aber in den frühen Achtzigern keinen Job gefunden und waren dann im soziokulturellen Bereich gelandet. Oder selbst auf der Bühne. Mit allen Kabarett-Veranstaltern Deutschlands konnte man problemlos die Hälfte aller Gymnasien Berlins neu besetzen. Mit den von Lehramt auf Bühne umgeschulten Künstlern die andere Hälfte. Zu dieser Hälfte gehörte auch Yannick.

Schüler wollte er in keiner dieser Schulen sein. Die PISA-Krise würden diese Institute sicher auch nicht lösen, würde der Lehrplan doch größtenteils aus Politik, Geschichte und SoWi bestehen, vielleicht noch ergänzt um Deutsch, Kunst und Musik sowie etwas Ethik. Mathematik, Physik, Latein und Sport fielen hingegen dauerhaft aus.

„Einig waren wir uns sicher nicht. Ich find die Pressefotos gut."

„Die gehen aber so nicht, das hatten wir doch schon besprochen."

So war Uta Sybille Kramer. Sie war nicht direkt autoritär, zumindest würde sie das stets entrüstet ablehnen. „Bestimmt" würde sie für sich akzeptieren. „Energisch" sicherlich auch. Sie gefiel sich in der Rolle, als harte Hündin unter den Kleinkunstagenturen zu gelten, und sah sich als feministisches Erfolgsprojekt. *„Mit Witz und Biss"* lautete die Überschrift des Portraits in der EMMA, auf das Uta Sybille Kramer seit Jahren wartete. „Durchsetzungsfähig" würde sie akzeptieren, „autoritär" war sie nicht. Autoritäten lehnte sie ab. Und doch hatte sich unter den von ihr vertretenen Künstlern das Bonmot verbreitet, wie sie einmal einen Künstler aus der Agentur warf mit der Begründung: „Das habe ich im Konsens entschieden."

„Bis wann schaffst du es, neue zu machen?" Uta Sybille Kramer hatte die Methode perfektioniert, Anweisungen als Fragen zu formulieren.

„Uta! Das braucht ein wenig Zeit, das kostet mich auch wieder 'ne Stange Geld."

Laura machte angedeutete Boxbewegungen mit ihrem Frühstück und kleckerte dabei Marmelade von ihrem Croissant. Yannick musste unweigerlich grinsen.

Mehr als einmal hatte er sich gefragt, wie seine Agentin wohl reagieren würde, wenn er ihr gestünde, dass er seit einiger Zeit einmal die Woche einen Therapeuten aufsuchte. Gestünde; ja, ohne Zweifel, bei ihr wäre es ein Geständnis. Ebenfalls ohne Zweifel würde sie „total viel Verständnis" haben, das gehörte sich so für eine gute Linke. Doch für Yannick hätte sich nur ein Dilemma ergeben: Behandelte sie ihn dann rücksichtsvoller, würde er das nur auf sein Eingeständnis zurückführen; behandelte sie ihn wie immer, würde er sich nur über ihre mangelnde Sensibilität ärgern. Also hatte er wohlweislich nichts erwähnt und hielt das für die beste Entscheidung. Über ihre mangelnde Sensibilität ärgerte er sich trotzdem.

„Zeit haben wir nicht. Einige Veranstalter sitzen mir schon im Nacken. Und Geld, tja, Geld verdienst du nicht, wenn ich keine Pressefotos verschicken kann."

Yannick grinste nicht mehr. Diese blöde Kuh!

Niemals würde Uta Sybille Kramer ihren Tonfall als autoritär bezeichnen; *„fordernd"* würde sie dazu in der EMMA sagen: *„Ich* fordere *meine Künstler. Es sind ja alles Männer, die lassen sich nichts sagen, da muss ich mich auf meine Art durchsetzen. Man muss sie* fordern. *Nur damit sichere ich meiner Agentur künstlerische Qualität."*

„Okay, ich kümmere mich so schnell wie möglich darum."

Laura verdrehte die Augen derart, dass die Pupillen fast gänzlich unter dem Augenlid verschwanden. Für einen Moment sah man fast nur weiß zwischen zwei dunklen Kajal-Linien.

„Wie kommst du mit neuen Nummern voran?"

Falsches Thema. Er hatte noch gar nicht angefangen. Er hatte nicht einmal die Spur einer Idee für ein neues Programm.

„Ganz gut", log Yannick. „Ich hatte ein paar gute Ideen und hab schon ein paar vielversprechende Passagen geschrieben."

Laura unterdrückte ein Lachen.

„Sehr gut, dann kündige ich dein neues Programm für den Herbst an. Ich brauche dann bis Ende des nächsten Monats den Programmtitel, Plakate und dann noch mal neue Fotos."

„Was? Nein, nein, nein, das ist zu kurzfristig. So schnell bin ich nicht!"

„Aber mir gehen die Bühnen aus, wo ich dich noch anbieten kann. Wir müssen wieder von vorne anfangen. Es sind halt nur wenige Läden, die dich wollen, aber die wollen dich natürlich nur mit einem neuen Programm."

„Aber wieso kriegst du mich denn nicht bei mehr Theatern unter? Was ist denn mit dem Alten Bahnhof in Wiesbaden? Da wollte ich immer schon mal gerne …"

„Für die bist du zu sehr Comedy."

„Mist. Und was ist mit dieser neuen Mixshow da in der Alten Schlachterei in Regensburg? Die soll ziemlich geil sein, und ich hab gehört, die zahlen sogar …"

„Denen bist du viel zu kabarettistisch. Kann man nix machen."

„Was ist denn aus dem Koblenzer Alten Oberhaus geworden?"

„Denen bist du zu schwul."

„O Mann. Lass mich raten, und bei den *Summer Gaydays* in Köln werde ich nicht gebucht, weil ich nicht schwul genug bin."

„Das ist denen egal. Nein, denen bist du nicht schrill genug. Glaub mir, Yannick, wir geben uns hier sehr viel Mühe. Aber es ist nicht einfach, dich zu verkaufen."

Yannick wusste nicht, was er darauf sagen sollte, ähnliche Gespräche führten sie alle paar Wochen. Ein Wunder, dass er überhaupt Engagements erhielt.

„Und der Alte Posthof Marburg? Die hatten doch direkt bei mir angefragt!"

„Mit dem Veranstalter habe ich studiert, der ist ein totales Arschloch. Hatte Mathematik und Sport als Fächer! Das sagt doch schon alles!"

„Uta, das ist doch mindestens zwanzig Jahre her! Es ist doch so, dass er mich buchen will, und ich da gerne spielen möchte. Dann mach ich mit dem einfach alles direkt ab."

„Das kommt gar nicht in Frage. Ich vertrete dich exklusiv, da lass ich mir nicht ins Handwerk pfuschen. Schreib du lieber weiter an deinen neuen Nummern."

„Da müssen wir noch mal drüber sprechen."

„Meinetwegen. Aber fürs Erste sind wir ja klar miteinander. Wo spielst du das nächste Mal?"

„Samstag in der Alten Kelterei Hämendingen", antwortete Yannick trostlos.

„Dann viel Spaß dort und mach da ja einen guten Job! Mit dem Veranstalter da hab ich damals in Wackersdorf im selben Zelt geschlafen."

„Stopp. Mehr will ich gar nicht wissen."

„Mehr gab's da auch gar nicht. Schönen Tag noch, Yannick."

Yannick drückte das rote Hörersymbol auf dem Funktelefon. Manchmal wünschte er sich, er könnte auch Uta Sybille Kramer so einfach abstellen. Er wusste, ab morgen würde Uta Sybille Kramer behaupten, sie hätten all das gemeinsam besprochen. Den Verzicht auf ein sicheres Engagement in Marburg, der Zeitplan für das neue Programm. „Wir waren uns doch einig", würde sie bei jedem Widerspruch entgegnen. Uta Sybille Kramer liebte eben den Konsens.

Laura grinste breit: „Na, der Ollen hast du es aber so richtig gezeigt!"

Yannick korrigierte sich noch einmal: Laura war doch seine schärfste Kritikerin. Wie gut, dass es noch Menschen gab, die ihm auch mal richtig Kontra gaben. Platz drei in seinen Kritiker-Charts nahm seit ein paar Wochen sein Therapeut ein. Richtig Kritik äußerte der zwar fast nie, trotzdem wurde Yannick den Verdacht nicht los, dass der Diplompsychologe ihn nicht ansatzweise ernst nahm. Aber vielleicht tat der Mann damit auch nur seinen Job.

„Weißt du", sagte Laura, „wenn du mit ihr telefonierst, spiegelt deine Mimik die gesamte Passionsgeschichte Christi wider. Ich sollte das mal fotografieren."

6 [Flusspferdhaus]

„Du bist wieder dabei?“, fragte Konrad verwundert, als Laura und Yannick ein paar Tage später wieder vor dem Eingang des Flusspferdhauses standen.

„Ja, bin ich.“

Yannick stellte die Fototasche und das Stativ ab. Laura trug heute zu den üblichen Schichten verschiedener schwarzer Shirts eine dermaßen enge schwarze Jeans, dass es selbst für einen gestandenen Homosexuellen eine Herausforderung war, ihr nicht auf den Po zu starren. Mal sehen, wie Konrad darauf reagierte.

„Ich dachte, das war nur ’n Scherz gewesen. Mit dem Praktikum. Einmal umsonst in den Zoo oder so.“

Konrad guckte nicht auf die Jeans, sondern immer noch zweifelnd Yannick an, eine kleine Falte schob sich zwischen die dunkelblonden Augenbrauen. Eine der beiden Augenbrauen war von roten Haarsträhnen verdeckt, die ihm, ein wenig schweißnass, auf der Stirn klebten. Er sah wieder zum Einpacken und Mitnehmen hinreißend aus. Zwar trug er wieder den Overall mit dem Fleck. Aber egal. Fleck hin, Fleck her, Konrad war wirklich gut gebaut. Etwas größer als Yannick, und die Schultern waren ansprechend breit. Na gut, als Tierpfleger machte man ja auch reichlich körperliche Arbeit, das sorgte sicher für gute Muskeln in Brust und Oberarmen …

„Ja echt, hab echt gedacht, das ist wieder so ’ne Nummer: Fotografin bringt ihren Freund mit.

Is’ ja eigentlich auch nichts dabei …“

Yannicks Gedanken rasten. Laura seine Freundin? Wie kam Konrad denn jetzt darauf? Das konnte doch kein Zufall sein! Das war doch ein Abchecken! Das *musste* doch ein Abchecken sein, aber natürlich! Konrad war neugierig! Und er hatte Laura noch nicht auf den Arsch geschaut! Yannicks Fantasien frohlockten.

Vielleicht war es aber auch nur dahergesagt und kein Abchecken?, wagte eine vorsichtige Subroutine in den Schaltkreisen seiner Gedanken leisen Widerstand. Quatsch, Einspruch abgelehnt. Natürlich checkte Konrad ihn gerade ab, und Yannick sprach mit einem Lachen im Gesicht: „Nein, Laura ist nicht meine Freundin, keine Sorge."

O Gott! Er hatte „keine Sorge" gesagt! Ebenso gut hätte er sagen können: „Ich bin schwul, ich bin frei, willst du mit mir gehen? Ja, nein, vielleicht? Lust auf 'n Bier oder machen wir's gleich hier?"

„Sorgen mach ich mir im Moment nur um Uhura." Damit war das Thema gegessen.

Als auch der Tierarzt zu ihnen gestoßen war, begaben sie sich in die Stallungen zur kranken Flusspferddame. Dr. Jessen waren Lauras Jeans offensichtlich sofort aufgefallen; er spielte den Gentleman, hielt eine Stahltür auf und trat höfliche zwei Schritte hinter ihr in den Flusspferdstall. Ein nasenbetäubender Schwall an Gestank strömte ihnen entgegen. Und heiß war es, Yannick wurde etwas schwummerig im Kopf.

Er hielt sich in der Nähe von Konrad auf und versuchte mit seinem Wissen über Flusspferde zu punkten, das er sich am Abend zuvor bei Wikipedia angelesen hatte. Er wusste jetzt, dass Flusspferde nachtaktiv sind, täglich 1,5% ihres Körpergewichts an Grünzeug verspeisen, mehrere Mägen besitzen und manchmal aus unerfindlichen Gründen ihre Schwänze beim Kacken wie Propeller rotieren lassen, sodass der Kot in alle Richtungen spritzt.

„Ich hab mal gelesen, Nilpferdweibchen seien sehr fürsorgliche Mütter", klugschiss Yannick und versuchte einen Witz: „Wieso sagt man eigentlich Nilpferdweibchen und nicht Nilstute?"

Konrad schaute ihn an, wie man Leute anschaut, die gerade einen schlechten Witz gemacht haben. Yannick versuchte so zu grinsen, als wäre der schlechte Witz volle Absicht gewesen. Seine Mimik war mit dieser Anforderung überfordert und schaltete auf das Notprogramm grenzdebil.

Konrad erwiderte gelangweilt: „Weil Flusspferde eben keine Pferde sind. Oder willst du mal versuchen, eins zu reiten?"

„Nee, lass mal. Dr. Jessen hat auch so schon genug zu tun."

„Ich glaube nicht, dass Dr. Jessen sonderlich gut darin ist, Köpfe und Beine wieder anzunähen."

„Aber Nilpferdbabys dürfen auf ihren Müttern reiten, hab ich irgendwo mal gelesen", wechselte Yannick schnell das Thema. „Irgendwo" war gut. Hoffentlich kannte Konrad den entsprechenden Wikipedia-Artikel nicht, oder hatte ihn gar mitgeschrieben.

„Hat Uhura eigentlich auch schon Jungtiere zur Welt gebracht?"

„Ja, mehrere. Zwei sind sogar noch bei uns im Zoo. Wesley, der Jungbulle, und Beverly, das ganz Kleine. Ist erst vor ein paar Wochen von ihr entwöhnt worden."

Uhura lag heute im Stall. Ihr Körper glänzte leicht rötlich. Wegen eines körpereigenen Sekrets, das die Haut vorm Austrocknen schützen soll, wusste Yannick noch von seiner Lektüre. Vielleicht könnte er das bei Gelegenheit noch einfließen lassen. Dr. Jessen hatte etwas von Fieber gesagt. Das massige Tier streckte alle Viere von sich und stank offenbar noch mehr als sonst. Ein Bild des Elends; Laura schoss es. Yannick stellte sich schon die Schlagzeilen in der B.Z. vor: *„Starke Schmerzen! Nilpferddame Uhura ins künstliche Koma?"* Künstliches Koma, das zog immer! Alles, was in der Boulevardpresse krank war, wurde erst mal ins künstliche Koma versetzt. Schien so eine Art Wunderheilmittel zu sein.

„Wenn man Uhura da so liegen sieht, glaubt man gerne, dass die nächsten lebenden Verwandten die Wale sind."

Konrad schaute zu ihm auf: „Echt?"

„Ja, hab ich irgendwo gelesen, weiß man erst seit ein paar Jahren, wegen Gentests und paläontologischen Untersuchungen."

„Oh, schau an", Konrad grinste. „Schwer genug sind sie jedenfalls."

Yannick freute sich, Konrad beeindruckt zu haben, und wagte deshalb noch einen Witz.

„Na, wenn es nur nach Gewicht und kurzen Beinchen ginge, müsste auch Reiner Calmund ein Verwandter des Flusspferds sein."

Jetzt lachte Konrad tatsächlich, selbst Uhura öffnete ihre Augen einen Schlitz weit. Calmund zog immer. Ein bisschen billig war das schon, aber *so what*. Er hatte Konrad zum Lachen gebracht! Yippieh! Sie würden sich verlieben, zusammenkommen, eine gemeinsame Dachgeschosswohnung beziehen und schließlich Beverly adoptieren!

Dann rief Dr. Jessen den Tierpfleger zur Hilfe, und Laura gesellte sich kurz zu Yannick.

„Na, steckst du gerade dein Revier ab?"

Yannick zog die Lippen zusammen.

„Wusstest du, dass Flusspferde ihre Reviere mit Kothaufen markieren?"

„Ja, ich hab's gerochen. Aber wenn du hier jetzt Ähnliches vorhast, sag Bescheid, ich geh dann vorher."

„Ich glaube kaum, dass ich Konrad damit beeindrucken könnte."

„Ich hab dir schon letztes Mal prophezeit, der steht auf ganz schmutzige Dinge."

„Blöde Kuh."

„Verliebte Tunte."

„Was is' denn das für 'ne Art von Beleidigung?"

„Konfrontation mit der Wahrheit. Gib mir mal das Weitwinkel."

Bald darauf war der Fototermin abgeschlossen. Der Tierarzt hatte sich nur von Uhura und Laura persönlich verabschiedet. Der einen tätschelte er gutmütig auf das Hinterteil, bei der anderen konnte er es sich gerade so verkneifen.

Yannick hingegen ordnete sich wieder in Konrads Nähe. „Der zeugungsfähige Bulle nähert sich dem begehrten Jungbullen, um eine Paarung anzubahnen", dozierte sein innerer Grzimek. „Homosexuelles Imponierverhalten ist bei der Art des *hippopotamus* selten, aber nicht ungewöhnlich."

Sie verabschiedeten sich. Yannick ergriff gerne die ihm hingestreckte, allerdings deutlich schmutzige Hand seines Gegenübers.

„Vielleicht sieht man sich ja mal wieder."

„Sicher!", sagte Konrad.

Über Yannicks Gesicht flutschte ein Strahlen: „O schön!"

Sein Herz hüpfte auf und ab und hatte nicht zugehört.

„Ihr Foto-Reporter kommt doch immer zigfach. Als hätte ich nichts anders zu tun, als Fotografen zu betüddeln … oder ihre Praktikanten."

Er musterte beide mürrisch. Da war sie wieder, diese kritische Hautfalte zwischen den Augenbrauen.

„Das machst du aber ganz zauberhaft", sprang Laura bei.

„Danke. Ehrlich: Unter den Fotografen seid ihr auch noch die Erträglichsten", schloss Konrad mit einem scheuen Grinsen an: „Bis zum nächsten Mal dann." Er drehte sich weg.

Yannick schaute ihm nach und stellte dann feierlich fest: „Ich glaub, er mag uns!"

„Mag sein. Aber jetzt komm. Bin ich froh, dass du anatomisch nicht in der Lage dazu bist, ansonsten würdest du jetzt vor Wonne noch den Kotpropeller anwerfen."

[Mein letzter Auftritt]

Im Jahr 2001 starb der weltberühmte Dirigent Giuseppe Sinopoli in einer Aufführung von Verdis Aida *während des dritten Aktes am Pult der Deutschen Oper Berlin. Zwei Ärztinnen versuchten vergeblich, ihn im Orchestergraben zu reanimieren. Er wurde vierundfünfzig Jahre alt.*

Im Jahr zweitausendirgendwas stirbt der mäßig bekannte Komiker Yannick Herbst während einer Comedy-Mixshow auf der Bühne des Cheeseclubs. Er hat irgendein Alter. Ärztinnen kommen nicht zu Hilfe.

Ich hab von dem toten Dirigenten gehört. Ich weiß sogar, dass am Tag danach die Kollegen in der Garderobe des Raschbein-Theaters darüber sprachen. Die Meinung herrschte vor, das sei doch erstrebendwert, als Künstler mitten in der Ausübung seines Jobs zu sterben. Ebenso waren sich alle einig, dass stilvoller natürlich ein Zusammenbruch während Schuberts Unvollendeter *gewesen wäre.*

Ich sterbe während eines Auftritts in einer Comedy-Mixshow im langlebigsten Comedyclub der Stadt. Ich bin seit fast zwei Jahrzehnten hier regelmäßiger Gast. Headliner bin ich noch nie gewesen. Meistens bin ich der Erste, der Anheizer des Abends. Das ist für das Publikum natürlich doof, wenn ich dann kurz nach Beginn der Show den Abend beende. Aber da muss es dann wohl durch. Geht mir ja nicht anders. Und eigentlich kann mir erstmals komplett egal sein, wie das Publikum meinen Auftritt findet.

Wie es wohl ist, auf der Bühne zu sterben?

Ich stehe, ich spreche meinen Text und mit einem Mal habe ich das Gefühl, dass mein Hemd zu eng ist. Ich spreche weiter, greife unbewusst an meinen Kragen und zerre daran, aber der Kragen ist wie immer. Und dennoch kommt es mir so vor, als liefe das ganze Hemd akut ein in diesem Moment, zöge sich zusammen um meine Brust. Synthetikstoffe verschmelzen mit der Haut, wenn sie brennen, doch mein Hemd ist aus Baumwolle. Luft- und flüssigkeitsdurchlässig. Meine Oma nahm abgetragene Oberhemden gelegentlich zum Abseihen von klaren Suppen. Es ist, als seihten sich gerade Blut und Schweiß durch mein immer enger werdendes Hemd. Es ist, als zöge sich das Hemd schon tief unter meine Haut, ich fühle mich eingepresst in dieses Hemd, das sonst so bequem war und mir nun gerade die Luft abschnürt. Ich will tief Luft holen, doch das Hemd pfercht meinen Brustkorb ein, verwandelt sich in ein dichtes Drahtgeflecht, ein Kettenhemd, nein, ein Hemd, gewoben aus Stacheldraht, das sich schmerzvoll in mein Fleisch eingräbt, sobald mein Brustkorb sich hebt. Noch spreche ich meinen Text, aber Schweiß tritt auf meine Stirn, auf meine Haut, ich muss zwei-, dreimal öfter Luft holen als normal. Ich drehe auf, versuche den nun einsetzenden Schmerz herauszubrüllen als meinen Text, hample herum, dann plötzlich explodieren ein paar schwarze Feuerwerksraketen vor meinen Augen. Das Publikum flimmert, und ein Schmerz setzt ein, der ist, als griffen alle Menschen in den Reihen vor mir gleichzeitig nach meinem Herz und knüllten es zusammen. Ich krümme mich, halte mich noch auf den Beinen, ob ich falle oder nicht, weiß ich schon nicht mehr. Klappe zu, Affe tot.

„Klappe zu, Affe tot", sagte meine Mutter immer, als sie den Kofferraum unseres Autos zuschmiss. „Klappe zu, Affe tot", sagte man, wenn im Zirkus die Vorstellung plötzlich ausfiel, weil der Zirkusaffe gestorben war und die Klappe des Kassenhäuschens verschlossen blieb.

Wie lange es wohl dauert, bis jemand merkt, dass ich auf offener Bühne zusammengebrochen bin? Nicht jeder Moderator einer Show hört seinen Kollegen aufmerksam zu, oftmals sitzen die anderen Mitwirkenden ja hinten in der Garderobe und quatschen. Fragt er noch nach einem Arzt im Publikum? Oder ist das Publikum auf sich allein gestellt? Dann hätte ich schlechte Karten. Wegen der „Verantwortungsdiffusion". Wo habe ich dieses Wort mal aufgeschnappt? Je mehr Leute helfen könnten, desto weniger helfen, weil jeder denkt, jemand anders könnte das besser. Wahrscheinlich sitzen im Cheeseclub gerade zwei Zahnärzte, ein Veterinär, drei Medizinstudenten in verschiedenen Fachsemestern und eine Handvoll Krankenschwestern sowie ein emeritierter Me-

dizinprofessor. Die Krankenschwestern halten sich für zu betrunken (womit sie recht haben), die Studenten fühlen sich noch nicht weit genug, die Zahnärzte und der Veterinär halten sich für nicht kompetent und der emeritierte Medizinprofessor will nicht, das jemand erfährt, dass er Comedyclubs besucht. Und alle anderen gehen davon aus, dass bei dreihundert Zuschauern im Saal doch irgendjemand medizinisch vorgebildet ist.

Ironie des Schicksals: Bräche ich in einer miserabel besuchten Mixshow im Raschbein-Theater vor acht bis zehn Zuschauern zusammen, hätte ich größere Chancen zu überleben. Erfolglosigkeit kann lebensrettend sein.

Vorausgesetzt, das Publikum durchschaut den Special Effect, *den Gevatter Tod da ins Programm gezaubert hat. Denn ein Tod auf der Bühne kann ja durchaus missverständlich sein, je nachdem, was man gerade vorher gesagt hat. Für rechtzeitige Erste Hilfe ist sicher nicht zweckdienlich, direkt vorm Zusammenbruch etwas deklamiert zu haben wie: „Ich sterbe!" oder „Ich brech zusammen!"*

Was sind wohl meine letzten Worte? Also noch vor „krächz, röchel, würg und aaaarghhh"?

Es hätte was Tröstliches, wenn man einen Satz stehen lassen könnte. Man schließt gerade eine Sequenz einer Stand-up-Nummer ab, resümiert noch schnell „Aber so isses nun mal: Shit happens!*" und bricht zusammen. Klappe zu, Affe tot!*

Ich gebe zu, einen besonderen Reiz hätte es, vor der Pointe zu gehen. Man baut auf, stapelt hoch, leitet auf eine Schlusswendung hin, rollt den Sinn mühsam einen semantischen Berg hinauf, lässt ihn kurz am Grat zu einem Abgrund liegen und kickt ihn dann einfach über die Kante. Jeder im Saal weiß, dass jetzt die alles auflösende Megasuperkracher-Punchline kommt, und dann – Klappe zu, Affe tot. Als stürbe man beim besten Sex seines Lebens, aber kurz vor dem Orgasmus. Der Tod kennt keine Pointen. Er ist seine eigene Pointe, das reicht ihm vollkommen.

Klappe zu, Affe tot. Eigentlich ein schöner Spruch für einen Grabstein.

7 [Funfurt]

Sein Backstagepass war laminiert und deckte gute neunzig Prozent des Farbkreises ab. *„Funfurt Festival"* stand drauf. Die Blockbuchstaben waren kreischend bunt aus mehreren Schrifttypen zusammengeklaubt, hüpften fröhlich auf und ab und sollten wohl unbändige „Luschtichkeit" symbolisieren. So also stellen sich Grafiker Humor vor, dachte Yannick. Spaß musste visuelles Sodbrennen verursachen, ansonsten glaubte niemand, dass es komisch sei. *„Main Comedy-Event"* doppeldeutete ein Kalauer noch dazu. Der ganze Ausweis war ein einziger erklärter Witz. Eigentlich war das gesamte Festival nichts anderes als ein erklärter Witz; eine angekündigte Pointe. Deutschland brauchte, um sich zu amüsieren, wohl immer eine straffe Organisation und bunte Buchstaben. Und Künstler auf der Bühne, die dicke Brillen trugen.

Das wäre auch ein schönes Motiv für einen Backstagepass, dachte Yannick, während er auf seinen Auftritt wartete und seine Finger nervös mit dem laminierten Plastikkärtchen spielten, das ihm an einem pinklilagrünbraun-gestreiften Band um den Hals hing.

So lustig der Bühnenausweis aussah, so wenig Humor bewiesen die Veranstalter, wenn man das Dokument nicht bei sich führte. Da verstanden die Funfurter so viel Spaß wie ein Kontrolleur der Berliner Verkehrsbetriebe bei einer seit zwei Stunden abgelaufenen Monatskarte.

„Yannick Herbst, Artist" stand auf seinem Ausweis und war seine Eintrittskarte zu allem, sein „Sesam öffne dich" zum Eldorado

des Humorschaffens. Alles war schön international gehalten und klang extrem wichtig. *„Artist, Staff, Press, Team"*; alle waren so wichtig hier. Alle nahmen das auch so wichtig hier, dachte Yannick. Wer hier spielte, hatte es geschafft. *Was* geschafft, wusste Yannick nicht so genau, vermutlich, dass man hier spielte. Denn hier spielten dieselben Nasen wie überall.

Das Festival war inzwischen angewachsen auf ein zehntägiges Non-Stop-Programm. Hier wurde Deutschland Humor in Überdosis verabreicht. Lachsalven im Sekundentakt. Ein Blitzkrieg der guten Laune. Und Yannick war an der Front.

Harm Obarti war natürlich auch da und brach mal wieder irgendeinen Weltrekord. Witze über Frauen und Rekordversuche. Was echte Männer halt so machten: Frauen flachlegen (zumindest darüber sprechen) und Schwanzvergleiche. Ein vollendeter Comedyproll.

Es ging das Gerücht, Obarti hätte beim *Funfurt Festival* im letzten Jahr einmal seinen Backstagepass vorzeigen müssen. Wutschnaubend hätte er sich so lange geweigert, auf die Bühne zu gehen, bis man ihm die hektisch erstellte Kündigung des diensteifrigen Studenten gezeigt habe. Was da wohl als Begründung stand?, überlegte Yannick: Majestätsbeleidigung? Ketzerei? Comedygotteslästerung?

Es hieß auch, Harm Obartis Karriere hätte beim *Funfurt Festival* richtig begonnen, bei genau jener Show, in der diesmal Yannick auftreten würde: der *Comedy SmashNight* auf Main FM, der *„witzigsten Welle der Welt"*; mit den besten Gags der Siebziger, Achtziger und von heute sowie vielen lustigen Anrufspäßen, stets *„präsentiert von der Wäscherei Deuser Dietzenbach"*.

Viermal hatte Uta Sybille Kramer schon angerufen, um noch mal abzustimmen, welche Nummern wir heute am besten machen. Wir. Sie hatte wieder „wir" gesagt. Zwischendurch hatte sie wiederholt Wasserstandsmeldungen von der Gästeliste gegeben. Welcher Veranstalter, Theaterchef und Unterhaltungsredakteur im Parkett des Alten Wasserwerks sitzen würde. Sein Mobiltelefon klingelte schon wieder. Uta Sybille Kramer klang aufgeregt:

„Frank Horsig ist heute Abend auch da! Wortchef vom SWR. Die machen verdammt viel im Kabarett- und Comedysektor."

„Aha."

„Aber ich hab mal gehört, der ist in der FDP. Yannick, vielleicht sollten wir die Westerwelle-Gags heute streichen." – Schon wieder „wir".

„Äh, wie …? Nur weil …"

„Und er gilt als ein bisschen homophob. Wir sollten dein Outing vielleicht besser weglassen, zumindest, bis ich einen Vertrag mit ihm habe …"

„Homophob und in der FDP? Uta, das passt nicht wirklich zusammen!"

„Yannick, der ist wichtig, da sollten wir kein Risiko eingehen."

„Ich spiele aber nicht für diesen Herrn Horsig, sondern für das Publikum im Saal."

„Natürlich, aber dazu gehört nun mal auch Frank Horsig. Da müssen wir Rücksicht drauf nehmen, Yannick. Diese Leute sind wichtig."

„Vor einer Stunde hast du mich aber angerufen und gesagt, der Typ vom *Maingay Festival* sei da, und ich", er korrigierte sich, „*wir* sollten durchaus ein bisschen schwuler auftreten."

„Ja, aber da wusste ich noch nichts von Frank Horsig, und der ist einfach wichtiger."

Yannick legte auf und schaltete das Handy aus.

Yannick stand auf der Bühne. Er sprach gerade die ersten Sätze seiner Nummer, setzte eine Pointe, die Zuschauer lachten erwartungsgemäß, nicht mit Überschwang, aber genug, um auf ein amüsierwilliges Publikum hinzudeuten. Kein Problem. Das konnten recht lockere fünfzehn Minuten werden. Doch kaum war der Lacher abgeklungen, hatte Yannick seinen nächsten Satz ausgesprochen, spürte er mit einem Mal, wie sich der Bühnenboden veränderte, sich die schwarzen Resopalplatten in einen tiefschneetiefen Flokati verwandelten. Yannick Herbst machte einen kleinen Ausfallschritt. Der Backstagepass an seinem Band verrutschte unter seinem Hemd. Plötzlich spürte er eine heiße Welle in sich aufsteigen.

Bloß das nicht!, dachte er. Doch die Bühnenpanik war schon da. Er wusste keinen besseren Ausdruck dafür. Es war nicht das erste Mal, dass er sie spürte. In letzter Zeit schaute sie immer öfter vorbei. Er wusste nicht wieso. Irgendetwas lockte sie an. Sie kam immer dann, wenn man am wenigsten mit ihr rechnete.

Heute hätte man mit ihr rechnen können, so wichtig, wie seine Agentin diesen Auftritt gemacht hatte. Genau deshalb hatte er wiederum nicht mit ihr gerechnet. Yannick merkte, dass er gedanklich nicht mehr bei seinem Auftritt war, gerade hatte er sich versprochen.

Die Bühnenpanik hatte die beneidenswerte Fähigkeit, die sich viele Künstler lange erarbeiten müssen: Wenn sie auftrat, füllte sie alles aus, nahm einen völlig in Beschlag, hatte eine unheimliche Bühnenpräsenz. Yannicks Geist war ihr Bühne und Publikum zugleich, und weil kein anderer da war, zerrte sie ihn auch noch auf die Bühne, wie ein schlechter Zauberer sein wehrloses Opfer: „Applaus, meine Damen und Herren, für unseren Freiwilligen. Wie heißen Sie? Yannick? Ach, auch eins von den Kindern, die nach IKEA-Möbeln benannt wurden! Ha-ha-ha-ha!"

Yannick schwitzte mit einem Mal. Viel mehr, als man das im Scheinwerferlicht ohnehin tat. Sein Gesicht war gut abgepudert, niemand im Publikum würde Schweißperlen sehen, doch er selbst spürte, wie sich hinter seiner Mimik, der er gerade ein lustiges Gesicht aufsetzte, Hitze staute, sein Selbst herausschwitzte und verdampfte. Er fühlte sich plötzlich, als käme er gerade aus einer Sauna heraus und träte in eine frostklare Nacht: dampfend und mit leichtem Schwindelgefühl, wummerndem Herzschlag und Kniegelenken aus Quark.

Wie allein er da gerade auf dieser großen Bühne stand! Alle Blicke auf ihn gerichtet, all diesen Blicken ausgesetzt. Wie verletzlich er dort war! Wie nah er an der Bühnenkante stand! Zielscheibe für Hohn oder Desinteresse. Was nahm er sich eigentlich heraus, dass er glaubte, er würde eine solche heterogene Menschenmasse allein unterhalten können? Für wen hielt er sich? Wer war er?

Yannicks Konzentration verlor sich, machte einer Talkshow Platz, in der eine derangierte Moderatorin, vermutlich seine Vernunft, vergeblich versuchte, einen Haufen aus unzivilisierten Generalsekretären und Verbandslobbyisten zu koordinieren.

„Was sind denn die Fakten, meine Damen und Herren?", polterte eine Stimme. „Weiche Knie, Schweißausbruch, Panikattacke. Die Konsequenz ist eindeutig! Ich muss handeln: Dieser Auftritt muss sofort abgebrochen werden!"

„Aber das ist doch keine Lösung!", hielt eine andere Stimme dagegen, „Und wie sieht denn das aus, wenn der Künstler nach eineinhalb Minuten die Bühne wieder verlässt? Ich werd hier doch nie wieder engagiert! Und dann ist noch dieser Honk Fransig im Saal."

„Frank Horsig", warf sein Gedächtnis leise ein. „Der Name ist wichtig, wichtig, wichtig."

„Dann muss ich dazu halt eine akute Schwindelattacke vortäuschen oder mich auf offener Bühne übergeben oder so!"

„Das ist doch völlig übertrieben!"

„Ähm, dürfte ich auch mal was sag…"

„Die Formel für derlei Situationen ist eindeutig: Brechen und Abbrechen."

„Könnten wir hier vielleicht etwas Ruhe reinbringen? Frau Erfahrung, Sie sind für Überspielen. Wieso?"

„Nun ja, ich mein, es ist doch nicht das erste Mal, dass mir das passiert, und bisher ist es immer gut gegangen! Ich bin schließlich Profi!"

„Pah! Profi! Gerade hab ich mich schon wieder versprochen! Ich bin kein Profi, ich bin ein armseliges Würstchen auf einem Grill aus Scheinwerfern, dem gerade vierhundert Augenpaare dabei zugucken, wie es platzt!"

„Ich bitte Sie, das ist doch völlig irrational!"

„Natürlich ist das irrational, ich bin nicht umsonst Pressesprecher des irrationalen Kopfverbandes, Ortsgruppe Herbst!"

„Aber ich stehe seit zehn Jahren auf der Bühne."

„Das sind zehn Jahre zu viel!"

„Außerdem bin ich in Therapie. Ich komme sicher schon viel besser damit klar."

„Papperlapapp."

„Also wenn ich auch mal was sagen darf …"

„Meinetwegen, verdammt, wenn Sie danach dann wenigstens die Klappe halten!"

„Ich finde es ganz schön bewundernswert, dass ich trotz dieser Stimmen in meinem Kopf noch halbwegs geordnet zum Publikum spreche."

Szenenapplaus vom Publikum.

Eine Frau in der zweiten Reihe lachte Tränen und kiekste dabei in schrillen Tönen. „Ein Strohhalm", dachte Yannick und griff zu. Er reagierte und empfahl ihr, sich bei ihren Kindern eine Ritalin zu borgen. Sie hatte nicht verstanden: „Bitte was?"

„Ritalin", seine Spontanität stürzte sich durch die hirninterne Skeptikerrunde nach vorn. „Das, was Sie Ihren Kindern morgens ins Yakult-Fläschchen bröseln!"

Noch mal ein großer Lacher, und plötzlich war der knöcheltiefe Bühnenflokati verschwunden, und Yannick hatte wieder festen Boden unter den Füßen. Routiniert spielte er seinen Auftritt zu Ende. Schweißnass verließ er die Bühne. Der Backstagepass klebte ihm unangenehm auf der Brust.

8 [Eltern]

„Ich versteh einfach nicht, wieso du dich Yannick Herbst nennen musstest."

„Ach, Mama, nicht das schon wieder." Yannick schaute auf die Uhr. Es war 16.45 Uhr. Kaffee war getrunken, der Kuchen aufgegessen, seine Mutter hatte den Tisch gerade abgeräumt. Es war also Zeit für das Unterhaltungsprogramm des Nachmittags. Auftritt Mama Herbst. Im Publikum Yannick und sein Vater als Sidekick auf dem Sofa nebenan.

Wieso hatte er nur hoffen können, dass das heute nicht passieren würde? Nur weil er gestern eine Panikattacke bei seinem *Funfurt-Festival*-Gig gehabt hatte? Er hatte ihnen das wohlweislich gar nicht erst erzählt. Sie würden ihm nur wieder seine Berufswahl vorhalten.

„Ich hab's dir doch schon oft erklärt. Als Comedian muss man heutzutage …", Yannick brach ab.

Hatte seine Mutter etwa einen Hänger? Nein, sie kaute nur gerade an einem Keks und schluckte: „Also früher hieß es Komiker, aber da waren die Leute auch noch witzig."

„Ja, Mama, aber heute muss alles ein wenig cooler klingen."

„Ich verstehe nicht, was an Jan-Friedrich Henselmann uncool klingt."

„*Alles* Mama! Wenn du diesen Namen vor Publikum aussprechen würdest, lachen die Leute doch schon!"

„Bist du nun Komiker oder nicht?"

„Wenn mich ein Moderator mit diesem langen Namen ankündigt, sind das drei Sekunden ohne Lacher. Im Fernsehen geht das gar nicht."

„Sagtest du nicht eben, die Leute würden gerade über den Namen lachen?"

„Ja, nein. Aber sie sollen über mich lachen und nicht über meinen Namen."

„Du findest unseren Familiennamen also lächerlich? Nur, weil ich den Namen von dem Mann angenommen habe, den ich liebte?"

„‚Liebte'? Mama, willst du mir damit etwas sagen? Stimmt zwischen dir und Papa irgendetwas nicht?"

Yannicks Mutter wurde rot: „Und liebe!", setzte sie dann eilig hinzu. „Heute könnte ich ja meinen Mädchennamen mit in die Ehe nehmen."

„Mama, du bist eine geborene Krautwurst."

„Und wenn schon! Dann würdest du heute als Yannick Krautwurst auf der Bühne stehen."

Das musste man ihr lassen. Seine Mutter konnte pointieren. Irgendwann, schwor sich Yannick, werde ich diesen Dialog auf die Bühne bringen. Allerdings musste er solange warten, bis sie nichts mehr erwidern konnte. Es musste ja nicht das Äußerste sein. Vielleicht ein wenig Demenz, nur so viel verwirrte Hirnzellen, dass sie glaubt, ihr Sohn hieße tatsächlich Yannick Herbst.

Doch derzeit war seine Mutter geistig hellwach, nach den drei Tassen Nachmittagskaffee erst recht. Sie war fit, textsicher, und die Nummer war noch lange nicht zu Ende.

„Du weißt, dass wir dich nach deinem Großvater benannt haben."

„Nein, wusste ich nicht", log Yannick gelangweilt. Dies war die Stelle seiner Improvisation. Die Gespräche mit seiner Mutter glichen inzwischen immer öfter dem *Simpsons*-Vorspann: immer gleich, aber Bart schrieb jedes Mal einen anderen Spruch an die Tafel und auch auf dem Sofa passierte stets etwas Neues.

„Mein Großvater hieß Friedrich? Und ich dachte immer, ihr wärt überzeugte preußische Monarchisten gewesen! In Wahrheit hab ich meinen Künstlernamen nur aus republikanischer Überzeugung geändert!"

„Hör auf, mich zu veralbern, Junge. Du hast deinen Opa leider nicht mehr kennengelernt, aber er war auch ein sehr witziger Mann! Ich vermute, von dem hast du das. Von deinem Vater kannste das jedenfalls nicht haben."

In der Tat, dachte Yannick.

„*Was* hat er nicht von mir?“ Sein Vater setzte sich im Sofa auf.

„Den Humor.“

„Nee, da bin ich nicht so für.“

„Sagen wir doch.“ Den Satz sprachen Yannick und seine Mutter meistens gemeinsam, woraufhin sich sein Vater wieder hinter einem Magazin für Gartenbaufreunde verschanzte.

Wieso sprach seine Mutter vom Humor? Hier ging es um Komik, und die hatte mit Humor nicht viel zu tun. Yannick wusste von Humor so wenig wie ein Mediziner vom Leben. Er war Handwerker, wie jeder Arzt Handwerker am Körper war. Komik war Anatomie, Humor das Leben. Yannick beherrschte sein Handwerk. Er war ein Klempner am offenen Witz. Humor hatten andere. Vielleicht hatte sein Opa Humor gehabt.

„Ich sag ja immer, dieser Name klingt zu homosexuell.“ Hinter einem bunten Titelblatt mit den aktuellen Obstbaumkulturen des Jahres raschelte es: „Wie dieser Tennisspieler damals.“

„Yannick Noah ist schwul? Woher weißt du das, Papa?“

„Weil, weil, … der Name klingt schon so.“

Seine Mutter versuchte, das Thema wieder einzufangen: „Genau! Alle Leute werden denken, wir hätten dich damals nur nach diesem Tennisspieler benannt.“

„Yannick ist heute ein ganz normaler Name.“

„Aber du bist nicht von heute, sondern von gestern. Und damals gab's nur diesen Yannick Dingens da.“

„Dabei kannst du gar kein Tennis spielen“, warf sein Vater ein.

„Aber ich hab dieselbe Hautfarbe, Papa.“

Yannicks Vater dachte nach. „Das war doch 'n Schwatter?“

„Vater, das war ein Witz.“ *Fifteen : Love.* Zwischenzeitlich gefiel Yannick das Spiel. Er zählte mit.

„Gut, dass du's dazu sagst.“ *Deuce.*

„Außerdem habt ihr meinen Bruder nach Udo Jürgens benannt!“

„Das stimmt nicht!“ Seine Mutter klang ehrlich entrüstet.

„Das war die Idee deiner Mutter!“, sagte sein Vater. *Thirty : Fifteen.*

„Damals hat der auch noch gute Musik gemacht!“, musste Yannicks Mutter kleinlaut einräumen.

„Das ist aber auch ein Künstlername, Mama!“ *Fourty : Fifteen.* „Udo Jürgen Bockelmann. Fand er doof und hat sich Udo Jürgens genannt." Yannick war sich fast sicher: Heute würde dieses Spiel an ihn gehen.

„Ach was, Udo Jürgens tritt lediglich unter seinen Vornamen auf!" Seine Mutter wusste zu viel, und der Schiedsrichter gab den Punkt. *Fourty : Thirty.*

„Wieso hast du dich nicht einfach Jan Friedrich genannt? Klingt doch auch gut." *Deuce.*

„Weil ..." Wie jedes Mal hatte er vergessen, sich auf diesen Punkt vorzubereiten: „Weil ich einen Jan Friedrich kenne ..." Das entsprach nicht ganz den Tatsachen. Er kannte zwar einen Jan Friedrich, aber nur weil man mit jemanden mal im Bett war, konnte man ja immer noch dessen Namen klauen. Die Wahrheit war: Yannick war einfach nicht auf die Idee gekommen. Und das wurmte ihn, denn Jan Friedrich hätte ihm durchaus gefallen. Yannick klang ihm inzwischen zu sehr nach all den Kevins, Robins, Peggys, kurzum: Yannick klang nach ostdeutscher Kinderkrippe.

Aber es half nichts. Nach mehreren Bühnenjahren und zahlreichen Engagements unter diesem Namen war eine Änderung kaum noch möglich. Leider. Yannick Herbst ist tot, es lebe Jan Friedrich! Wieso hielt das Leben keine Suchen/Ersetzen-Funktion bereit? Ersetze „Yannick Herbst" durch „Jan Friedrich". Und wo wir gerade dabei sind, „Michael Mittermeier" ebenfalls durch „Jan Friedrich". Dann wäre auch das Problem des fehlenden Erfolgs gelöst.

„Wieso änderst du den Namen nicht einfach?"

„Wie *Prince*?"

„Hieß der nicht immer schon *Prince*?"

„Nein, Mama, er nannte sich zwischendurch *Symbol*, dann *Symbol, formerly known as Prince*, inzwischen *Prince, formerly known as Symbol, formerly known as Prince.*"

„Das ist ja albern." Yannicks Mutter grübelte: „Oder hatte er vielleicht einen Großvater, der Symbol hieß?"

Yannicks Vater räusperte sich: „Ist das nicht auch 'n Schwatter?"

„Nein, Papa, der ist nicht schwarz, der ist nur klein."

„Was erzählst du Papa denn da für einen Blödsinn? Natürlich ist der farbig!", mischte sich Yannicks Mutter ein.

„Das war ein Scherz."

„Na. Gut, dass du es dazu sagst." Seine Eltern schauten ihn beide an, und Yannick fuhr fort: „Mama, denk doch mal mit. Wie soll ich denn einfach den Namen ändern? Ich bin doch bekannt unter dem Namen."

„Ach was, du bist gar nicht bekannt."

Aua, das tat weh.

„Mama, so was möchte ein Sohn von seiner Mutter nicht hören!"

„Das war auch gar nicht für meinen Sohn bestimmt, sondern für diesen Yannick Herbst."

Mama Henselmann schlug ihm die Paraden nur so um die Ohren, längst hatte sie das Match für sich entschieden: „Diese ganzen Comedyshows. Junge, das Publikum merkt sich da doch keine Namen. Die merken sich dein Gesicht. Glaubst du, hier bei uns im Ort weiß einer, wie du heißt? Wenn die hier von dir sprechen, bist du immer nur ‚der kleine Henselmann'. Wenn nicht sogar nur ‚der Sohn von der Frau, die ich ständig beim Einkaufen an der Fleischtheke treffe'."

„So kann ich mich aber schlecht auf der Bühne nennen."

„Und stattdessen hast du dich Yannick Herbst genannt, ich versteh es *wirklich* nicht."

Seine Mutter schaute ihn tief an; Yannick versuchte dem Blick standzuhalten.

„Ja, Mama. Ich weiß."

Sie hatten es geschafft. Die Diskussion hatte sich einmal im Kreis gedreht. Damit könnte die Nummer eigentlich aufhören. Meistens tat sie das auch. Manchmal drehten er und seine Mutter allerdings aufgrund des großen Erfolges noch eine Ehrenrunde. Heute allerdings nicht.

„Ich glaub, ich geh mal ein wenig spazieren", sagte Yannick.

„Spazieren? Mit uns wolltest du nie spazieren gehen."

„Damals war ich acht."

„Quatsch, du warst sechzehn."

„Ach, Mama, mit sechzehn geht man nicht mit seinen Eltern spazieren. Die Pubertät ist lauffaul und familienfeindlich. Aber da bin ich mittlerweile raus."

„Ich bin mir da nicht so sicher", sagte sein Vater.

[19. Sitzung]

– Wenn Sie an Ihre Jugendzeit zurückdenken, was war da das schlimmste Erlebnis?

– Da gab's viele.

– Suchen Sie sich eins aus.

– Also, das schlimmste … Ich glaub, das war mein erster Auftritt in der Theater-AG.

– Aha. … Wieso ausgerechnet der?

– Weil ich nie wieder einen so schlimmen Blackout hatte wie da.

– Und das war so schlimm?

– Wir spielten selbst geschriebene Minidramen, vielleicht könnte man sogar Sketche dazu sagen. Jedenfalls spielte ich jemanden, der darüber monologisiert, wie er von Stempeln abhängig ist.

– Bitte?

– Stempel. Es gibt kein Produkt, auf dessen Verpackung nicht mindestens ein Stempel, Qualitätssiegel oder Zertifikatsemblem ist. Institut Fresenius, CMA-Gütezeichen, delfinfreundlich gefangen und so was. Wir Deutschen hassen die Bürokratie, aber wir lieben Stempel. Stempel sind uns heilig! Es ist doch kein Zufall, dass das Wort „Stempel" „Tempel" enthält! …

– Das reicht! Ich kann mir ein Bild von der Szene machen.

– Okay, jedenfalls monologisierte ich eine Weile über das Verhältnis von Deutschen zu Stempeln und sollte zum Schluss immer wahnsinniger werden, mir wie ein Junkie auf Entzug Produkt- und Verbraucherstempel auf den Arm drücken und dabei irre immer sinnlosere Stempel- und Gütezeichen aufzählen.

– Was ging schief?

– Ich vergaß meinen Text.

– Konnten Sie das nicht überspielen?

– Klar, wenn Sie seit Jahren auf der Bühne stehen …

– Ich stehe nicht seit Jahren auf der Bühne.

– Und ich auch nicht. Heute geht man drüber hinweg, auf zum nächsten Satz, oder thematisiert es mit einem Lächeln, aber damals hatte ich diese Souveränität nicht. Ich war sechzehn und wollte meinen Text sprechen, und zwar genau meinen Text! Texte waren für mich wie Eisenbahnschienen. Wenn da mal ein paar Meter fehlen, gibt es sofort ein großes Unglück.

– Hatten Sie keinen Souffleur?

– Doch, natürlich. Unser Lehrer stand hinter der Bühne mit dem Textbuch.

– Und?

– Das Problem war, dass ich schon so in Panik war, dass ich ihn einfach nicht verstanden hab. Dafür aber das Publikum sehr deutlich. Unser Lehrer, Herr Hölkenbremer hatte eine recht markante Fistelstimme, und als er hinter dem Vorhang plötzlich loslegte mit „Dr.-Kohl-Gemüse-Siegel" lachte natürlich alles los, und ich verstand erst recht nichts.

– Sie schildern das als eine sehr peinliche Erfahrung …

– War es auch! Vor allem, weil ich Depp noch laut zurückfragte: „Was?" Und Herr Hölkenbremer noch einmal lauter wiederholte: „Dr.-Kohl-Gemüse-Siegel" … Jetzt hören Sie doch auf zu lachen!

– 'tschuldigung.

– Und dann ging es ein paar Sätze so weiter, Herr Hölkenbremer soufflierte, das Publikum lachte über ihn oder den von ihm gebrachten Witz, ich sprach die Pointe dann nach, jetzt lachte natürlich niemand mehr; dann der nächste Satz und so weiter. Irgendwann wurde mir das zu doof und ich plapperte einfach drauflos, nahm die Bruchstücke, die ich von hinten verstand, setzte sie zusammen, variierte sie, versuchte immer irrer zu spielen, ging in die Knie, kroch über die Bühnenbretter, drehte sprachlich immer weiter auf …

– Das heißt: Sie improvisierten, eroberten sich Souveränität zurück.

– Ja, nur warteten meine Mitspieler hinter der Bühne auf ihr exaktes Stichwort … das natürlich nicht kam.

– 'tschuldigung, ich muss schon wieder lachen.

– Und ich kroch über die Bühne, mit hochrotem Gesicht, knallte mir immer wieder Stempel in die Armbeuge und auf die Stirn und plapperte vor mich hin, meine Stimme überschlug sich, mein

Herz raste, mir stand purer Angstschweiß auf der Stirn. Ich muss ausgesehen haben, wie … wie …

– *… ein Junkie auf Entzug.*

– *Genau. Das Kuriose war: Plötzlich war ich wieder in meinem Text! Doch in genau dem Moment schickte Herr Hölkenbremer meine Mitspieler auf die Bühne. Die trugen weiße Kittel und sollten mich abführen. Die kamen kichernd rausgestampft, haben mich an den Oberarmen hochgerissen und von der Bühne geschleift – zwei Absätze vor ihrem Stichwort. Deshalb hab ich mich mit Händen und Füßen gewehrt, gerade jetzt von der Bühne gezerrt zu werden.*

– *Wie haben die Zuschauer reagiert?*

– *Die haben geklatscht.*

– *Ach.*

– *Die haben sich amüsiert. Viele dachten wohl, das muss so sein.*

– *Die haben also gar nichts gemerkt.*

– *Doch! Denn ich hab ja, sowie ich hinter dem Vorhang war, laut „Scheiße!" geschrieen. Das haben alle gehört. Es war der größte Lacher an der Szene.*

– *Wie oft denken Sie an dieses Ereignis zurück?*

– *Kommt drauf an …*

– *… kommt drauf an?*

– *Ja, wie viele Auftritte ich im Jahr hab.*

9 [Publikum]

Yannick hatte das Gefühl, er musste nach dem gestrigen Abend und dem Gespräch mit seinen Eltern wieder festen Boden unter die Füße bekommen. Der feste Boden war aus altem Vorjahreslaub. Beim Spazierengehen sanken seine Schuhe bei jedem Schritt fast bis zu den Knöcheln ein. Bakterien zersetzten all die herabgefallenen Blätter und Nadeln in einen angenehmen Teppich aus Humus und Wohlgeruch. Obwohl Yannick über den Waldweg eierte und manche Baumwurzeln gefährliche Stolperfallen ausgelegt hatten, kamen ihm seine Bewegungen hier um ein Vielfaches sicherer vor als am Vorabend auf der Bühne des Alten Wasserwerks. Der Wald wirkte auf ihn verdammt tröstend. Vielleicht weil das Publikum einzig aus Buchen, Eichen und ein paar Nadelbäumen bestand. Vielleicht lugte auch irgendwo noch eine Wildschweinbache aus dem Gebüsch.

Wieso war diese gottverdammte Panikattacke gekommen? Und wovor hatte er eigentlich Angst? Vor dem Publikum sicherlich nicht. Oder? Er stand doch gerne auf der Bühne, auf jeden Fall! Und was er auf der Bühne machte, kam meistens gut an. Funktionierte, wie man unter Kollegen sagte. *Setup, Setup, Punchline*. Es funktionierte wie geschmiert. *Prämisse, Prämisse, Conclusio*. Komik war formale Logik mit absurdem Vorzeichen. Yannick beherrschte diese Prinzipien, aber wieso dann doch diese völlig irrationale Panik?

War es nur der Druck? Dieser unheilvolle Cocktail aus Stress, Unterzuckerung, Schlafdefizit und Uta Sybille Kramer? Yannick deklinierte in Gedanken die möglichen Ursachen durch, aber wahrscheinlich brauchte Panik keine Begründungen. Sie war sich selbst genug. Yannick fand seine Panik ganz schön egozentrisch, die könnte sich ja ruhig mal vorher Gedanken machen, was sie mit ihrem Auftauchen so anrichtete.

Wie war er ihr früher immer begegnet? Das war das Fiese an ihr. Sobald sie verschwand, wollte sie auch immer die Rezepte mit in ihr Versteck ziehen, wie man sie losgeworden war. Eine Zeit lang hatte geholfen, dass er sich Marcus vorstellte, wie der hinter ihn trat und den Arm um ihn schlang. Oft hatten sie so gestanden, Marcus wusste, dass Yannick diese Position liebte. Auf der Bühne reichte es, nur die Hand auf den Rücken zu führen und sich vorzustellen, er greife damit nach Marcus' Gürtel. Schon das gab Stabilität. Der Trick funktionierte selbst dann noch, als Marcus ihn schon verlassen hatte. Yannick kam heil von der Bühne, musste danach allerdings losheulen wie ein Schlosshund. Gut fühlte man sich dabei also auch nicht.

Sollte er schon an Konrad denken? Oder gleich an Uhura? „Ich bin ein Flusspferd. Nichts kann mir etwas anhaben. Ich bin das gefährlichste Landsäugetier Afrikas. Ich bin das Nilpferd unter den Komikern. Ich habe ein dickes Fell. Und wenn die Panik kommt, werfe ich meinen Kotpropeller an." Yannick grinste. Ja, das könnte eine vielversprechende Strategie sein. Die *Flusspferdmethode*. Besser als jede Therapie. Und sicher besser, als immer darauf zu vertrauen, dass jemand aus dem Publikum ihm eine Reaktion zuwarf, an der er sich festhalten konnte. Publikum war nicht sehr zuverlässig in solchen Dingen.

Yannicks Füße erwischten ein von Laub und Zweigen verdecktes Erdloch, er strauchelte kurz.

Komisch, Publikum galt als unberechenbar, aber gleichzeitig basierte sein ganzer Job darauf, dass man davon ausging, dass Menschen doch im Großen und Ganzen immer gleich reagierten. Ohne eine Spur Schizophrenie konnte man wohl nicht Komiker werden.

Hatte er vielleicht doch eine heimliche Angst vor dem Publikum? Wieso sollte er? Er hatte doch stets alles im Griff? Und wenn nicht, dann tat er einfach so. Das war doch der Trick bei dem Ganzen. Einfach so zu tun als ob: sich als Flusspferd gebärden, auch wenn man sich in Wahrheit wie ein Nacktmull fühlte. Und das waren sie doch im Grunde alle. Mittermeier, der Hirschhausen, Harm Obarti. Wir alle sind blass, hässlich und klein. Nacktmulle im Faschingskostüm von Dickhäutern.

Vielleicht sollte ich mir lieber die anderen alle als Nacktmulle vorstellen, anstatt mich selbst als Flusspferd, überlegte Yannick. Jedenfalls, fiel ihm auf, waren seine Besuche im Zoo Gold wert. Egal, was weiter würde, Konrad tat ihm schon jetzt gut.

Yannick spazierte eine Weile weiter über Laub und kickte ein paar angefaulte Kiefernzapfen vor sich her. Gedanklich machte er einen Schritt zurück und bootete sicherheitshalber auch einmal das Selbstkritikprogramm. Das lud sich zwar laufend selbst, aktualisierte sich unaufgefordert und pop-upte in unpassenden Momenten, aber hier draußen im Wald kam es ihm richtig vor, die Selbstkritik mal nicht wegzuklicken.

Wenn es nicht am Publikum lag, lag es ja vielleicht an ihm selbst. Traute er seinen Texten nicht mehr?, fragte sich Yannick. Fühle ich mich einfach nicht wohl mit dem, was ich meinem Publikum erzähle? Er verharrte kurz an einer Weggabelung. Sollte er die große Runde laufen? Er entschied sich dafür, zumal die Spätnachmittagssonne mittlerweile ein paar mollige Strahlen durch das Dach des Waldes zu ihm nach unten warf. Nach ein paar Metern begann er, vor sich hin zu sprechen – wieso tat er das? – und sein Soloprogramm zu rezitieren: „Guten Abend meine Damen und Herren. Mein Name ist Yannick Herbst. Herbst wie Herbst, nur etwas weniger welk …" Yannicks Stimme wurde fester. Wieso sollte er auch flüstern, er war schließlich mitten im Wald? Hier hörten nur ein paar Bäume zu. Oder wurden die schon bei Erwähnung des Namens Herbst bunt vor Angst?

Kurz vor der Pause des Programms fand Yannick eine sonnengegerbte Bank auf einer Lichtung, windgeschützt. Er schlug den Kragen hoch und setzte sich.

„Und wissen Sie, was ich in *dem* Moment dachte?", fragte er die Lichtung vor sich. Kein Grashalm, keine Brombeerranke antwortete auf die rhetorische Frage, und auch die Gerippe der alten Silberdisteln schwiegen ihn an.

„Ich brauch 'ne Pause." Das war immer ein Lacher, denn unvermittelt führte Yannick seine Story auf die Bühnensituation zurück, ließ das Licht plötzlich löschen und trat von der Bühne.

Heute blickte er auf eine herbstliche Waldlichtung. Yannick atmete durch, gähnte und lehnte sich zurück. Sonnenlicht streichelte sein Gesicht. Das war angenehm. Ein paar Minuten Pause, dann würde er die restlichen vierzig Minuten Text in den Wald plappern.

„Och nö! Bloß das nicht!", rief eine knarzige Stimme hinter Yannick.

„Was?" Yannick schrak auf und schaute sich um.

„Andere Richtung."

Yannick schaute in die andere Richtung, sah aber ebenfalls nichts als eine verwachsene Hainbuche.

„Glotz mich nicht so an! Ja, ich bin keine Schönheit, kann ja nicht jeder aussehen wie direkt aus der Baumschule."

„Hä?", sagte Yannick.

„Lass doch mal diese ganzen Humanoidenwitze. Die sind doch voll langweilig. Mach mal 'n paar gute Gags über Nadelhölzer."

„Stimmt! Nadelholzwitze sind voll geil!", warf eine weitere, etwas jüngere Stimme ein. Offenbar der schlanke Ahorn neben der Hainbuche.

„Finde ich nicht!", maulte eine dunkle Stimme, offenbar eine Kiefer, die vier Meter weiter stand: „Ich weiß gar nicht, was wir euch Laubbäumen angetan haben, dass ihr uns ständig verarschen müsst."

„Guck dich doch mal an, Kiefer. Mit diesen doofen Nadelpuscheln überall. Du siehst doch aus wie ein Cheerleader!"

„Außerdem heißen nur Deppen Kiefer", warf Yannick ein, „Nicolas Kiefer, Dorkas Kiefer, Kiefer Sutherland."

„Hä?", fragten ihn die Bäume.

„Ach so, natürlich, kennt ihr nicht … Na, da habt ihr nichts verpasst."

„Nadelholzwitze sind einfach nicht komisch", insistierte die Kiefer mit knorrigem Unterton in der Stimme. „Laubbäume sind viel lachhafter. Muss man sich mal vorstellen. Da wird's Winter, und was machen die Laubbäume? Ziehen sich nackig aus. Wie doof ist das denn!?"

„Das machen Lärchen aber auch."

„Stimmt, aber Lärchen sind ja auch strunzdoof." Da waren sich alle Bäume offensichtlich einig.

„Dumm wie 'n Förster, sagen wir immer", sagten die Bäume. „Selbst Eichhörnchen sind intelligenter."

„Was ist ein Förster, der im Wald onaniert?", knarzte eine raue Stimme los, die Yannick noch nicht gehört hatte. Er tippte auf die junge Blutbuche zu seiner Linken. „Ein Eichelherr."

Wenn Bäume lachten, klang es wie ein Windstoß, der alle Hölzer gleichermaßen traf. Knarren, Gnarzen, Scharren, Quietschen, dazu das fröhliche Schütteln von Zweigen wie Laub.

„Ich mag lieber Neophytenwitze", knurrte die Kiefer. „Was unterscheidet eine Robinie von einem Förster?" Yannick zuckte die Schultern.

„Nichts! Nur die Seite vom Kamin."

Die Bäume knarrten wieder los.

„What? I did not understand!", warf eine fremde Stimme ein, offenbar eine Robinie, die sich erst kürzlich auf der Lichtung angesiedelt hatte. *„What is a ‚kamin'?"*

„Tja, das würde dich wohl brennend interessieren ...", höhnte eine Buche zur Belustigung aller umstehenden Gehölze.

„Genau! Das ist geil!", dröhnte die junge Blutbuche. „Darf schön schwarzhumorig sein. Kennt ihr den? Kommt 'ne Eiche zum Arzt. Sagt die Eiche, meine Blätter werden so braun, ich glaub, ich hab Herbst. Sagt der Arzt, nein nein, wir haben Mai. Sie sollten sich nicht so viel mit Nazis einlassen."

Ein paar Bäume knarzten fröhlich.

„Oder mach doch mal was über Kastanien und Miniermotten."

„Lass das nicht die Kastanie hören, die versteht da überhaupt keinen Spaß. Die wächst sonst einfach in deine Richtung rüber und raubt dir das Sonnenlicht mit ihren fetten Blättern."

„Ach was! Die hat so viele Motten; ab Juni hat die doch schon keine Blätter mehr!"

„Und das findet ihr komisch?", warf Yannick ein. Was tat er hier gerade? Er diskutierte mit Bäumen über das Wesen des Humors.

„Kennste den? Steht 'ne Krüppelkiefer vor 'ner Trauerweide. Sagt die Trauerweide: ‚Du bist aber klein'. Sagt die Krüppelkiefer: ‚Gluck gluck gluck'."

„Hä?", sagte Yannick.

„O Mann, bist du doof? Nicht verstanden?" Die junge Blutbuche sah tatsächlich so aus, als stemmte sie gerade entrüstet einen Zweig in eine Astgabelung. Yannick schüttelte den Kopf.

„Das weiß doch jeder. Krüppelkiefern sind klein, und Trauerweiden wachsen am Wasser. Wenn also 'ne Krüppelkiefer vor 'ner Trauerweide steht ... jetzt verstanden?"

Yannick nickte. Verstanden ja, aber lustig war das nicht. Baumhumor baute einfach auf anderen Prämissen. Die Schlüsse waren dieselben. Es gab offenbar Nadel- und Laubbaumwitze, Eichhörnchen-, Försterwitze und Waldarbeiterwitze, bei denen die Eichhörnchen noch am besten wegkamen, und vor allem mit Holzfällern nicht gerade zimperlich umgegangen wurde.

„Was ist ein Waldarbeiter mit 'ner Motorsäge im Bein?" – „Bald Wurzeldünger."

Die Bäume bogen sich vor Lachen und raschelten übermütig.

„Stopp, stopp … aufhören! Ich splittere fast vor Lachen!", knarzte eine morsche Ulme

„Darf ich auch mal einen probieren?", wagte Yannick einen Versuch.

„Nur zu", ermunterte ihn die Blutbuche.

„Ist aber ein böser Witz."

„Da geh ich voll drauf ab."

„Als ob du irgendwohin gehen könntest", giggelte eine junge Birke aus dem Hintergrund.

„Also", hob Yannick an: „Wieso können Orkane niemals monogam sein?"

Er schaute in die Runde. Stille.

„Weil sie gerne so viele wie möglich flachlegen!"

Yannick lachte an. Doch es blieb still im Wald.

„Öhm … Nicht komisch?"

„Darüber macht man keine Witze", sagte die Blutbuche.

Ein Windstoß fegte einen Hainbuchenzweig in Yannicks Gesicht. Ihn fröstelte. Er suchte auf der Bank neben sich die Sonnenstrahlen, die eben noch auf seinem Gesicht gelegen hatten. Doch die Sonne hatte sich hinter Wolken verzogen; es wurde wieder kalt.

Yannick Herbst stand auf und suchte den Weg. Er stolperte über die Wurzeln einer knorrigen Ulme. Die war da doch eben noch nicht!, war er sich sicher und hatte auf einmal keine Lust mehr, seinen weiteren Text vor sich hin zu repetieren.

10 [Bier]

Im Grunde war der Gestank nicht auszuhalten. In den Stallungen des Flusspferdhauses roch es noch schlimmer als vorne in der Halle für Zoobesucher. Es war noch ein wenig heißer. Ein Gestank, an dem auch eine weit geöffnete Tür nach draußen nichts ändern konnte. Ein Gestank, als weigerte sich die Luft draußen, die Geruchsmoleküle aus dem Inneren des Flusspferdhauses aufzunehmen; als hinderte eine Sitzblockade aus Sauer- und Stickstoffmolekülen die Nilpferdausdünstungen daran, das Gebäude zu verlassen. Der Gestank war dermaßen unerträglich, dass Yannicks Nase den Dienst quittierte, die Wahrnehmung einfach einstellte und ihre Sinne durch den Sehnerv, drei Wahrnehmungszentren weiter, vertreten ließ. Yannick roch nichts mehr, sah dafür umso besser:

Er sah einen Berg grauen Fleisches, genannt Uhura, er sah einen Tierarzt in schwarzen Gummistiefeln neben diesem Berg. Er sah seine Mitbewohnerin mit einer Kamera, deren Objektiv sie gerade zwischen zwei Gitterstäbe hindurchschob. Er sah, dass die Waschanleitung ihres schwarzen Tank-Tops halb herausschaute und der Stoff schon auf ihrer Haut klebte. Er sah zwei Schweißperlen ihren Nacken vom Haaransatz hinunterkullern. Er sah, dass die schwarzen Röhrenjeans, die sie heute wieder trug, nur eine einzige Falte unter der rechten Pobacke warfen, als sie in die Hocke ging, um zu knipsen. Er sah eine Fliege durch das Bild sirren, er sah die Fliege langsamer werden, einatmen, husten und zu Boden trudeln. Er sah den Kopf von Konrad hinter dem grauen Berg aufragen. Er sah Konrads Augen, und die schauten ihn kurz direkt an.

Yannick erschrak, lächelte aber einfach mal tapfer in Konrads Richtung. Er holte Luft und wollte etwas zu ihm rüberrufen. Die Luft aus seinen Lungen presste sich an den Stimmbändern vorbei, versetzte sie in Schwingung. Yannick überlegte fieberhaft, was er sagen könnte. Verdammt, er googelte nach einem coolen Spruch.

„Da!", rief Yannick. Da *was*? Eingeatmete Flusspferdpestilenz warf auf dem Rückweg aus der Lunge stinkende Widerhaken in Yannicks Luftröhre, er musste husten. Konrad musste lachen, und Yannick war glücklich. Er hatte Konrad zum Lachen gebracht. Er hätte jetzt gerne die Kamera selbst in der Hand. Zufrieden lehnte er sich an eins der Käfiggitter an.

Sie waren schon das vierte Mal im Flusspferdhaus zu Gast. Yannick hatte stets Kamerataschen und Stative getragen. Laura hatte ihm sogar gelegentlich die Kamera in die Hand gedrückt und ihn selbst Fotos schießen lassen. Sie hatte Gefallen an dem Praktikantenspiel gefunden und nutzte ihn reichlich aus. Sie hatte sich sogar einen Tonfall angelegt, der ihn ab und zu an seine Agentin erinnerte. Trotzdem hatte auch Yannick Spaß an der Sache und tatsächlich etwas gelernt. Zum Beispiel wusste er nun, was Tiefenschärfe ist und wie man eine Blende so wählt, dass trotz Nilpferden im Vordergrund auch im Hintergrund stehende Tierpfleger scharf zu sehen sind.

„Alles in Ordnung, sie kann raus ins Gehege", schloss Dr. Jessen.

„Echt? Sie ist wieder gesund?" Yannick klang besorgt: „Ich finde, sie wirkt noch ziemlich schwach."

„Nein, sie ist wieder kerngesund."

Ein paar Momente später standen Yannick und Laura im öffentlichen Teil des Flusspferdhauses. Dr. Jessen stand bei ihnen und flirtete mit Laura, was für ihn offenbar bedeutete, möglichst ausdauernd auf sie einzureden. Wie sie da so nebeneinander standen, fiel Yannick ein, dass auch Laura seit gut einem halben Jahr wieder Single war. Er erschrak bei dem Gedanken, denn diese Tatsache war ihm in den letzten Wochen einfach entfallen. Ich sollte mehr an meine Mitmenschen denken, dachte er. Zuvor war sie zwei Jahre mit einem Kunststudenten zusammen gewesen, der dann für ein Auslandssemester nach New York ging und allen Liebesschwüren zum Trotz schon nach drei Wochen eine E-Mail schickte, er habe sich neu verliebt.

Aber statt eines untreuen Kunststudenten nun einen, zwar nicht unattraktiven, aber doch gute fünfzehn Jahre älteren, Veterinärmediziner? Nein, das passte so gar nicht zu Laura. Aber genau deshalb könnte er ihr gefallen.

Yannick schaute sich nach anderen Mitmenschen um, die seiner Aufmerksamkeit bedurften, und sah zu, wie Konrad ein Tor zum Flusspferdgehege öffnete und verschwand. Ein paar Momente darauf schob sich das graue Maul von Uhura nach vorne. Die Flusspferddame trottete vorwärts und blieb dann stehen, den fetten Hintern noch im Durchgang geparkt. Yannick sah, wie Konrad versuchte, die Tür zu schließen und am Po des Flusspferds scheiterte. Er drückte die Stahltür an das Hinterteil des Tieres und erhöhte offensichtlich den Druck. Uhura blieb stehen und erhöhte ebenfalls den Druck; sie kackte erst einmal in aller Ruhe. Konrad öffnete schnell wieder die Tür und ließ das Tier machen. Er machte eine gespielte Geste der Hilflosigkeit und verdrehte die Augen.

Yannick musste grinsen und schrieb in Gedanken schon mal den morgigen Bericht der Berliner Morgenpost: *„Nilpferdlady Uhura wieder fit. Hier sehen wir die stolze Nilpferddame Uhura nach überstandener Mittelohrentzündung wieder ihr Gehege betreten. Als erste Amtshandlung setzt der Publikumsliebling des Flusspferdhauses einen riesigen Haufen direkt in den Eingang des Geheges. Ganz un-ladylike. Zwei Kubikmeter Nilpferd-A-A hat Tierpfleger Konrad nun wegzuschaufeln. Aber so ist das Tierleben: Eine gesunde Verdauung ist das A und O im Zoo.“*

Konrad wurde es nun etwas zu viel. Er versetzte Uhura einen Klaps auf die unendlichen Weiten ihres Pos, und mit einem Mal spurtete das Tier los wie ein UPS-Bulli, der noch kurz über eine hellrote Ampel schoss, geradewegs auf das Wasser zu, und ließ sich mit Anlauf hineinplumpsen. Dribb dribb dribb dribb machte Lauras Digitalkamera, das Geräusch ging unter im gewaltigen Platschen. Yannick sah, wie Uhuras Druckwelle ein paar Karpfen an die Plexiglaswand des Bassins drückte. Sie glubschten kurz benommen, schauten noch dämlicher als sonst und schwammen schnell Reißaus.

Yannick lachte. Laura und der Tierarzt stimmten mit ein. Uhura schwamm behände ein paar Meter und tauchte ab. All ihr Gewicht schien von ihr abzufallen, leichtfüßig tänzelte sie über den Grund des Beckens.

Konrad tauchte mit einer Schubkarre in der Tür auf und drückte eine Schaufel unter Uhuras Stoffwechselendprodukte.

„Lacht nur!", rief er rüber. „Ihr habt euren Spaß und ich die Mühe."

„Brauchst du Hilfe?", rief Yannick zurück. Mein Gott, hatte er tatsächlich gerade angeboten, Konrad bei der Entsorgung von einem Zentner Nilpferdscheiße zu helfen? Er musste echt verliebt sein. „Brauchst du Hilfe?" Er hätte ebenso gut „Ich liebe dich" hinüberrufen können.

Der Arzt wollte sich verabschieden.

„Hier", er drückte Laura seine Visitenkarte in die Hand, „falls Sie mal einen Tierarzt brauchen."

Sie schob sich das Kärtchen hinten in die Jeanstasche. Es verknickte dabei, und wenn man genau hinsah, konnte man den Knick durch den Jeansstoff sogar sehen.

„Danke", sagte sie und sonst nichts. Dr. Jessen wirkte nun auch ein wenig geknickt.

Lauras Flirtverhalten irritierte Yannick immer wieder. Es bestand im Wesentlichen darin, jegliche Annäherungsversuche komplett zu ignorieren und Männer so weit auflaufen zu lassen, bis sie hilflos wirkten wie gestrandete Wale auf einer Sandbank. Erst dann ging sie auf sie zu. Für die meisten Männer kam dieser rettende Schritt zu spät.

Yannick wusste nicht, ob das kalte Kalkuliertheit war oder ob sich Laura trotz der schwarzen Schale, trotz losen Mundwerks und sexueller Überaufgeklärtheit in ihrem Herzen einen Kern tiefer Schüchternheit bewahrt hatte. So gut er seine Mitbewohnerin zu kennen glaubte, ihre Heterosexualität durchschaute Yannick nach wie vor nicht.

„Ich geh dann mal", sagte Dr. Jessen etwas heiser. Dann erbarmte sich Laura und zückte doch noch ihre eigene Visitenkarte. „Hier, falls Sie mal Fotos brauchen."

„Danke", sagte der Tierarzt glücklich.

„Sie ist jetzt wirklich wieder voll gesund?", wollte Yannick wissen.

„Ja, hab ich doch schon gesagt."

„Und das andere Nilpferd da, das liegt da wie tot, das ist doch sicher nicht normal."

„Doch das ist ganz normal. Das schläft."

„Und das Jungtier da vorne, das humpelt doch."

„Nein, so laufen Flusspferde nun mal."

„Aber …“

„Nichts aber. Fragen Sie Konrad doch einfach, ob er mit Ihnen mal ein Bier trinken geht. Ich muss nicht immer dabei sein.“

Yannick schoss eine Hitzewelle in den Kopf, die ihn kurz schwindlig werden ließ. In diesem Moment wünschte er sich nichts sehnlicher als dunkelgraue Flusspferdhaut ins Gesicht, die wurde sicherlich nicht so schnell rot.

Laura unterdrückte ein Lachen und biss sich auf die Unterlippe.

„Dann mal schönen Tag noch“, sagte Dr. Jessen, gab Laura zum zweiten Mal die Hand, auch etwas länger als nötig und verschwand.

„Sag nichts“, sagte Yannick zu Laura. Die sagte nichts, nur die Unterlippe, in die sie noch immer ihre Schneidezähne presste, lief langsam weiß an.

Yannick drehte sich von ihr weg und sah weiter Konrad zu, der gerade die letzte Schaufel Nilpferdkot in die Schubkarre wuchtete. Ihm gefiel das Bild, und er überlegte, was man hinzugeben müsste, damit es ein komisches Bild wäre. Yannick zog Konrad in Gedanken aus, okay: Nackte, die irgendetwas taten, waren natürlich immer komisch, dann zog er ihm einen Nadelstreifenanzug und schwarze, blank gewienerte Lederslipper an. Vorstandsvorsitzender Dr. Josef Ackermann bei der Inventur fauler Immobilienfonds.

Bald darauf stand auch Konrad wieder bei ihnen.

„Tja“, sagte Konrad, „das war's dann wohl. Uhura ist wieder gesund. Wir werden uns dann wohl nicht mehr so oft sehen.“

„Ähm, ja“, sagte Yannick. „So ist das dann wohl …“

Menno, jetzt musste irgendetwas geschehen. Irgendetwas, das irgendwohin weiterverweist. Irgendetwas, das macht, dass es weitergeht. Irgendwie. Das waren verflixt viele „irgends“ in einem Gedanken.

„Es sei denn, eins wird wieder krank“, sagte Yannick.

„Das wollen wir doch nicht hoffen!“

„Nein, nein, natürlich nicht“, beeilte sich Yannick zuzusichern.

„Ich geh dann schon mal vor“, warf Laura ein.

Konrad und Yannick standen voreinander.

Unvermittelt sagte Konrad: „Scheint ja mit der Comedy nicht so zu klappen, wenn du ein unbezahltes Praktikum bei 'ner Tierfotografin machen musst.“

„Na, ich kenn Laura aber schon sehr lang ... weiß du, der eigentliche Grund, dass ich so oft mitgekommen bin, ist ..." ... dass ich dich schweinegeil finde und mich wie ein pubertärer Teenager in dich verknallt habe, ergänzte sein Geist. Und nicht weiß, wie ich es dir sagen soll, vervollständigte seine Schüchternheit. Wie hatte er den Satz noch mal begonnen?

„Der eigentliche Grund, dass ich so oft mitgekommen bin, ist ...", o Gott, was sagt man da?

„... ist ..." Konrad schaute ihn neugierig an.

„... dass Laura ja nicht nur Flusspferde fotografiert, sondern auch *meine* Fotografin ist, und ... und ...", Yannick fiel das Bild vom Banker mit der Scheißeschaufel wieder ein, „und ich dachte, vielleicht wäre es ein geiles Motiv, wenn wir meine nächsten Pressefotos irgendwie hier, ich weiß natürlich nicht, ob das geht, war nur so 'ne Idee, ich ..." War das Enttäuschung, die da über Konrads Gesicht huschte? Verdammt, wieso hatte er kein Gefühl für so etwas?

„Vielleicht können wir ... also kann ich dich deshalb mal anrufen."

„Ja, können wir natürlich mal drüber sprechen."

Bier! Schoss es Yannick durch den Kopf, du musst ihn fragen, ob er mit dir ein Bier trinken will. Das hatte der Arzt gesagt, und der musste es doch wissen! Schließlich war er Arzt. Okay, Tierarzt, aber der kannte sich mit Paarungsverhalten doch sicher viel besser aus.

„Vielleicht könnten wir dann auch mal einen Termin machen", sagte Yannick – o Gott, er hatte „Termin" gesagt, wie klang das denn? – und fügte hinzu: „mit Bier. ... Ich meine, bei einem Bier mal über die Sache mit den Fotos sprechen. ... Und so."

Konrad musste lachen. „Okay, kein Problem. Ich geb dir mal meine Nummer."

Yannick speicherte die Nummer direkt im Handy und zog dann seine Visitenkarte aus der Tasche. Visitenkarten gab man bei Dates natürlich nicht raus, aber es war ja auch kein Date. Nur eine Dienstbesprechung. Wegen Pressefotos. Vordergründig.

„*Yannick Herbst. Komische Dienstleistung*en", las Konrad. „Das ist ja tatsächlich komisch."

Er wirkte fast ein wenig erstaunt.

Yannick war zu erfreut über das Lächeln seines Gegenübers, um beleidigt zu sein. Oder nachzudenken. „Ja, hab ich mir bei 'nem Kollegen abgeguckt."

„Ach so", sagte Konrad. Yannicks Verstand ohrfeigte ihn in seinem Kopf. Errötend verabschiedete er sich hastig mit Verweis auf Laura, die draußen wartete, drehte sich um und wollte das Flusspferdhaus verlassen.

„Hey", rief ihm Konrad nach.

Yannick drehte sich um: „Ja?"

Konrads ausgestreckter Zeigefinger deutete auf seine Jeans: „Du musst dich irgendwo angelehnt haben, du hast da 'nen fetten Fleck am Arsch."

„Oh", sagte Yannick. „Danke."

Während er nach draußen trat, wich die postpubertäre Scham aus seinem Gesicht und machte einem Gefühl gluckernden Glücklichseins Platz. Konrad und er hatten sich gerade verabredet! Okay, genau genommen hatten sie sich nur verabredet, sich noch zu verabreden, aber das war im Grunde das Gleiche. Er musste unbedingt Laura davon erzählen, ansonsten musste er sich übergeben vor Glück, so sehr schwappte es gerade ziellos durch seinen Körper.

11 [Wildlife]

Konrad begrüßte ihn mit einem Kuss auf die Lippen, noch durch das Gitter des Hintereingangs. Yannick versuchte, das Ende des Kusses so lang wie möglich hinauszuzögern, aber Konrad beließ es bei einem kurzen Vergnügen und öffnete das schmale Tor zum nächtlichen Zoo: „Komm rein!"

Er ergriff Yannicks Hand, und dann liefen sie eine Weile schweigend Hand in Hand über knirschende Kieswege.

Ihm war unheimlich zumute. Der Himmel war dunkel, kein Mond. Der Wind zupfte an den Baumkronen herum und ließ einige Stämme fröstelnd knarren. Aus manchen Käfigen, an denen sie vorbeigingen, drangen Geraschel und Schnauben. Manch nachtaktives Tier genoss es offenbar, unbeobachtet durch Zoobesucher seinem Tagwerk nachzugehen.

„Hast du etwa Angst im Dunkeln?", fragte Konrad lachend und Yannick sagte nichts. Vor seine Augen glitt ein Erinnerungsbild aus seiner Kindheit. Jan Friedrich mit vier Jahren in seinem Kinderbett, die Augen aufgerissen, die Augen verheult. Er hatte sich immer gefürchtet, wenn er nachts allein in seinem Zimmer lag. Yannick hörte die Geräusche von früher. Wie starker Wind die Rollläden rattern ließ oder die Stromleitungen vor dem Haus in Winterskälte unheimlich summten. Dann sah Yannick das rettende Licht im Dunkel. In seinem Kinderzimmer steckte immer ein mattgrünes Schlaflicht in der Steckdose.

Doch jetzt, da Konrad vor ihm lief, fühlte er sich geborgen. Hier und da fiel eine Strähne fahles Licht auf seinen Rücken, im Restlicht der Nacht leuchtete sein Overall einmal hellgrau auf und Yannick sah wieder den dunklen Fleck auf seiner rechten Pobacke.

Konrad schloss eine Tür auf, eine dicke Stahltür.

„Komm!", winkte er und Yannick trat hindurch. Die schwüle Hitze des Flusspferdhauses schlug ihm ins Gesicht. Da waren die Bäume, die Steine; der Wassergraben plätscherte leise, verborgen im Dunkel. Doch etwas war anders. Das Flusspferdhaus war anders, als Yannick es kannte. Etwas hatte sich verändert. Dann ging es ihm auf. Sie waren auf der *anderen* Seite. Sie befanden sich im Gehege. Bei den Flusspferden. Konrad zog die Tür zu und ließ den Schlüssel stecken.

Irgendwo schnaubte es leise und schmatze. Eins der Tiere legte wohl gerade ein kleines Mitternachtsmahl ein.

„Das ist Wesley, der Jungbulle. Der hat immer Hunger", flüsterte Konrad und fasste Yannick an der Hand. Ihm wurde mulmig, er bemerkte eine leichte Gänsehaut auf seinem Handrücken. Er war sich sicher, Konrad würde sie spüren: „Ich glaube, wir sollten nicht hier sein", sagte er.

„Die anderen schlafen, keine Sorge." Konrad zog Yannick nah an sich heran und drückte ihn gegen einen Baumstamm. Waren Flusspferde nicht nachtaktiv? Etwas stimmte hier nicht! Yannick schluckte den Kloß in seinem Hals runter, rechtzeitig genug, dann spürte er schon Konrads Lippen auf seinen. Konrad schmeckte aufregend, wild, nach einer Mischung aus archaischem Verlangen und *Brehms Tierleben*.

Schon bald spürte er Konrads Hände unter seinem T-Shirt und seine eigenen lagen auf dessen Pobacken, Flecken im Overall hin oder her. Inzwischen war ihm klar: Konrad wollte tatsächlich eine schnelle Nummer zwischen Flusspferden.

Yannick war mulmig zumute. „Das Flusspferd ist das gefährliche Landsäugetier Afrikas", näselte sein innerer Grzimek, der gleich einem Hologramm neben ihm aufgetaucht war, in verblichenen Fernsehfarben der siebziger Jahre. Doch andererseits war er mit Konrad hier. Der war Tierpfleger, *Flusspferdpfleger*! Der kannte doch seine Pappenheimer. Auch wenn die Pappenheimer drei Tonnen wogen und gern mal das Maul aufrissen. Und dann gab es da noch ein Argument: Konrad war geil und hatte außerdem schon begonnen, sich an Yannicks Hose zu schaffen zu machen. Ohne Zweifel, es war aufregend!

Yannick hatte bislang selten Sex an ungewöhnlichen Orten gehabt. Der ungewöhnlichste war ein oberster Treppenabsatz vorm Dachboden bei einer wilden Silvesterparty. Und selbst da hatte er die ganze Zeit über insgeheim befürchtet, dass während dieser acht Minuten der Hausmeister oder eine Nachbarsfrau mit Wäschekorb die Treppe hinaufgestapft kamen, in der Neujahrsnacht um halb drei. Doch was hier um die Ecke stampfen würde, könnte weit unangenehmer werden als eine schockierte Hausfrau mit frischer Weißwäsche.

„In Afrika kommen jährlich rund vierhundert Menschen durch Flusspferde um", quäkte old Bernhard in seinen Gedanken, doch Yannick schob ihn weg, verbannte ihn auf die Beobachterposition. Sollte der Alte doch zugucken, wie sie es hier trieben, das war doch immer sein Job gewesen! Sollte er Zeuge werden, wie sie die üblichen Geräusche einer heißen Nummer produzierten: das Geräusch von Stoff, der auf Haut weiter nach unten geschoben wird, das Aufreißen der Kondomverpackung, das Abrollen des Gummis, das beiderseitige Stöhnen beim Eindringen, alles untermalt von schwerem Atmen und dem Schnauben schlafender Flusspferde.

Konrad zog ihn gerade fest an sich, Yannick entspannte sich genüsslich, da sah er durch das Laub hindurch zwei Augen im grauen Nachtlicht aufblinken. Keine menschlichen Augen. Flusspferdaugen! Yannick drehte den Kopf eilig nach links und nach rechts. Er kam auf zwei weitere Augenpaare. Er musste schlucken: „Ey Konrad! … Wir … wir haben … *Zuschauer.*"

„Die tun nichts, die wollen nur spannen." Konrads Flüstern war von unterdrücktem Keuchen durchdrungen. „Keine Sorge, sie werden es niemandem erzählen."

Er lachte leise und begann, Yannick in angenehmen Stößen zu ficken. Der stöhnte auf, doch Konrad zischte leise „Psssst!" und legte die Hand auf seinen Mund. Es ist nicht wahr, fuhr es Yannick durch den Kopf, ich ficke gerade vor Flusspferden. Eigentlich nur gerecht. Wie oft versammelte sich die Menschheit vor der Glotze, um allen Arten dieser Welt beim Vögeln zuzusehen, da war es doch nur legitim, den Tieren auch mal zu zeigen, wie es der *homo sapiens* treibt … zumindest einige Exemplare. Hoffentlich waren die Viecher nicht homophob. Yannick begann, die Nummer zu genießen. Konrads Bewegungen wurden schneller: „Willst du Poppers?", fragte er atemlos.

„Was?“, keuchte Yannick leise.

„Poppers!“

„Weiß nicht.“ Doch Konrad hielt ihm schon das kleine Glasfläschchen hin. Yannick nahm einen kleinen Zug, das wohltuende Gefühl plötzlich aufquellender Lust durchfuhr ihn, er hielt den offenen Zylinder zurück nach hinten: „Hier, nimm.“

Konrad griff zu. In diesem Moment rülpste ein Flusspferd in unmittelbarer Nähe. Der dazugehörige Mundgeruch kam als organische Dunstwolke von hinten, als wäre eine Biotonne im Hochsommer umgekippt. Yannick zuckte erschrocken auf, ihm stockte der Atem, selbst Konrad hielt irritiert inne. „Krick“ machte das Poppersfläschchen, als es auf dem Betonboden des Flusspferdgeheges zersprang.

„Scheiße!“, fluchte Konrad, und dann hörte Yannick ein tiefes Schnuppern – ein langes Einsaugen von Luft.

„Oh, ich glaub, Lady Uhura ist eifersüchtig“, zischte Konrad und löste sich von Yannick. „Vielleicht sollten wir …“

Es war nur ein „Chrapp“, das erklang, als Uhuras Kiefer sich um Konrads Kopf schlossen. Sein verwunderter Schrei wurde schon von der Mundhöhle absorbiert. Dann schnappte das Maul zu, und Yannick war paralysiert. Er merkte, wie eine warme Flüssigkeit auf seinen Rücken sprudelte. Dann fiel etwas erst auf ihn, dann mit einem dumpfen Schlag zu Boden, vermutlich Konrads Torso. Yannick musste dran denken, dass der Overall jetzt wohl mehr Flecken haben dürfte. Aus dem Dunkel hinter Yannick drangen malmende Kaugeräusche.

Yannick konnte immer noch nicht schreien, seine Panik hatte ihre kräftigen Finger um seinen Kehlkopf gelegt und drückte fest zu. Übelkeit stieg in ihm auf, sammelte sich knapp unter der Kehle, als wolle sein Hals gleich bersten. Mein Gott, fragte sich etwas in Yannick, wie sollte er *das* hier jemandem erklären? Ein kopfloser Tierpfleger mit offener Hose leblos im Flusspferdhaus, und Grundschulkinder, die am nächsten Tag verstört auf die Tiere deuten: Guck mal Oma, das Nilpferd hat rote Haare zwischen den Zähnen.“

Jetzt war die Panik endlich zu Yannicks Füßen durchgerutscht. Er rannte los. Nur weg von Uhura, die gerade wieder rülpste. „Das Flusspferd ist das gefährlichste Landsäugetier Afrikas“ klugschiss nun wieder der innere Grzimek. Yannick strauchelte über seine noch herabhängende Hose, wollte sie sich im Laufen hochziehen und stolperte über einen Baumstamm, fiel auf einen dicken Stein, einen verdammt warmen Stein, der nun grunzte und sich bewegte, als Yannick auf ihn aufschlug und an ihm herunterrutschte.

Jetzt schrie Yannick doch, wand sich zur Seite, kroch auf allen vieren weiter. Der Betonboden des Geheges vibrierte unter den vierfüßigen Schritten von drei Tonnen Lebendgewicht. Das zweite Flusspferd, über das er gerade gestolpert war, erhob sich auch, ein verirrter Lichtreflex aus dem Glasdach ließ die Augen gefährlich blitzen. Nicht lange und auch das dritte Flusspferd würde sich dazu gesellen. Yannick kroch weiter rückwärts. Plötzlich versanken seine Hände in weichem, kühlem Material, das roch wie … wie Salat. Yannicks Hände drückten gerade eine Tomate platt. „Scheiße!“, wimmerte er, seine Flucht hatte ihn nur zum Futterplatz der Flusspferde geführt. Dahinter war nur noch die Wand des Geheges. Yannick lag auf dem Salat wie eine gebratene Putenbrust. Das Schnauben der Flusspferdnüstern kam näher, das Schnauben mehrerer Flusspferdnüstern. Dann sah er sie, die Stoßzähne, die ganz matt hellgrau aufschienen, die Augäpfel, sie kamen näher. „Das Flusspferd ist das gefährlichste …“

Ich weiß!“, brüllte Yannick in die Nacht hinein, ergriff eine Handvoll Salat und schleuderte sie Richtung der Angreifer: „Hier, nehmt das!“, rief er mit brechender Stimme. Yannicks Beine versuchten Halt zu finden im Salat, doch er rutschte immer wieder weg. Dann fanden seine Hände etwas Hartes, Längliches. Ja, er würde kämpfen! Entschlossen erhob er eine Salatgurke. Dann öffnete sich vor ihm in der Dunkelheit ein garagentorgroßes Maul, und von rechts näherte sich Wesley, der Jungbulle, mit blitzenden Stoßzähnen und, und … mein Gott!? Einer Erektion! Yannick umfasste die Salatgurke fester, schrie … – und wachte auf.

Das Hotelzimmer war dunkel, sein Bett zerwühlt und schweißnass, die zusammengeknüllte Bettdecke türmte sich neben ihm auf wie ein schlafendes Tier. Yannicks Hand lag noch im Schritt, hielt seinen Penis fest umgriffen, die Pyjamahose zierte ein feuchter Fleck. Zum ersten Mal seit mehr als zwanzig Jahren schämte er sich wieder dafür.

Yannick wünschte sich sein Schlaflicht zurück.

12 [Deutschland]

Yannick klackerte mit seinem Rollkoffer über die Gehwegplatten. Die Straßen waren menschenleer. Sonntagmorgen in einer deutschen Kleinstadt. Wer jetzt nicht zu Hause war, hatte keins.

Wie viele solche Kleinstädte Yannick schon sonntagmorgens gesehen hatte! Herausgeputzte Gehwege, kein einziger Hundehaufen weit und breit, sauber gepflastert und hell wie geschrubbt. Wahrscheinlich waren sie es sogar. Arische deutsche Bürgersteige, *„Betreten verboten"*. Sonntagmorgens, halb elf in Deutschland.

Berufsalltag eines fahrenden Komikers. Am Samstagabend Show, die Dame oder der Herr vom Kulturamt drückt einem kurz danach den Umschlag mit der Gage in die Hand und verabschiedet sich ins Wochenende: „Vielen Dank und noch einen schönen Aufenthalt bei uns in Heimhausenhagen."

Noch ein Wein, ein Bier oder zwei, und ab geht's ins Hotel.

Manchmal ist der Komiker der einzige Gast am Wochenende. Manchmal ist das Hotel ausgebucht mit Familienfeiern, die man aus dem Saal herauflärmen hört. Tanzmusik, juchhe! Sonntagmorgens, halb eins in Deutschland. In zweihundert deutschen Dorfgasthöfen und Kleinstadthotels sitzen Komiker auf ihren Betten und zappen sich lustlos durch das deutsche Nachtprogramm.

Am Abend zuvor hatte Yannick auf dem Hotelbett gesessen, zwischen einem Katastrophenthriller und einer voll lustigen Pannenshow hin- und hergeschaltet. Was hätte er getan, wenn er zu Hause gewesen wäre? Sicher nicht ferngesehen. Vielleicht in einer Spätvorstellung gewesen, mit ein paar Freunden in 'ner

Kneipe beim dritten Bier gesessen, vielleicht in einem Club am Tanzen gewesen, auf vorsichtiger Rundumschau nach einem sympathischen Gefährten für die Nacht. Oder beliebige andere Zeiträume. Im Fernseher war ein Tisch mit einer Hochzeitstorte umgekippt und hatte den Cockerspaniel des Brautpaares unter einer betonmischmaschinengroßen Ladung Buttercreme begraben. Oops, haha, brüll, kreisch! Yannick hatte sich schlafen gelegt. So früh lag er am Wochenende in Berlin nie im Bett. Aber in Berlin gab's Frühstück auch nicht nur bis zehn.

Morgens um halb drei in Deutschland. Die vernünftigen Komiker schlafen den Schlaf der Wochenendarbeiter. Die anderen trinken die Hotelbar leer. Wenn es eine gibt. Oder laufen zur Vierundzwanzig-Stunden-Tanke und holen sich ein Sixpack. Um halb drei kehren die Hochzeitsgesellschaften, die im Hotel untergebracht sind, lärmend heim und tanzen volltrunken noch einen Schuhplattler an alle Zimmertüren.

Ab acht Uhr morgens rappeln die Türen im Hotelflur wieder. Rumpelhotels, mit Fluren als Resonanzraum. Nebenan im Zimmer singt jemand beim Duschen und kann es nicht. Duschen kann er dafür sehr gut und beweist es extrem ausdauernd. Der Abluftventilator im Bad klingt, als bohrte er sich einmal durch die Wand.

Sonntagmorgens um zehn in deutschen Hotels in Stadtlingendorf. Manchmal ist der Komiker der einzige Gast. Manchmal sitzen noch ein paar verkaterte Hochzeitsgäste im Raum wie stumme Schatten ihrer selbst und mümmeln Knäckebrot. Manchmal ist noch ein älteres Ehepaar da. Im Hintergrund Dudelmusik. Nicht selten ein Schlagersender.

„*… und mein Herz schlägt ganz laut, ich krieg immer wieder Gänsehaut*", hatte Michelle geplärrt auf Radio Willstnichthören.

„Wollen Sie Kaffee oder Tee?", hatte die Frau vom Hotel gefragt.

„Tee", sagte Yannick.

„Tee müssen Sie sich selber machen."

Dann hatte sie auf die Anrichte gedeutet, wo neben einem Heißwasserboiler ein Sortiment an Teebeuteln stand.

Tee musste man sich immer selbst machen. Wieso fragte sie dann überhaupt? Yannick nahm sich vor, diesen Gedanken später zu notieren. So eine Beobachtung, die etwas auf den Punkt bringt, was jeder kennt. Wiedererkennungswert, Absurdität des Alltags. Bla bla.

Manchmal wird der Komiker auch einfach vergessen. Frühstück bis zehn ist die Ansage. Sonntagmorgens, zehn vor zehn in Deutschland, Hotels in Furtweilerburg. Zweihundert Komiker schauen auf leer geräumte Frühstücksbuffets und kratzen kalte Rühreikrümel aus Metallschalen.

„Oh, Sie haben wir ganz vergessen, das ist ja auch unüblich, dass so spät noch jemand frühstückt. Das sind wir nicht gewöhnt. Wollen Sie einen Kaffee?"

„Lieber Tee."

„Tee haben wir schon abgeräumt."

„Ich hab immer wieder Gänsehaut ..." – Wenn Yannick an einem Sonntagmorgen zu Hause war, lag er um diese Zeit noch im Bett, wurde vielleicht gerade wach, weil sich die Sonne durch die Vorhänge drängelte oder seine Obermieter die Gunst der Morgenlatte für einen ausgiebigen und lautstarken Vormittagsfick nutzten. Ja, das wäre eine gute Beschäftigung für einen Sonntagmorgen: Sex bis Mittag und dann frühstücken gehen.

„Hab mich verlor'n , mich dir total anvertraut, ich hab immer wieder Gänsehaut ..." Das Lied hing Yannick im Kopf wie die morgendliche Übelkeit eines Katers. Sein Rollkoffer verkantete an einer unebenen Gehwegplatte, hüpfte munter hoch, torkelte und geriet aus der Spur.

Zwei Stunden später. Sonntagmittags, halb eins in Deutschland. Zweihundert Komiker steigen aus einem Zug in einen anderen Zug oder stehen mit dampfenden Pappbechern an einem zugigen Bahnsteig irgendwo in Deutschland.

Hannover Hauptbahnhof, Gleis neun. *„Willkommen in | der Messe- und EXPO-Stadt Hannover | Sie haben Anschluss an | ICE 834 | nach | Köln | über".* Eine weibliche Computerstimme hackte ihre Satzbruchstücke über den Nachbarbahnsteig. Früher war alles besser, dachte Yannick, kam sich unendlich alt vor, gab sich aber recht. Früher kamen Bahnhofsdurchsagen noch von echten Menschen mit echten Dialekten. Heute gab es an immer mehr Bahnhöfen programmierte Frauenstimmen mit unnatürlichen Pausen hinter jedem Satzbestandteil. Schrecklich. Könnte man mal 'ne Nummer drüber machen. Vielleicht. Yannick nahm sich vor, den Gedanken gleich im Zug zu notieren und wusste schon, dass er es vergessen würde.

Seine Aufmerksamkeit fokussierte auf ein paar Tauben im Landeanflug. „*Achtung, auf Gleis neun fliegen gerade ein: die Luftratten eins und zwei zum Weiterflug nach Werweißdasschon. Bitte ziehen Sie den Kopf ein und achten auf eine Lücke zwischen Kopf und Flügelspitze.*“

Sie fuhren gerade ihre Fahrwerke aus. Taube eins landete geschickt, Taube zwei geriet nach dem Aufsetzen kurz ins Trudeln und musste mit einem Flügelschlag ausgleichen, um das Gleichgewicht wiederzufinden. Dann sah Yannick wieso: Taube zwei hatte nur ein Bein und an dem wiederum nur zwei Zehen. Sie stand da auf ihrem einen Bein und ihren zwei Zehen und glotze umher, schaute ihrer Kollegin zu, die mit ihren zwei Beinen und sechs Vorderzehen auch nur dumm hin und her lief.

Mit einer Mischung aus Ekel und Faszination betrachtete Yannick die beiden Tauben. Sie sahen im Grunde haargenau gleich aus. Die einbeinige Zweizehentaube sah nicht unterernährter aus als ihre körperlich unversehrte Artgenossin. Beide Tiere glotzten rum und machten diese ruckartigen Bewegungen mit dem Kopf, die Yannick an so viele verkalkte Mischbatterien in Hotelduschen denken ließ, deren Hebel man auch nur ruckartig verstellen konnte, und einen stets vor die Wahl „verbrühen“ oder „leicht frösteln“ stellten.

Die zweizehige Einbeintaube stand da und pickte jetzt nach irgendetwas. Das war schon eine Kunst, einbeinig zu stehen und dann nach etwas zu picken. Yannick bewunderte die Taube sogar ein bisschen. Einbeinig stehend und sich so weit nach vorne zu lehnen, dass man mit dem Schnabel den Boden erreichte. Das war schon großartige Äquilibristik. Gleichgewichtskunst. Yannick betrachtete die Künstlerin weiter. Eigentlich sah sie fast etwas muskulöser aus als die zweite Taube. Klar, sie musste ja auch jeden noch so kleinen Weg per Flügelschlag zurücklegen.

In Darwins Tierleben hätte dieses verkrüppelte Vieh eigentlich keine Chance. Sie überlebte nur, weil sie eine außergewöhnliche Kunstfertigkeit entwickelt hatte. Yannick dachte den verqueren Umkehrschluss. War künstlerische Begabung vielleicht immer etwas, womit man das Fehlen von etwas anderem kompensierte? Oder war es doch nur der Überfluss- und Wegwerfgesellschaft zu verdanken, dass für Wesen wie diese verkrüppelte Taube noch etwas abfiel, ihr phänomenaler Gleichgewichtssinn hin oder her?

Alles Quatsch. Yannick trat auf die Tauben zu, sie erhoben sich in die Luft, segelten haarscharf über die Stirn eines Wartenden hinweg und verschwanden hinter dem Wellblechdach des Bahnsteigs. Yannick nahm sich vor, bei Gelegenheit mal eine Nummer über deformierte Tauben zu schreiben.

Eine unpässlich programmierte Frauenstimme plapperte über den Bahnsteig: „*Willkommen in | Zug endet hier. | Sie haben Anschluss | nach | über | und | von Gleis | Wir bitten um Ihr Verständnis*".

Yannick überlegte, ob er in der richtigen Stimmung sei, ein Telefonat zu führen, das er seit ein paar Tagen vor sich herschob. Er schüttelte innerlich den Kopf. „Blockademuster, Vermeidungsstrategie", hörte er seinen Therapeuten plappern. Er griff zum Telefon.

„*Ihr Anruf kann im Moment nicht entgegengenommen werden. Wenn Sie eine Nachricht hinterlassen wollen für – knacks – Konrad Rauting – knacks –, sprechen Sie bitte nach dem Signalton.*"

Yannick legte erschrocken auf. Damit hatte er nicht gerechnet.

Wie machte man das noch beim Verabreden eines ersten Dates? Wie war das damals bei Marcus gewesen? Der hatte ihn angesprochen, da stellte sich das Problem nicht. Durfte man auf die Mailbox sprechen oder versuchte man es später noch einmal? Durfte man sein Date um Rückruf bitten?

Andererseits ging es formal doch nur um eine geschäftliche Verabredung. „Vorbereitungsgespräch für einen Fototermin" würde er auf die Verzehrquittung des Restaurants schreiben und sie in den Schuhkarton mit seinen Steuerbelegen werfen.

Yannick wählte noch einmal Konrads Nummer.

Wieder hörte er zahlreiche Freizeichen, bevor die Mailbox ansprang. „*Ihr Anruf kann im Moment nicht entgegengenommen werden …*" Vielleicht war Konrad auf der Arbeit, Tiere mussten ja auch sonntags versorgt werden, und das Handy bimmelte leise in einer grünen Overalltasche, während Konrad eine Schubkarre voll Nilpferdmist durch die Gegend schob. Yannick musste an Konrads Bizeps denken. Der war sicher gut ausgeprägt. Uhuras Verdauung sei Dank. „*Wenn Sie eine Nachricht hinterlassen wollen für – knacks –*" Yannick spitzte die Ohren. Wie hatte Konrad seinen Namen auf die Mailbox gesprochen? Hörte man im Hintergrund vielleicht sogar Tiere? – *„Konrad Rauting – knacks –"* Langweilig. Der Name klang genauso verrauscht wie alle anderen Namen auf allen anderen Mailboxen dieser Welt. Die Silben unnatürlich auseinander gezogen, überdeutlich ausgesprochen, ein bisschen wie beim Diktat in der Grundschule: *„Konnn-raaaht Rauuh-ting – knacks – sprechen Sie bitte nach dem Signalton."*

Pieps.

„Hallo, Konrad, hier ist Yannick. Yannick Herbst. Ich wollte mich mal melden wegen des Fototermins. Wir wollten das ja gerne mal gemeinsam bei einem Bier durchsprechen. Tja, und jetzt hab ich nur die Mailbox dran. Wenn du magst, kannst du ja mal zurückrufen, ich versuch's auch wieder. Wir können ja gegenseitig versuchen, einander zu erreichen. Schöne Grüße, auch an Uhura."

Yannick legte auf. Er fand, er hatte schöne Worte auf die Mailbox gesprochen. *Wir, gemeinsam, einander.* „Wir" sogar mehrfach. „Wir – Konrad und ich". Das klang schön.

[Mein letzter Auftritt]

Wie stelle ich mir meinen letzten Auftritt vor?

Muss ich ihn mir überhaupt vorstellen? Ich könnte es doch wie Johannes Heesters machen und mich einfach weigern abzutreten, von Bühne wie Leben.

Rüdiger Hoffmann wird es einfach haben. Der könnte auch mit hundertundfünf noch auf einem Stuhl auf der Bühne sitzen und die ersten fünf Minuten nichts sagen, während die Leute gespannt an seinen welken Lippen hängen. Dann würde er knarzend einatmen, man hatte ihm ja vor zwanzig Jahren einen halben Lungenflügel entfernen müssen, und sprechen: „Ja hallooo erst mal", und ein Johlen bräche los in der Mehrzweckhalle Schieder-Möppkenbrot. Immer noch dasselbe Timing. Der könnte sich bis ins hohe Alter treu bleiben und wirkte mit hundertundvier auf der Bühne genauso agil wie früher. Okay, er setzte sich nicht mehr alleine auf den Stuhl, sondern würde von zwei Pflegern auf die Bühne geschoben, und der Stuhl wäre auch ein Gesundheitsstuhl mit Lehnen, und nach seinem zweiten Schlaganfall säße er immer mit leichter Schlagseite darin. Aber der Text! Sitzt immer noch perfekt! Ein Timing wie eh und je.

Ingo Appelt käme wahrscheinlich mit Dreibeinkrücken auf die Bühne. Vorher hätte er sich noch schnell seine Frisur auf die Glatze gesetzt, und dann stünde er da vor der johlenden Meute, die nur ein paar Jahre jünger wäre als er. Er würde ein paar Mal „Ficken. Ficken. Ficken. Sperma." in sein hoch verstärkendes Mikrofon japsen, und der Saal tobte. Kein Texthänger und provokativ wie vor sechzig Jahren, auch wenn das Vokabular liebevoll anachronistisch ist und von gut zwei Dritteln der Jugendlichen nicht mehr verstanden wird, ein bisschen so, als würde im Jahre 2010 noch jemand davon sprechen, er „würde sich heute Nacht zu einem Weibe legen" oder seiner „Freundin beiwohnen". Ich schweife schon wieder ab …

Wie stelle ich mir meinen letzten Auftritt vor?

Vermutlich wäre mir gar nicht so klar, dass es mein letzter ist.

Wahrscheinlich stehe ich gerade auf der Bühne des Autohauses Landers & Eggwehr, nein falsch. Es ist nicht im Autohaus selbst, wo ich auf der Bühne stehe, sondern irgendeine Cocktailbar, vermutlich in Berlin-Lichtenberg oder etwas ähnlich Schlimmem. Es ist auch keine Bühne, sondern ein kleiner Podest hinten in der Ecke des schlauchartigen Raumes, der insgesamt die Form eines Blinddarms hat und auch nicht viel heller ist. Hinten neben einer gemauerten Säule, neben dem Durchgang zum Klo, ist ein Podest, auf dem sich früher vielleicht einmal Tänzerinnen an der Stange räkelten, als der Laden noch eine Tabledance-Bar war. Das ist meine Bühne. Ich hab mühsam versucht, mir einen der Punktscheinwerfer, die die gemauerten Säulen betonen, auf mich zu richten. Der Scheinwerfer macht einen lila Punkt, etwa zwanzig Zentimeter groß, auf mein T-Shirt. Nein, nicht T-Shirt, ist ja mein letzter Auftritt, in dem Alter trage ich sicher schon Oberhemden während des Spielens. Der Punktscheinwerfer macht also einen lila Punkt auf mein Oberhemd. Höher war der Scheinwerfer nicht zu biegen. Mein Gesicht liegt im Dunkeln. Das ist vermutlich auch besser so, dann sieht man nicht die hektischen Flecken in meinem Gesicht. Hektische Flecken, die habe ich nämlich immer, wenn ich auf Weihnachtsfeiern auftrete. Und heute ist Weihnachtsfeier. Weihnachtsfeier des Autohauses Landers & Eggwehr, führender Skoda-Händler Berlins, fast hundertzwanzig Mitarbeiter oder so. Mir egal.

Ich stehe auf der Bühne und holpere durch meinen Text. Ich hab extra für den heutigen Abend meine alte Autonummer rausgekramt und leicht umgeändert, ein paar Witze über andere Fahrzeugmarken reingeschrieben. Niemand nimmt sie zur Kenntnis, denn niemand hört mir zu. Nein, niemand kann mich hören. Mein Mikrofon baumelt mir um den Hals an einer Schnur. Denn man hat vergessen, mir einen Mikrofonständer zu besorgen. „Wie? Sie haben doch geschrieben, sie brauchen ein Mikrofon, von Mikroständer haben Sie nichts geschrieben", fragte mich der für mich abgestellte Bürokaufmann-Azubi.

„Ach, und wenn ich bei Ihnen ein Auto kaufe, muss ich auch extra dazu sagen, dass ich eins mit Rädern haben möchte?"

„Aber das ist doch was völlig anderes."

Ich stehe also auf der Bühne, hab das Mikro an einer Schlaufe um den Hals hängen wie ein Heizdeckenverkäufer bei der Verkaufsveranstaltung einer Kaffeefahrt, und niemand hört mir zu. Niemand kann mich hören. Ich nehme das Mikro doch in die Hand. Es ändert nichts am Resultat.

Es gab gerade Buffet, direkt vor meiner Spielfläche steht ein Tisch. Da sitzen die Azubis. Wahrscheinlich ist der Tisch auch noch so aufgestellt, dass sie mit dem Rücken zu mir sitzen. Ja, sicher ist er das. Die Azubis schaufeln Kartoffeln in sich rein. Kartoffeln und Minibuletten mit roter Soße. Vielleicht ist die Soße auch nur rot, weil in dieser Ecke ja nur der eine lila Punktscheinwerfer strahlt und von meinem Hemd auf ihre Buletten reflektiert wird.

Ich kämpfe mich durch meinen Text und frage mich einmal mehr, wieso ich hier bin. Stimmt, wegen des Geldes. Und weil die Frau des Geschäftsführers mich mal irgendwo gesehen hat, im Cheeseclub vielleicht, als ich da noch aufgetreten bin. Und sie fand, ich sei eine gute Idee für die Weihnachtsfeier des Autohauses ihres Gatten. Und der findet Ideen seiner Frau gut, vor allem dann, wenn er sie gerade mit der Neuen aus dem Ersatzteileinkauf betrügt, oder mit dem weißrussischen Abschleppwagenfahrer mit dem fetten Kolben. Egal.

Die Azubis bekommen gerade die nächste Runde Schnaps auf den Tisch gestellt. In der Mitte des Tisches stapeln sich schon leere Pinnchen. „Prost!", rufe ich ihnen von meinem Podestchen zu.

„Prost!", gröhlen sie zurück und lachen.

„Na dann. In diesem Sinne, feuchtfröhliche Weihnachten Ihnen allen!", rufe ich in den Raum, verbeuge mich so kurz wie möglich, um nicht erst nach dem spärlichen Applaus von der Bühne abzutreten, und verlasse die improvisierte Spielfläche. Der lila Lichtfleck trifft wieder den gemauerten Pfeiler und tut so, als wäre nichts gewesen. War ja auch nichts. Nur ich war.

Mir bleibt der Trost, dass ich den Rest des Abends frei trinken kann. Zwei Cocktails hatte ich schon vor dem Auftritt getrunken. War vermutlich schon leicht angeschickert auf das Podestchen geklettert. Nun bestelle ich mir einen Caipirinha. Danach einen Sex on the Beach. Dann einen White Russian. Die Cocktails sind gut. „Prost!", sage ich zu den Skoda-Mitarbeitern.

„Und was machen Sie hier?", fragt mich dann ein anderer Skoda-Mitarbeiter am Tresen.

„Bin Geschäftspartner des Hauses", sage ich schon angetrunken natürlich. „Geschäftspartner vom Geschäftsführer sozusagen, das ist zweimal ‚Geschäft', da kann man ‚Geschäft' gegen ‚Geschäft' wegkürzen. Ich bin also Partner vom Führer. Klingt mehr nach Himmler oder Blondie. Sie sehen, ich bin in Lichtenberg heute gut aufgehoben."

Der andere lacht natürlich nicht, sagt dann aber so was wie: „Ach, jetzt erkenne ich Sie. Sie sind der Komiker von vorhin."

„Nein, ich bin Geschäftspartner Ihres Geschäftsführers, ich werde hier ja bezahlt."

„Ich weiß, meine Frau hat Sie mir wärmstens ans Herz gelegt." Das muss dann natürlich so kommen, dass er der Herr Geschäftsführer ist. Voraussehbare Pointe, aber so stelle ich mir das eben vor. Das Leben hält ja auch Pointen bereit. Meistens mehr, als man denkt, und nicht immer versteht man sie.

„Es war wirklich sehr gut. Vielen Dank", sagt der Geschäftsführer.

„Ich habe zu danken, Herr Geschäftsführer", sage ich und frage dann sicherheitshalber nach: „Sie fanden mich wirklich sehr gut?"

„Natürlich! Also ich hab's jetzt selbst nicht gesehen, aber es ist doch super angekommen. Ich hab jedenfalls keine Beschwerden gehört!"

„Danke, Herr Geschäftsführer. Ich glaub, ich nehm jetzt mal einen Gin Tonic."

Er ordert mir einen und fragt: „Und, wo spielen Sie sonst so?"

Dann sage ich sicher das, was ich immer sage: „Hier und da. Überall, wo man mich lässt." Da lache ich einmal bescheiden und füge an: „In Kleinkunsttheatern, Comedyclubs, auch mal im Cheeseclub, tatsächlich so gut wie überall mal."

„Und wo ist Ihr nächster Auftritt?"

„Mein nächster Auftritt …" Da stocke ich und trinke einen großen Schluck Gin Tonic, der sich wohltuend den Rachen hinunterätzt. „Ja, also, das weiß ich gar nicht so genau." In Gedanken gehe ich dann meinen Kalender durch. Seit ich mich von meiner Agentur getrennt habe, kamen die Auftritte spärlicher rein. Erst fielen die gut bezahlten Solo-Gastspiele weg, dann die anderen abendfüllenden Auftritte. Jetzt sind die ganzen Weihnachtsfeiern gewesen, viel Stress, eine schlimmer als die andere, aber gutes Schmerzensgeld meistens, dann ist Weihnachtspause und der nächste Auftritt ist dann … demnächst irgendwann …

„Hab ich jetzt echt nicht den Überblick", sage ich.

„Tja, dann mal weiter so! Da scheint Ihr Auftragsbuch ja gut gefüllt zu sein. Anders als bei meinem Autohaus", fügt er hinzu.

Der Geschäftsführer winkt den Barkeeper heran: „Die Drinks des Herrn hier gehen auf die Firma."

Ich bin irritiert, denn davon gehe ich ja schon die ganze Zeit aus. Ich rätsle weiterhin, wann mein nächster Auftritt ist. Ich gehe noch immer in Gedanken meinen Terminkalender des nächsten Jahres durch, auf der Suche nach meinem nächsten Gig, als ich schon mit meiner Anzugtasche aus der Bar hinaus in den Nieselregen schlendere. Sollte das gerade mein letzter Auftritt gewesen sein? Eine beschissene Weihnachtsfeier des Skoda-Autohauses Landers & Eggwehr?

Ich gehe noch immer in Gedanken meinen Terminkalender durch, als ich schon längst den U-Bahnhof Magdalenenstraße verlassen habe. Ich gehe noch immer in Gedanken meinen Terminkalender durch, während ich mit meiner Anzugtasche von Schwelle zu Schwelle im dunklen U-Bahntunnel stolpere.

Nein, mein letzter Auftritt findet nicht im Skoda-Autohaus Landers & Eggwehr statt, sondern in allen U-Bahnstationen der Berliner Verkehrsbetriebe gleichzeitig: „Wegen eines Notarzteinsatzes ist die U5 zwischen Lichtenberg und Tierpark Friedrichsfelde unterbrochen. Ein Ersatzverkehr mit Bussen wurde eingerichtet."

Applaus. Ende. Vorhang. Zugabe entfällt.

13 [Teeküche]

In der Garderobe des Raschbein-Theaters roch es nach einem Eintopf aus Mottenkugeln, Muff und Menschenschweiß; die Künstler der *Open Stage Show* drängelten wie Fettaugen darin herum. Knappe drei Quadratmeter für zehn Personen, dazu noch der gesamte Fundus der Kollegen.

Yannick befand sich in der engsten Garderobe der Welt, denn mehr als eine Teeküche hatte der Raum nie sein sollen, aber das Raschbein-Theater residierte in einem ehemaligen Ladenlokal, wo bis vor zwanzig Jahren ein Geschäft für Orthopädiebedarf war, das pleite ging, für ein paar Jahre von einem Bestattungsdiscounter weitergeführt wurde in der Hoffnung auf längerfristige Kundenbindung, bevor auch der das Zeitliche segnete. Ein paar Jahre hing der Geschäftsname „*Raschbein*" in stilechten Sechziger-Jahre-Leuchtbuchstaben über dem Ladenlokal, bis der ehemalige Straßenkünstler Jo Borek dem Jäger- und Sammlerleben abschwor, sesshaft wurde und den runtergekommenen Seitenstraßenladen in sein Kleinstkunsttheater verwandelte. Die Leuchtreklame blieb, nur ein „*Theater*" wurde in Holzbuchstaben darunter geschraubt, die langsam verwittert und morsch waren. Nur „*Raschbein*" leuchtete wie eh und je, allabendlich drängelten sich bis zu einem Dutzend Kleinkünstler in der knapp neun Kubikmeter großen Garderobe.

„Wenn Jo wenigstens mal die Scheiß-Spüle rausschmeißen würde!", fluchte Sarah Tempel und schob einen knallroten Rollkoffer, der so groß war, dass sie für ihn vermutlich eine eigene Hausratversicherung brauchte.

Yannick saß auf einer Bank in der Ecke und versuchte angestrengt, sich zu dematerialisieren, um kurz nebenan in einem Paralleluniversum, in dem das Raschbein-Theater ein Fünfhundert-Plätze-Haus war, die Klamotten zu wechseln und dann hierher zurückzukehren. Ach was, eigentlich könnte er da drüben auch gleich auftreten. Aber so sehr er sich bemühte, er blieb an Ort und Stelle. Er zog sich seinen Pulli aus, saß mit nacktem Oberkörper auf der Bank und versuchte, in sein Bühnen-Shirt zu schlüpfen, doch verfing sich seine Hand beim Tauchen durch den Ärmel prompt im Netz eines BH-Verschlusses einer Kollegin, die sich gerade in seinem Luftraum ihre Auftrittsbluse überstreifte.

„Schätzchen, so kenn ich dich ja gar nicht. Seit wann grabbelst du Frauen an?"

„'tschuldigung, Sarah", murmelte Yannick und zog sich das T-Shirt über den Kopf.

„Dit sind die Schlimmsten, machen eenen uff Homo und wolln ooch nur die Frauen anne Möpse", griff Hank Bollerke den Faden dankbar auf. *„Brachial-Humorist"* stand auf seiner Visitenkarte.

„Na, lieber diese Frau hier als dich oder den Rettich."

„Watt denn, der Rettich kommt heute ooch?"

„Is doch Donnerstag heute."

„Stümmt ooch wieda."

Die Auftrittsbluse schob sich gefährlich nah an Yannicks Gesicht vorbei, er drehte den Kopf weg, um nicht mit ihren beiden Inhalten zu kollidieren. „Schätzchen, ich muss da mal grad ans Regal."

Ein muffiger Geruch krabbelte Yannick in die Nase. Ein Odeur aus Schweiß, Deodorant, Febreze und vielen, vielen Jahren. Die Second-Hand-Läden Berlins lebten neben Geisteswissenschafts-Studenten nicht unwesentlich von Bühnenkünstlern. Aber so war es eben. Bühnenklamotten stanken. Scheinwerfer heizten, Künstler taten auf Bühnen in der Regel eins: Schwitzen. Und je mehr sie sich bewegten, desto mehr schwitzten sie. Groupies von Rockbands dürfen keine empfindlichen Nasen haben.

„Mein Gott, Sarah, wo haste die Bluse schon wieder her?", fragte Yannick und versuchte, auf Porenatmung umzustellen. Zwecklos.

„Humana. Ist die nicht geil?"

„Und? Wie läuft's bei dir gerade so?", fragte ein Kollege nun von rechts. Yannick kannte ihn vom Sehen. Er machte in Zauberei oder Jonglage; jedenfalls etwas, bei dem die Künstler auf ihren Autogrammkarten immer breit lächelnd ihre Hände kurios nach vorne ausstreckten. Das sollte wohl irgendwas symbolisieren. Was, wusste Yannick nicht, und im Grunde bezweifelte er sogar, dass die besagten Kollegen es wussten.

„Alles bestens, hatte kürzlich 'nen netten Auftritt in Uelzen." Das musste reichen.

„Da in der Alten Dingens, wa?", mischte sich Max Liebold aus dem Hintergrund ein. „Da war ich auch schon mal. Hatte da auch 'nen total super Gig"

„Natürlich ...", murmelten ein paar andere im Chor. Max Liebold war *überall* „auch schon mal" und hatte dort *immer* „einen total super Gig" gehabt. Klar, klappern gehörte zum Geschäft, aber Max Liebold klapperte wie ein poröses Skelett im Biologieraum: Seine besten Zeiten hatte es lange hinter sich, und wenn an den Knochen wenigstens etwas Fleisch hinge, klänge das Klappern nicht ganz so hohl.

„Und dann war ich bei Sturback's Comedyshow hier an der Friedrichstraße", startete Yannick einen Testballon.

„Kenn ich. Da war ich auch schon mal, total geile Stimmung, super Location."

Ein paar Kollegen lachten hysterisch. Yannick vorneweg.

„Ey, Max, ich spiel nächste Woche in der Alten Schleuse in Gürzheim-Oberrunkel, wie isses da?", mischte sich ein Pantomime aus der Nische zwischen Regal und Waschbecken ein, wo er sich gerade einbeinig hüpfend in eine giftgrüne Strumpfhose für seine Frosch-Nummer zwängte.

„Da war ich auch schon mal, war geil. Tolle Hütte, super Stimmung."

Yannick versuchte, zwischen Sarahs Achseln und anderen vorbeidrängelnden Komikern hindurch einen Blick auf das Gesicht des grünen Kollegen zu erhaschen. Es grinste vielsagend und hämisch, wie nur Pantomimen es können. Alte Schleuse Gürzheim-Oberrunkel! Yannick bezweifelte, dass es überhaupt den Ort gab.

Eine Pizzaschachtel schob sich vor das schon grün angeschminkte Gesicht des Kollegen. Der Duft von lauwarmem Pizzakäse mischte sich in die Geruchssuppe der Garderobe.

„Alte Schleuse Gürzheim-Wienochmal? Muss ich mir gleich mal aufschreiben.“ Der junge Zauberer oder Jongleur zog eifrig einen Notizblock aus seiner Tasche, rammte dabei der Blusenkünstlerin den Ellbogen in den Rücken, die verlor das Gleichgewicht, stieß den nächsten Künstler an, und für einen Moment verwandelte sich der Raum in eine knallvolle S-Bahn, die gerade über eine alte Weiche rumpelte.

„Menno, passt doch mal auf“, maulte Ronald Rettich, der sich gerade mit seinem Pizzakarton einen Weg durch das Gewusel bahnte.

„Gibt's da auch einen Ansprechpartner?“, fragte der junge Zauberjongleur.

„Berta“, improvisierte der Froschpantomime, „Berta Irgendwas. Kriegste über das Kulturamt.“

„Und wie hieß das da in Uelzen? Wär das was für mich?“

„Passt doch mal auf, so 'n Cello ist teuer!“ Lisa Cellolitis drängelte sich mit ihrem Instrument in die Garderobe und schob Sarahs Rollkoffer mittels eines beherzten Tritts dem Frosch auf die nackten Zehen. „Autsch!“, schrie der auf.

„Halt die Klappe, dit heißt ‚Quak!‘. Außerdem biste Pantomime, da sacht man statt ‚autsch‘ ________, und dit muss reichen“, witzelte Hank Bollerke.

„Sehr komisch, hast 'nen Clown gefrühstückt oder was?“

Yannick drängte sich wieder in seine Ecke und schloss die Augen. Es gab Tage, da hatte er Spaß am Geflachse und Gewusel in der engsten Garderobe der Welt. Es gab andere Tage, da kam ihm all das Geeifere und Geplustere einfach nur albern vor.

„Ey, Yannick, wer ist denn nun Ansprechpartner in Uelzen?“

„Frag nach dem Krebs-Georg, der hat da kein Problem mit.“

„Willst du auf deinen Platz, Ronald?“, fragte eine junge Kollegin, sprang vom einzigen Stuhl in der Garderobe auf und brachte die fragile Statik aus Künstlerextremitäten im Raum ein weiteres Mal aus dem Gleichgewicht.

„Vorsicht, mein Cello, verdammt!“

„Dit is nicht Ronalds Platz, dit is unser aller Platz.“

Ronald setzte sich. Es *war* sein Stuhl. Zweifelsohne. Er gehörte zwar zum Inventar des Theaters, aber dazu zähle Ronald auch.

„Was gibt's denn heute?“, fragte der Frosch, und die Bluse höhnte: „Dreimal darfste raten.“

„Sushi", sagte Ronald Rettich zur Überraschung aller und faltete den Pizzakarton auf. „Sushi alla italiana. Im Grunde genau wie das japanische Sushi. Nur warm. Und ohne Fisch. Dafür mit Ananas und Kochschicken. Und statt in Klebreis gewickelt alles auf einem Teigfladen angerichtet."

Ronald wickelte mit ein paar geübten Handgriffen, die Yannick an die Gesten von Zauberern erinnerten, Käsefäden um ein Pizzastück und biss ab. Wie jeden Donnerstag, seit mindestens fünfzehn Jahren.

So sehr Ronald Rettich Inventar im Raschbein war, die donnerstägliche Pizza Hawaii gehörte wiederum zu seinem Lebensinventar. Im Laufe der Jahre hatte Ronald Rettich in diesem Raum gut siebenhundertfünfzig Hawaii-Pizzen verspeist. Nur als der italienische Imbiss um die Ecke für ein halbes Jahr geschlossen hatte, fehlte Ronald Rettich an Donnerstagen, und nicht wenige Kollegen unkten, Ronald wäre vermutlich verhungert. Andere behaupteten das im Grunde Undenkbare: Der Rettich habe endlich einen Job gefunden. Denn Ronald inszenierte sich über die Jahre als Langzeitarbeitsloser und spielte die Rolle sehr authentisch. Das lag daran, dass er langzeitarbeitslos war. Er hatte die Bühnenkunst für sich entdeckt. Andere trugen Jogginghose und Sechserträger, wenn sie arbeitslos waren; Ronald trug Geschichten vor, sie waren seine Jogginghose. Inzwischen hatte sich Ronald Rettich in seiner Erwerbslosigkeit so gut eingerichtet, dass er, sollte die Arbeitsagentur ihm jemals einen Job vermitteln, sicher nichts mehr mit sich anzufangen wüsste.

Yannick schaute Ronald beim Pizzaessen zu. Eine seltsame Ruhe überkam ihn. All das Gewusel, die Kleinkünstler, Blusen, Frösche und nervösen Comedians rückten in den Hintergrund und ordneten sich neu. Ronald Rettich war der Nukleus der Garderobe, eine Pizza Hawaii das Zentrum ihrer Gravitation.

Yannick drückte seine Zeigefinger aufs Ohr, dämpfte die Geräusche in der Teekünstlerküche ab und imaginierte leise einsetzende Walzermusik von Richard Strauss. Seine Fantasie zoomte nah auf die Pizza, weitete dann mit dem Anschwellen der Musik den Blick, erst kam Ronald Rettich ins Bild, dann die um ihn herumschwirrenden Künstler. Die Welt in der Garderobe drehte sich weiter, hektisch flirrend, tratschend, doch in ihrem Zentrum saß Ronald Rettich auf seinem Platz, ein Monolith der Unterhaltung mit seiner Pizza Hawaii, ein roter Rollkoffer und ein Cello umkreisten ihn wie vergessene Satelliten einer untergegangenen Zivilisation. In Yannick breitete sich eine wohltuende Ruhe aus. Dann rammte sich ein Cellobogen in seine Schulter.

„Ich kann nicht als Erste spielen. Das ist indiskutabel, ich muss das Cello noch stimmen!", keifte Lisa Cellolitis. „'tschuldigung, aber du sitzt da verdammt ungünstig, Yannick."

„Ich kann ja als Erster machen", sagte Ronald, wie jeden Donnerstag, und wischte sich den Mund ab.

Kurz darauf startete Hank Bollerke sein Warm-up, übte mit dem Publikum drei Applausstufen ein, seine Kollegen hinter der Bühne gähnten sich an. „Und nu kommt der erste Künstler von die heutige Abend, der hätte heute ooch für zehntausend Euronen im Friedrichstadtpalast ufftreten könn'. Aber er hat die Kohle nich jehabt, denn er is im Hauptberuf arbeitslos …"

Sarah Tempel fasste sich an den Kopf und zischelte Yannick zu: „Boah ey, der Spruch ist tausend Jahre alt!" Aber ein paar Leute im Publikum lachten gnädig.

„Bejrüßt mit die Applausstufe Drei: Ronald Rettich."

Der Angekündigte betrat die Bühne, und die Kollegen dahinter warteten gespannt, was heute passieren würde. Bei Ronald passierte immer etwas. Er zog Störungen an, als wäre eine besondere Schwerkraft ihm eigen.

„Ein Telefon klingelt", begann Ronald seinen Vortrag. In der letzten Reihe fiel eine Flasche um und klingerte über den Fliesenboden. Ronald setzte ab.

„Ich kann so nicht arbeiten", sagte er tonlos. „Ich fang noch mal von vorne an." Lacher. „Ein Telefon klingelt …"

Yannick Herbst stand in der Tür zur Bühne und schielte zu dem Kollegen mit der ruhigen Bassstimme, einer Stimme, die sich ihren Weg in den Raum bahnte und Herzen wie Hirne der Zuhörer durchdrang. Gelegentlich wurde Rettichs Vortrag durch angenehmes Gelächter unterbrochen. Nur das Gequatsche und Getratsche aus der nur mäßig schalldichten Künstlerteeküche störte. Yannick sah, dass es auch Ronald störte.

„Seid doch mal ruhig, man hört euch", zischte er nach hinten. Die Kollegen verstummten.

Yannick nahm wieder seinen Platz am Bühnenrand an. Ihm war, als hätte ihm Rettich gerade mit einem Seitenblick kurz und dankbar zugelächelt. Ronald stellte dann einen Satz in den Raum und ließ ihn in einer Kunstpause stehen.

Ein Telefon klingelte.

„Mein Schatz ... mein Schatz ...“ Yannick spürte den Vibrationsalarm in seiner Hosentasche. Ronald guckte grimmig in seine Richtung. Yannick lief rot an, griff das Telefon so fest er konnte, als könnte er damit den Klingelton abwürgen, hechtete Richtung Toiletten, warf dabei ein als Alphorn getarntes Abflussrohr eines Comedykollegen um, das unsichtbar in einer dunklen Ecke gelehnt hatte, das fiel dröhnend um. Yannick schloss sich im Klo ein, von der Bühne hörte er noch ein ungehaltenes „Tja, dann fange ich wohl *noch mal* von vorne an“, dann nahm er das Telefon ab.

„Hallo, hier ist Konrad.“

Schwitzend setzte sich Yannick auf den Klodeckel und vergaß dabei, dass es Klodeckel im Raschbein gar nicht gab.

14 [Casting]

„Du hast *was*?", Yannick war ehrlich entrüstet.

„Ich habe für dich ein Casting organisiert." In Uta Sybille Kramers Stimme klang trotziger Stolz mit.

„Aber meinst du nicht, du hättest da vorher mal mit mir drüber sprechen können?"

„Das musste schnell gehen, Yannick. Das ist eine große Sache. Die wollen da so 'ne Wiederauflage von *RTL Samstag Nacht* starten und haben gerade das Go vom Sender bekommen und müssen jetzt innerhalb von zwei Wochen ein Cast zusammenstellen."

„Die Wiederauflage von *Samstag Nacht*?", fragte Yannick. „Oder die Wiederauflage der Wiederauflage von *RTL Samstag Nacht*? Oder schon die Wiederauflage der Wiederauflage des Remakes von *Samstag Nacht*?"

„Spar dir deine Gags bitte fürs Casting. Diesmal wird das eine wirklich große Sache. Der Balder hängt da sogar mit drin."

Das war in der Tat eine Nachricht.

„Aber trotzdem hättest du mich doch mal fragen können! Vielleicht will ich das ja gar nicht."

„Es gibt keinen Grund, wieso du das nicht wollen solltest."

Uta Sybille Kramers Stimme klang so schneidend durchs Telefon, dass es ein Wunder war, dass die Leitung dadurch nicht getrennt wurde. „Nächsten Mittwoch um 15 Uhr ist das Casting in Köln."

Nächsten Mittwoch um 20 Uhr ist mein Date mit Konrad, fiel Yannick ein. Es ging also schon wieder los. Es war gar nicht so einfach gewesen, sich mit Konrad zu verabreden. Erst hatten sie aneinander vorbeitelefoniert und als Konrad ihn im Raschbein-

Theater anrief und sie nach einem Termin suchten (während Yannick gerade halb in der Kloschüssel hing und sich nicht zu bewegen traute, weil er Konrad gegenüber nicht zugeben wollte, dass sie sich gerade auf dem Klo verabredeten, genau genommen sogar *in* einem Klo), brauchte es auch eine Weile, bis sie zwischen Auftritten, privaten Terminen und Zoo-Dienstplänen einen Abend ausgeguckt hatten. Und jetzt das!

„Ist das der einzige Termin?", fragte Yannick konsterniert.

„Donnerstag ist auch noch, aber ich hab dich für den Mittwoch fest eingebucht."

„Aber ich kann Mittwoch nicht!"

„Dann hättest du den Termin bei mir blocken müssen. Das machen wir doch mit anderen Terminen auch."

„Ja, aber ...", wollte Yannick sagen und darauf hinweisen, dass das üblicherweise nicht für die kommende Woche galt. Und geblockte Termine hatten Uta Sybille Kramer auch nicht davon abgehalten, ihn am Tag der Silberhochzeit seiner Eltern zu einem Firmenjubiläum nach Garmisch-Partenkirchen zu schicken. Aber „aber" galt bei seiner Agentin nicht. Er würde zum Casting müssen.

„Enttäusch mich nicht, das ist für uns eine Riesenchance", schloss Uta Sybille Kramer und beendete das Gespräch.

„Lass den Frust auf deine Agentin bitte nicht an mir aus", rief Laura, als er nach zaghaftem Klopfen den Kopf in ihr Zimmer steckte. Laura saß vorm Bildschirm und war am Photoshoppen. Gerade zauberte sie Glanz auf das Lackmieder einer Domina, die eine ähnliche Frisur wie Uta Sybille Kramer hatte, fiel Yannick auf, nur in wasserstoffblond. Vielleicht half es, sie sich bei zukünftigen Gesprächen in diesem Outfit vorzustellen.

„Hab ich gar nicht vor", log Yannick.

„Ach was! Selbst dein Klopfen klang schon winselnd."

„Ich wollte ... eigentlich ... nur fragen, ob ich dir etwas vom Fleischer mitbringen soll ..."

„Ein paar Tofu-Lenden bitte, ich bin immer noch Vegetarierin. Also, was gibt's? ... Du hast eine Minute."

„Ich hab fünf Tage Zeit, mir zu überlegen, ob ich Fernsehkomiker werden will oder nicht."

Entsprechend gut oder schlecht musste er beim Casting abschneiden.

„Lass doch einfach etwas Talent erkennen“, riet Laura, ohne vom Bildschirm aufzuschauen. „Das ist in Deutschland doch immer noch die beste Garantie, nicht ins Fernsehen zu kommen.“

Yannick war nicht der Einzige, der zum Casting eingeladen war. Besuchte er in den kommenden Tagen das Raschbein-Theater, traf er kaum einen Kollegen, der nicht vom Casting gehört hatte, auch dabei war, oder sich lautstark darüber echauffierte, nicht eingeladen worden zu sein.

Wertete er alle Gerüchte über die zu besetzende Sendung aus, zeichnete sich folgendes Bild ab: RTL hatte der Tsunami-Productions GmbH den Auftrag für eine erste Staffel mit dreizehn Folgen erteilt. Die Firma war schon mit allerlei Comedyformaten im Fernsehen vertreten, und *RTL Samstag Nacht reloaded* sollte die deutsche TV-Comedy revolutionieren, total komisch und ein bisschen anarchisch sein sowie die lang ersehnte deutsche Antwort auf *Little Britain*, nur besser. Das Produktionsbudget wäre nahezu unermesslich, die Einschaltquoten würden besser sein als von *Wetten, dass ..?* und *Wer wird Millionär?* zusammen. Eine junge, frische Truppe aus Comedians sollte zusammengestellt werden, mit total unverbrauchten Gesichtern, die zu diesem Zweck mit Traumgagen aus den Open Stages und anderen Formen der Arbeitslosigkeit herausgekauft werden sollten. Mit anderen Worten: Es handelte sich um ein stinknormales Casting für eine stinknormale neue Sendung.

15 [Sabbelrath]

Das CologneMediaCenter war so schön wie eine Müllverbrennungsanlage. Anders als sein Name vermuten ließ, lag es nicht einmal in Köln, sondern im Industriegebiet von Sabbelrath vor den Toren der Metropole. Hier war dank großzügiger Medienförderungspolitik der nordrhein-westfälischen Landesregierung der größte Studiokomplex der sozialdemokratischen Hemisphäre entstanden. Mehrfach war die Eigentümergesellschaft insolvent, trotzdem wurden in diesen Hallen nach wie vor gute fünfzig Prozent der deutschen Fernsehunterhaltung produziert. *„Sabbelrath/Rheinl“* stand auf Yannicks Fahrschein. Stündliche Regionalbahn-Anbindung mit dem Rhein-Eifel-Express. Ein Zug, an dem so gar nichts express war. Zwischen Köln-Hauptbahnhof und Sabbelrath hielt er ganze viermal.

Yannick stieg aus dem Regionalzugwaggon auf einen unüberdachten Bahnsteig. Moos glänzte auf den Pflastersteinen im rheinischen Nieselregen. Gegenüber erhoben sich die Beton- und Blechbaracken des CMC mit dem Logo des springenden Widders. Und da man sich ja als Kölner Firma begriff, war darunter noch der Dom abgebildet.

Wenn der Widder mal muss, macht er auf den Dom, dachte Yannick, scheiß auf Köln, und schritt durch den Nieselregen auf die grauen Gebäudekomplexe zu. Die Widder-Logos waren schon deutlich ausgeblichen; in Sabbelrath musste offenbar auch mal die Sonne scheinen. Das hier könnte also demnächst seine neue Wirkungsstätte sein, mit ein bisschen Glück. Oder ein bisschen Pech. Yannick war sich da noch nicht sicher. Wie sollte von einem Ort aus die TV-Komik revolutioniert werden, in dem die

Bahnschranken noch immer per Hand hoch- und runtergekurbelt wurden?

Drei kreative Castingaufgaben lagen vor ihm. Genau genommen sogar vier, wenn man das Finden des richtigen Studios auf dem CMC-Gelände dazu zählte. Yannick schritt über das Gelände zwischen Wellblechwänden und durch Betonschneisen hindurch. Das ist wie Gotham City hier, dachte er, nur nicht so schön in Szene gesetzt. Dann endlich trug eine Industriehalle die Lettern *„3b"*. Weitere fünf Minuten später hatte Yannick auch einen Eingang zu den Lettern gefunden. Aufgabe eins bewältigt.

In der zweiten Castingaufgabe musste er mit einem gestellten Sketchpartner zwei Dialoge sprechen. Yannick hatte die Texte in der Nacht auswendig gelernt, nachdem er am Vorabend bei Uta Sybille Kramer angerufen hatte mit der Frage, was er für das Casting noch wissen müsste.

„Aber du hast die Texte doch schon bekommen!"

Nein, hatte er nicht. Selbstredend war die Praktikantin schuld. „Ich fürchte, das geht mit der Sabse nicht mehr lange gut, die kriegt echt gar nichts auf die Reihe."

„Wer ist Sabse?"

„Die Nachfolgerin von Lisa. Aber ich schätze, du brauchst dir den Namen gar nicht erst zu merken."

Das machte er mit Uta Sybilles Praktikantinnen schon lange nicht mehr. Das wäre, als würde man seine Joghurtbecher auswendig lernen, bevor man sie in den gelben Sack schmiss.

Uta schickte ihm die Texte per Fax, und in der Nacht kloppte er sich die TV-Sketche ins Hirn. Die Revolution der Fernsehcomedy begann mit einer Restaurantszene, in der sich der Gast mit dem Kellner über ein Haar in der Suppe streitet, und einem drolligen Verkaufsgespräch in einem Schuhladen. Beide Sketche waren so aufregend wie der Job eines Schrankenwärters von Sabbelrath.

Als nächste Aufgabe durfte Yannick vier bis sechs Minuten selbstständig komisch sein. *„Präsentieren Sie eine komische Figur!"*, lautete die Aufgabe. Da würde Yannick einen kurzen Ausschnitt aus seinem Repertoire zeigen. Etwas Sorge machte ihm die letzte Aufgabe, die Improvisation. Da konnte alles passieren.

Im Foyer des Studios 3b wartete schon eine Gruppe anderer Möchtegern-Comedians. Manche Gesichter kannte Yannick, viele nicht. Ihm fiel auf, dass er mit Anfang dreißig schon zu den ältesten Teilnehmern gehörte. Einige wirkten so jung, als wären sie gerade erst in die werberelevante Zielgruppe hineingewachsen. Es sah ein bisschen so aus wie bei einem Kreiswehrersatzamt vor der Musterung. Rekrutierung für den Kampfeinsatz an der Blödelfront. Witze zünden und Pointen abfeuern. Im Krieg wie in der Comedy war alles erlaubt. Gleich würde eine Produktionsassistentin im weißen Kittel rauskommen und sie alle um eine Urinprobe bitten.

Am Wasserspender standen zwei Jugendliche und unterhielten sich. „Ich möchte zur Marine", „Ich lieber zu den Kampffliegern", meinte Yannick zu hören. Stattdessen sagte ein schwarzhaariger Schlacks zu einem rotblonden Bübchen: „Und wie bist du zu diesem Casting gekommen?"

„Ich hab davon in einem Onlineportal gelesen!", sagte das rotblonde Bübchen zum schwarzhaarigen Schlacks. Beide waren maximal achtzehn Jahre alt. „Hab mich beworben mit 'nem Video von unserer Theater-AG und wurd auf Anhieb genommen! Ist das nicht geil! Aber denkste, meine Schule wollte mich für das Casting freistellen? Nix da, Scheiß-Bürokraten! Die sollten sich doch mal freuen, wenn jemand von ihrem Kackverein zum Fernsehen geht, aber stattdessen: ‚Nääa Maximilian, von der Abiturklausur können wir Sie nicht freistellen'. Ey, wie spießig ist das denn?"

„Und wie kommt's, dass du dann heute hier bist?", mischte sich Yannick ein.

„Bin einfach nicht hingegangen."

„Aha", sagte Yannick.

„Bin heute ganz offiziell krank."

„Und das glauben die dir?"

„Attest krieg ich schon irgendwoher. Und wenn nicht: Mein Vater ist Rechtsanwalt und im Schulverein, der biegt das schon hin. Nachschreiben geht sicher. Und wenn ich heute genommen werde, ist Abi doch eh egal."

Meine Güte, dachte Yannick. Er bezweifelte, dass der rotblonde Pimpf hier etwas reißen könnte. Ganz amüsant fand er ihn trotzdem.

Eine SMS vibrierte sich in Yannicks Aufmerksamkeit. Er nahm das Handy aus der Hosentasche und schaute auf das Display. Ein junges Flusspferd glotzte ihn an. Wenn man ganz genau hinschaute, drängelte sich auch noch ein halber Kopf von Konrad in das Bild: *„Beverly und Konrad wünschen dir viel Erfolg beim Casting."*

Yannick starrte überglücklich auf das Bild. Selbst sein Lampenfieber schielte mit drauf und lächelte versonnen.

„Naaa, SMS von deiner Süßen?", fragte der Pimpf.

„Ja", sagte Yannick ohne nachzudenken, und dachte dann: Was hab ich gerade gesagt?

„Cool, wie heißt sie? Ist sie scharf?"

Was war denn das für eine Frage?

„Ehm, ... Sie heißt Beverly und ist ein Flusspferd."

Die beiden Comedyrekruten schauten sich verständnislos an: „Wie jetzt?"

„That's comedy", sagte Yannick und grinste die beiden Jungs an. Gemeinsam überhörten sie fast die Produktionassistentin: „Nummer sechzehn bitte. ... Yannick Herbst. Nummer sechzehn!"

„Ja, ich!", rief Yannick und folgte der Assistentin.

Auch innen sah das Studio aus wie eine Industriehalle. Ein bisschen befürchtete Yannick, im nächsten Moment von einem Gabelstapler umgefahren zu werden. Stattdessen stolperte er über ein achtlos herumliegendes Kabel.

Die Zuschauerränge waren einfache Stahlrohrkonstruktionen, die mit den Gittern an allen Seiten an Ställe erinnerten. Wie in einem Schlachthof, dachte Yannick. Das Vieh wird hier reingetrieben, und dann kommt jemand mit dem Bolzenschussgerät der guten Laune.

Es war gespenstisch still im Studio. Keine hektische Betriebsamkeit. Kein Aufnahmeleiter, der das Publikum zu klatschen und johlen anfeuerte. Der Himmel aus Scheinwerfern hing schwarz und drohend über Yannick wie eine Gewitterwolke. Nur wenige helle Punkte sorgten auf einem kleinen Flecken vor der Hauptkulisse für etwas Licht; gerade genug für Probeaufnahmen mit einer einzelnen Kamera.

Yannick kam die Deko im Studio vertraut vor. Dann fiel ihm auf, wieso: Das Casting fand in der Kulisse von Karim Bulgurs *Köfte Comedy Club* statt, den Tsunami-Productions seit zwei Jahren erfolgreich produzierte.

Yannick trat durch die Kulissen hindurch. Pappe. Sperrholz. Das Fenster hinter dem Schreibtisch war nicht verglast. Die Skyline von New York im Hintergrund eine Fototapete aus dem Baumarkt, auf die ein Dekorateur ein paar Leuchtdioden geklebt hatte. Mit Tesafilm, wie Yannick verwundert feststellte. Die Ziegelwand der Bühne erwies sich als eine erstaunlich schlecht geklebte Tapete. Komisch, dass man die Falten im Fernsehen gar nicht sieht, dachte Yannick. Der schwere Ledersessel, auf den Karim Bulgur einmal die Woche seinen Nightshow-Popo packte, während er lustige Bildtäfelchen in die Kamera hielt und witzige Kommentare von der Rückseite ablas, hatte man mit weißem Stoff abgedeckt.

Castings unterscheiden sich von Castingshows durch eine vornehme Ruhe. Wo sonst Krawallbürsten wie Dieter Bohlen oder Detlef D! Soost vor sich hin pöbelten, saßen heute der Produzent, der Regisseur, eine Frau, die sich nicht vorstellte, und ein Producer. Welche Aufgabe Producern zukam, hatte sich Yannick bislang nicht so recht erschlossen. Sie waren irgendetwas dazwischen, nahmen sich furchtbar wichtig, waren mit dieser Einschätzung aber offenbar ziemlich alleine. Offiziell galten sie als „ausführende Produzenten" und waren damit das Bindeglied zwischen Produzent und Regisseur, beziehungsweise Puffer zwischen den beiden. In allen Kämpfen zwischen Regie und Produzent waren Producer die Boxhandschuhe; sie kriegten jeden Schlag ab. Producer waren extrem unbeliebt, weil sie grundsätzlich immer alles falsch machten, und deshalb mochte wohl niemand auf sie verzichten. Producer waren ungemein praktisch.

Die beiden ersten Castingaufgaben bewältige Yannick nervös, aber routiniert. Nur einmal schien bei den Sketchen sein Gegenpart kurz irritiert, fing sich dann aber, und sie spielten die beiden Szenen ohne weiteren Hänger durch. Und ohne Lacher. Aber klar, das Casting-Komitee musste sich den Dreck ja schon zum sechzehnten Mal angucken.

Bei seiner eigenen Nummer lachte die Frau im Vierpersonenpublikum sogar gelegentlich, und auch der Kameramann grinste mindestens einmal.

„Vielen Dank. Kommen wir zur Improvisationsaufgabe." War das der Producer, der da aus dem Dunkel sprach, oder der Regisseur? Yannick war sich nicht sicher.

„Sie finden da auf dem Tisch hinter sich ein paar Requisiten. Suchen Sie sich eine davon aus und improvisieren Sie einen Monolog eines einfachen Sabbelrather Bürgers."

„Okeee“, sagte Yannick und schaute auf den Tisch. Da lagen eine blonde Langhaarperücke, eine dicke Hornbrille, eine Clownsnase und ein grauer Kittel. Yannick hätte gern auf den Tisch gekotzt, dann hätte er wenigstens mit Dönerbröckchen improvisieren können. Stattdessen nahm er die dicke Brille. Heute würde er auf Nummer sicher gehen.

Er zog sich einen Stuhl heran und setzte sich. Dann begann er langsam zu reden.

„'schuldigung, is noch nicht so weit. Ich weiß, Sie wollen mir hier bei der Arbeit zuschauen. Gibt aber nix zum Zuschauen. Ich warte auch die ganze Zeit. Der Elfuhrvierzehn müsste eigentlich schon längst dursch sein.“

Den rheinischen Singsang muss ich noch besser üben, dachte Yannick. Und textlich klang das alles auch gerade mehr nach *Warten auf Godot* als nach RTL.

„Ich bin ja der Schrankenwärter von Sabbelrath. Für die Züge tu ich die Schranken runtermachen, und für die ganzen Medienfuzzis hier tu ich sie wieder raufmachen. Schranke runter, Schranke rauf. Mein Leben ist ein einziges Auf und Ab.

Neulich war die Schranke mal kaputt. Das war 'n Spaß! Da is der Mario Nubbelloch mit sei'm Fiat Punto vor die Schranke gefahren. Das passiert ja öfter, aber der Mario is vor 'ne *offene* Schranke gefahren. Das is schon 'ne Kunst.“

Hatte er da etwa gerade ein leises Kichern von der Castingbank gehört? Yannick tippte auf die Frau.

„Hatte falsch getankt, hat der Mario gesagt. Zweitaktergemisch für Rasenmäher! Dabei säuft er doch sonst nur Cola-Brennspiritus.“

Aua!, dachte Yannick, ich bin schlimmer, als ich es je für möglich gehalten habe. Aber da musste er wohl nun durch. Immerhin, die Frau giggelte schon wieder.

Er spann die Geschichte weiter: Die Schranke ließ sich nach dem Unfall nicht mehr schließen, und dann hörte man schon ein Pfeifen, ein zweifaches Pfeifen: das vom Rhein-Eifel-Express und das vom Hörgerät von Oma Hülkenschritt – klang der Name nach Rheinland? War eh egal, war schon ausgesprochen –, die mit ihrem Rollator auf die Schienen tapste. Verdammt, jetzt hatte er eine hilflose Seniorin vor einen nahenden Zug improvisiert!

Yannick griff die Pappnase vom Tisch: „Und da hatt ich die rettende Idee … Hab ich mir 'ne Pappnase aufgesetzt und geschrien: ‚Oma! Obacht! D'r Zoch kütt! D'r Zoch kütt!'" Schnell noch angefügt, dass die Oma in ihrer Jugend Funkenmariechen von Sabbelrath gewesen sei, und alles war gut: „Hat auch geklappt. Oma Hülkenschritt is stehen geblieben und hat sofort ‚Alaaf!' gerufen. Nur stand sie dabei mitten auf Gleis 2."

Yannick hätte den Schrankenwärter vor den nächsten Zug schubsen können. Jetzt war die Rentner-Kuh immer noch auf dem Eis, das in diesem Fall ein Bahnübergang war. Yannick ließ nun den Mario Nubbelloch heldenhaft in seinen Punto springen und die Passantin retten.

„Der Mario redet heut noch vom verdatterten Gesicht von der Oma – und kann's auch jedem zeigen: als Abdruck auf seiner Motorhaube."

„Danke, das reicht", rief eine Stimme im Raum. Yannick wusste nicht, ob er erschrocken sein oder aufatmen sollte.

„Wie kommen Sie dazu, einfach so zu unterbrechen?", blökte der Regisseur los.

„Genau!", bestätigte der Produzent: „Was denken Sie sich dabei?"

„'tschuldigung", sagte der Producer. „Aber wir unterbrechen doch immer nach fünf Minuten."

Der Produzent seufzte tief und wandte sich nach vorn. „Na, wo unser Kollege Sie schon so unsanft unterbrochen hat, können wir ebenso gut Schluss machen. Warten Sie bitte draußen. Wenn wir alle zwanzig für heute durchhaben, werden wir noch Nachgespräche führen."

„Da war schon viel Schönes dabei", sagte der Produzent.

„Oh", sagte Yannick und erbleichte.

„Oh, so sollte es gar nicht klingen. Da war *tatsächlich* viel Schönes dabei. Es hat uns wirklich sehr gut gefallen. Sie haben Talent!" Der Regisseur lächelte gutmütig.

„Und Sie texten ja auch. Das ist natürlich von Vorteil. Sie haben uns ja eben eindringlich bewiesen, dass selbst in unseren Toptexten noch überflüssiger Ballast drin ist."

„Äh-hä, ja", sagte Yannick.

„Also diese eigenmächtige Kürzung um drei Zeilen im Restaurantsketch war absolut gerechtfertigt. Sehr gut. So was wollen wir. Comedians, die mitdenken."

Wenn ich ehrlich sein soll, habe ich gar nichts eigenmächtig gekürzt; offenbar hat da das Faxgerät meiner Agentin ein paar Zeilen abgeschnitten, dachte Yannick, sagte es aber lieber nicht. Stattdessen nickte er geschmeichelt. Deshalb also war sein Sketchpartner vorhin kurz irritiert.

„Und der Schrankenwärter von Sabbelrath … schöne Idee!"

„Danke."

„Dürfen wir Ihnen eine Frage stellen, Herr Herbst?

„Klar, natürlich."

„Stehen Sie auf Frauen oder Männer?"

Was war denn das für eine Frage?

„Auf Männer", antwortete Yannick und ärgerte sich, dass er auf dieses Spiel eingestiegen war. „Aber ist das in irgendeiner Hinsicht von Belang?"

„Nein, nein, das macht *überhaupt* nichts, Herr Herbst", sagte der Produzent im Tonfall, als hätte Yannick gerade bei einer Stehparty eins von den wertvollen Kristallgläsern kaputt geschmissen. „Ich bitte Sie, für was halten Sie uns? Wir befinden uns schließlich in *Köln*!"

Die anderen kicherten zustimmend.

Wir sind in Sabbelrath, dachte Yannick, kichert ihr deshalb gerade?

„Wir erwarten Authentizität von den Mitgliedern unseres Ensembles. Ehrlichkeit. Unser Cast soll für sich selbst einstehen können. Wir wollten nur wissen, ob Sie zu sich stehen können."

„Ja, ich denke schon, dass ich das kann", sagte Yannick und wusste wirklich nicht, was da gerade abging. Er kam sich vor wie bei seinem Therapeuten oder schlimmer noch: wie damals in der Coming-out-Gruppe.

„Nur müssen wir auch auf die Ausgewogenheit des Ensembles achten. Wir planen ein Fünfer-Cast, vielleicht arbeiten wir auch mit sechs Darstellern, wenn das Budget es hergibt. Zwei Frauen, ein Ausländer, die sind gesetzt. Einer muss dann noch dick und einer was fürs Auge sein, der sollte natürlich nicht schwul sein. Die kleinen Mädchen in der werberelevanten Zielgruppe, Sie verstehen schon. Schwul ist auch okay, kein *Muss*, aber durchaus ein kräftiges *Darf*, aber dann müsste der Ausländer dick sein. Oder eine der Frauen."

„Oder Sie müssen sich noch was anfuttern!", ergänzte der Produzent und patschte beim Lachen die Hände auf den Tisch.

Die zweite Frau musste natürlich sexy sein, keine Frage. Die Männer in der werberelevanten Zielgruppe. Versteht man schon. Yannick hatte draußen vor dem Studio 3b mindestens vier blonde Darstellerinnen warten sehen, die entsprechende Talente vor sich hertrugen. Mindestens fünf weiteren war er auf dem Gelände des CologneMediaCenters begegnet, wo sie orientierungslos umherirrten und schon bei Castingaufgabe eins versagten. Natürliche Selektion.

„Was wir sagen wollen ...", Yannick tippte, dass es die Redakteurin des Senders war, die nun ihre Stimme anhob: „Wer homosexuell ist im Ensemble, soll das auch sein dürfen."

Sie guckte Yannick erwartungsvoll an. Der sagte „Dankeschön" und kam sich reichlich blöd dabei vor.

„Wir wissen natürlich, dass Sie bekennender Homosexueller sind", hob der Produzent wieder an. Der Producer sprang ihm bei: „Wir fragen uns nur, ob Sie sich vorstellen könnten, im Dienste unseres Casts vielleicht Ihre, äh, Homosexualität etwas ... offensiver ... äh ... zu vertreten."

„Was?", fragte Yannick.

Der Produzent wechselte einen vielsagenden Blick mit der Redakteurin. Eltern guckten sich so an, wenn Strafpredigten bei Kindern nicht fruchteten. Der Regisseur startete einen neuen Versuch: „Nun, wie wir das sehen, ist Ihr Bekenntnis zur Homosexualität eines, das unseres Erachtens bei Ihnen auf primär intellektueller Ebene stattfindet."

„Wie bitte?", fragte Yannick entgeistert. Schlief er mit zu wenigen Männern? Wo lagen die diesbezüglichen Maßstäbe für TV-Komiker? Und wie kamen die Leute von Tsunami-Productions zu dieser Erkenntnis?

„Noch mal, Herr Herbst", der Produzent guckte inzwischen deutlich ungeduldig. „Wir machen Fernsehcomedy. Ein Schwuler, der nur *sagt*, dass er schwul ist, überfordert unsere Zuschauer. Zuschauer wollen ja eben eins: zuschauen. Deswegen heißt es ja auch Zu*schauer* und Fern*sehen*. Es geht um visuelle Reize und nicht verbale Bekenntnisse. Und wenn Sie nun mal vom anderen Ufer sind, soll man Ihnen das in unserer Show verdammt noch mal auch *ansehen*. So einfach ist das. Im Moment sehen Sie einfach nicht schwul aus, Punktum."

Sondern konsterniert, dachte Yannick.

Er sah, wie Regisseur, Producer, Produzent und Redakteurin aufatmeten. Es war raus. Nun guckten sie ihn allesamt neugierig an, als erwarteten Sie, dass sich innerhalb der nächsten Sekunden Rouge auf seinen Wangen materialisierte.

„Und das bedeutet?“, fragte er zaghaft. „Wie meinen Sie, dass ich mich in Ihrer Sendung geben soll?“

Die Redakteurin war am schnellsten: „Kennen Sie Gabriel Tuff?“

[17. Sitzung]

– Mein Traum? Ich weiß nicht. Doch. Als Jugendlicher hatte ich immer den Traum, auch mal beim DJ stehen zu dürfen.

– Wie meinen Sie das?

– Na ja, es gibt ja immer ein paar, die dürfen das. In jeder Disco gibt es einige Leute, die haben das Recht, mit am DJ-Pult stehen zu dürfen. Unterhalten sich mit ihm, zeigen auf CDs, ziehen mal eine aus seinen Koffern hervor, machen ihm Vorschläge für neue Bands und so.

– Und Sie haben diese Leute neidisch angesehen.

– Ja, ich wollte da auch mal stehen.

– Und? Haben Sie es gemacht?

– Einmal.

– Was ist passiert?

– Nichts. Ich bin hoch zum DJ, hab ihm gesagt, das Stück gerade sei ziemlich geil, und er hat gesagt: „Ja."

– Und dann?

– Nach fünf Minuten bin ich wieder runtergegangen.

– Wieso sind Sie nicht selbst DJ geworden?

– Weil ich keine Ahnung von Musik habe.

– Und wieso sind Sie Komiker geworden?

– Hm … weil ich keine Ahnung vom Leben habe?

16 [Audienz]

Uta Sybille Kramer gewährte ihm eine Audienz. So jedenfalls fühlte es sich an. Dabei hatte sie selbst den Termin vorgeschlagen, aber wenn seine Agentin ihn bat, „mal auf 'nen Kaffee" vorbeizuschauen, wusste Yannick mittlerweile, dass dies keine Einladung war, sondern ein Einberufungsbescheid und er den Kaffee schnell trinken musste. Denn Gespräche mit Uta Sybille Kramer dauerten selten lange. Sie gab sich den Nimbus des Vielbeschäftigtseins. So entsteht auch dieser Audienzeindruck, mutmaßte Yannick. Die Gespräche waren in der Regel zu Ende, bevor der Kaffee auf Trinktemperatur abgekühlt war.

Und dann saß man immer so da: Alles war gesagt, Uta Sybille erhob sich in der Besprechungsecke mit dem Glastisch, sagte „Ich muss mal telefonieren", ging an ihren Schreibtisch und telefonierte. Gelegentlich senkte sie dann beim Telefonieren die Stimme. Konspirative Stimmsenkung, nannte Yannick das. Damit ich mich als Störenfried empfinde.

Und er blieb dann immer so sitzen – in einem der drei Stahlrohrstühle mit Sitzflächen und Rückenlehnen aus beigem Leder. Typische Wartezimmerstühle, dachte Yannick und starrte ratlos auf seine immer noch dampfende Kaffeetasse. Das Büro seiner Agentin verließ er regelmäßig mit verbrühter Zunge.

„Yannick, das ist *sehr* schade, dass das mit RTL nicht geklappt hat", sagte Uta Sybille Kramer heute.

„Hm", sagte Yannick.

„Das ist *wirklich* schade."

„Hm."

„Du hast denen sehr gut gefallen, passtest aber leider nicht in die Zusammensetzung des Casts. Das ist *außerordentlich* schade."

Sie tauscht nur die Adverbien aus, dachte Yannick.

„Och", sagte er. „So schlimm ist es ja auch nicht."

„Hör mir doch mal zu, Yannick! Ich hab gesagt, das ist *verdammt* schade."

Warum sagt sie nicht einfach, dass sie mich dafür verantwortlich macht, dass es nicht geklappt hat?, überlegte Yannick und nippte an seinem Kaffee. Zu heiß! Autsch!

„Sie wollten einfach einen anderen Typ haben, und damit konnte ich nicht dienen. Kann man nichts machen." Yannick zuckte mit den Schultern und nahm den Kaffeebecher in die Hand. Nicht trinken, erinnerte er sich.

Uta Sybille Kramer seufzte und schaute ihn an. Nein, sie schaut nicht mich an, sie schaut meine Kaffeetasse an. Sie vermeidet Augenkontakt. Es war eben eine Audienz.

Ich hatte mal einen One-Night-Stand mit einem unverschönt schönen Jungen, viel zu schön, schweiften Yannicks Gedanken ab, da kam es mir auch vor, als gewährte er mir eine Audienz. Es muss was mit mir zu tun haben. Ich darf mich nicht immer so klein machen, ich muss selbstbewusster sein. Dann merkte Yannick, dass seine Agentin ihn gerade anschaute, als erwartete sie eine Antwort.

„'tschuldigung, ich hab grad nicht aufgepasst."

Uta Sybille Kramer seufzte schon wieder: „Ich fragte: Was machen wir nur mit dir?"

Yannick nippte noch einmal an seinem Kaffee und schluckte ihn sofort runter. Ein heißer Strom brannte sich seine Speiseröhre hinab. Vulkane müssen sich so fühlen, wenn sie ausbrechen, dachte Yannick, nur die Fließrichtung ist umgekehrt. Er wollte etwas antworten, doch seine Kehle fühlte sich heiser an, es kam im ersten Anlauf nur heiße Luft raus.

„Wir machen einfach weiter wie bisher …?", startete Yannick einen zaghaften zweiten Versuch. Er wusste, dass seine Agentin anderer Meinung war. Sie trauerte üppigen Gagen und Honoraren hinterher.

„Fernsehen ist doch nicht alles. Ich geb dem Format eh keine große Chance." Den Satz hatte er sich bei Kollegen ausgeborgt. Er klang immer äußerst fachkundig. „Die versuchen das mit komplett unerfahrenen Nasen aufzuziehen, die sie jetzt im Schnellkurs auf Comedians bürsten wollen."

„Meinst du diesen Maximilian von der Lohe?", fragte ihn die Kramer. Yannick versuchte unbemerkt, heißen Kaffee in die Tasse zurückzuspucken. Das rotblonde Milchbübchen war also genommen worden und obendrein noch adelig. Es war zum Kotzen.

„Ich hoffe für dich, dass das ein Misserfolg wird, ansonsten würden wir uns noch Jahre ärgern, dass du ..."

Sie unterbrach sich. Biss sie sich auf die Lippen? Nein, sie hatte auch nur einmal von ihrem Kaffee gekostet.

„... also, dass du ..."

Jetzt *sag* es doch einfach, dachte Yannick. Dass ich versagt habe. Lass es raus! Das befreit! Dann guckst du auch nicht mehr so verkniffen wie eine chronisch untervögelte Päpstin.

„... dass du nicht genommen wurdest", schloss Uta Sybille Kramer den Satz ab. Sie seufzte. „Ohne Fernsehen geht es heutzutage nicht. Du *musst* Fernsehen machen."

Yannick starrte seinen Kaffee an. Man musste Kaffee trinken, das war auch so ein gesellschaftlicher Druck. Teetrinker galten als Waschlappen. Dabei war er Teetrinker. Ich musste schon Kaffee trinken lernen, wieso muss ich dann auch noch Fernsehen machen wollen?, überlegte Yannick. Wieso war Fernsehen so verdammt wichtig? Spaß hatten ihm seine paar Fernsehjobs nie gemacht. Immer stand ein Aufnahmeleiter mit Stoppuhr bei den Proben, der ihm sagte, seine Nummer sei super, perfekt so, genau richtig, aber ob er sie nicht einfach in der Hälfte der Zeit spielen könnte?

„Aber", hob seine Agentin an und setzte eine erwartungsvolle Kunstpause. Sie hatte also etwas von ihren Künstlern gelernt. Yannick schaute erstaunt auf. Diesen Part der Privataudienz kannte er noch nicht.

„Immerhin, ich hab was für dich erreichen können."

Sie blickte ihn mit einer triumphierenden Miene an, als wolle sie gleich die Heiligsprechung Martin Luthers verkünden.

„Die waren sehr angetan von deinen Fähigkeiten als Comedyautor!", ließ Uta Sybille Kramer die Katze aus dem Sack. Die Katze war hässlich und kratzte.

„Hm", sagte Yannick.

„Keine Ahnung, woher sie das wissen wollen, aber so sehen sie das nun mal."

„Hm."

„Da hab ich gleich zugepackt und für dich arrangieren können, dass du als Autor für Karim Bulgurs *Köfte Comedy Club* einsteigst."

Uta Sybille schaute ihn an und erwartete Huldigungen.

Oha, dachte Yannick.

Karim Bulgur war einer der neuen Ethno-Comedy-Stars. Nachdem Kaya Yanar das Feld bereitet hatte, versuchte nun jeder Fernsehsender sich einen eigenen Minderheitenclown zu züchten. Karim Bulgur war eins dieser Erzeugnisse und hatte sogar Erfolg. Ein Taliban des Frohsinns. Jeder seiner Auftritte glich einem Selbstmordattentat. Denn Karim Bulgur ging ohne eine Spur Talent auf die Bühne. Dafür stieß sich sein Ego bei jedem Auftritt an der Bühnendeko den Kopf. Bulgur war so von sich überzeugt, dass er mit dem Nimbus absolut selbstsicherer Schmerzfreiheit auch dann noch Gags vom Teleprompter pointiert ablesen konnte, wenn er sie selbst nicht verstand. Und das waren bei Weitem die meisten. Gelungenen Pointen schickte Bulgur oftmals ein schalkhaft-schüchternes Grinsen hinterher. Die Frauen liebten ihn dafür. Die Medien interpretierten sein grenzdebiles Lächeln wohlwollend als angenehme humoristische Zurückhaltung. Doch Yannick vermutete, dass Karim Bulgur dieses Gesicht immer dann aufsetzte, wenn die Wirkung seiner Worte das eigene Textverständnis deutlich überstieg. Karim Bulgur galt als dumm wie ein Fladenbrot, das im Dönertoaster noch mal aufgebacken wird. Mit seiner Begabung hätte er Rapper in Frankfurt-Rödelheim werden sollen, aber kein Komiker. Doch Bulgur sendete, die Einschaltquoten des *Köfte Comedy Clubs* waren gut, er lebte von seinem Ego, einem breiten Grinsen und der Lohnarbeit bedürftiger Autoren, die ihm Woche für Woche Texte lieferten. Und zu denen sollte nun Yannick gehören.

„Äh", sagte er.

„Was ‚äh'? Mehr habe ich für dich einfach nicht herausholen können."

„Ich meine ..., danke, das ist natürlich sehr nett, aber ... ist das so gut, mir jetzt noch einen Autorenjob zu besorgen, wo du mir eh schon wegen des neuen Solos im Nacken sitzt? Das wird doch verdammt viel ... Was soll ich denn *noch* alles schreiben?"

„Das ist eine einmalige Chance für uns, Yannick. Das kann unser Einstieg ins große Geschäft sein."

„Aber …"

„Nichts ‚aber'. Ich habe zugesagt. Und was die Arbeitsbelastung angeht: Mein Lehrer an der Uni hat immer gesagt: ‚Der Tag hat vierundzwanzig Stunden. Und wenn das nicht reicht, nehmen Sie halt die Nacht noch dazu'."

„Ich dachte, du hast Sozialwissenschaften in den frühen Siebzigern studiert?"

Uta Sybille Kramer schaute ihn an. Yannick schaute sein Getränk an. Der Becher war zu groß, fiel ihm auf. Darin braucht der Kaffee doch ewig, bis er abkühlt.

„Irgendwie *müssen* wir mit dir ja mal vorankommen", sagte seine Agentin.

„Hm", sagte Yannick.

Als Nächstes würde sie sagen, dass sie noch ganz dringend den Rüdiger Schlagmichtot vom Alten Saustall Schweinfurt anrufen müsste.

Dann würde er wieder da sitzen. Sie mit konspirativer Stimmsenkung am Telefon, er vor seinem Kaffee. Am Glastisch in ihrem Büro mit den Wartezimmerstühlen und mutterseelenallein. Mit einem Kaffee, den er eigentlich schon lange auf haben sollte.

Es wäre schon unhöflich, ihn nicht auszutrinken, dachte Yannick, schließlich sollte ich ja auf einen Kaffee vorbeikommen. Aber es ist doch auch unhöflich, mich hier so sitzen zu lassen! Andererseits ist sie mein Chef. – Der Gedanke tat weh wie ein verbrühter Gaumen. Genau das ist es doch, was sie damit erreichen will, gestand er sich ein.

„Sie ist nicht mein Chef, sie ist nicht mein Chef, sie ist nicht mein Chef", murmelte Yannick innerlich vor sich hin, während er in seinen Kaffee starrte, dezent hinein pustete, und hoffte, dass dieser Gedanke die Kraft hatte, sich vom Sprachzentrum zum Frontallappen für Selbstachtung hinüberzubohren.

„Du entschuldigst mich, ich muss bis 13 Uhr den Hans Leander vom Alten Lokschuppen Drensteinfurt erreichen."

Yannick nahm einen großen Schluck Kaffee, er war schon etwas abgekühlt. Heute fiel ihm zum ersten Mal auf, dass der Kaffee, genau betrachtet, sogar ziemlich schlecht war.

17 [Almhütte]

„Ich bin ein wenig underdressed, nicht wahr?", meinte Konrad und lugte in eine der vielen Spiegelflächen, die das Restaurant weiteten. Daraus schaute ihn Konrad mit etwas zerzausten roten Haaren aus einem ehemals schwarzen, inzwischen jedoch deutlich verblichenen Rollkragenpullover an.

Das ging noch, fand Yannick. Und die grüne Cargohose mit den Löchern, die blieb ja unter dem Tisch vorborgen. Diesen Löchern, denen man ganz deutlich ansah, dass nicht die zarten Finger chinesischer Textilarbeiterinnen sie als modisches Accessoire hineingezupft hatten, sondern die Widerhaken des Lebens höchst selbst.

„I wo", sagte Yannick. „In Berlin kann man gar nicht underdressed sein."

Wieso hab ich bloß diesen Laden vorgeschlagen?, fragte er sich. Aber irgendetwas hatte ihn geritten, die Almhütte vorzuschlagen, den neuen Stern am homophilen Gastronomiehimmel Berlins. Vermutlich wollte er schon mit der Wahl der Bar ein Statement abgeben, eine Ansage machen: Hey, ich verkehre in homosexuellen Kreisen, du auch? Andererseits war es der erste Laden, der ihm eingefallen war, als er gerade in die Kloschüssel des Raschbeins zu rutschen drohte.

Jetzt saßen sie in diesem Trendrestaurant in Berlin-Mitte. Alpenländische Küche, natürlich. Wer in Berlin was sein wollte als Wirt, musste irgendetwas mit Alpen in den märkischen Sand setzen. Am besten alpenländische Küche mit mediterranen Einflüssen, panasiatischen Crossover-Menus und Kaiserschmarrn-Sushi. Das ganze Restaurant erinnerte farblich an ein Alpenpanorama. Ein Alpenpanorama im November. Bei Schneeregen. Die Farben Dunkelgrau, Hellgrau und Mausgrau bemühten sich nach Kräften sowie vergeblich, Gemütlichkeit in den Raum zu zaubern. Wahrscheinlich heißen die Farben auch gar nicht so, dachte Yannick, sondern Granit Mondaine, Ashtray und Mouse.

Das soll wohl authentisch alpin wirken oder urban. Oder beides, mutmaßte Yannick, aber eigentlich ist es doch nur trist. Trist waren auch die anderen Besucher, die allesamt aussahen, als hätten sich hier sämtliche Werbeagenturen aus Berlin-Mitte verabredet, um neue Grautöne zu ersinnen und sich gegenseitig ihre BOSS- und Kilian-Kerner-Kollektionen vorzuführen.

Ein Kellner mit übermäßig gezupften Augenbrauen stolzierte durch die Tristesse wie ein Pfau. Wie ein Pfau in einem Schwarzweißfilm; von der eitlen Schönheit blieb nur die schnöde Pose.

„Ich dachte, wir treffen uns nur auf ein Bier wegen der Fotos", sagte Konrad entschuldigend. Die indirekte LED-Beleuchtung hinter ihm wechselte gerade auf einen Ton zwischen Lavendel und Aubergine. Immerhin, wenigstens diese Funzeln versuchten, einen Hauch Leben ins Grau zu tupfen, standen dabei aber auf so verlorenem Posten wie ein einzelnes Parkverbotsschild, das Farbe nach Berlin-Marzahn bringen will.

„Bier gibt's hier auch", sagte Yannick.

Ein Hauch von Angewidertheit ob des profanen Getränkewunsches huschte über die hochgezogenen Augenbrauenstriche des Kellners.

„Wir haben Heineken, Radeberger, Salitos oder Haderl."

„Haderl?"

„Ein österreichisches Starkbier aus der Steiermark mit Biozertifikat, herb und prickelnd."

„Und Sie sind sicher, dass es kein Prosecco ist?", fragte Konrad.

Yannick musste lachen. Der Keller schaute, als versuchte man ihm gerade zu erklären, das Edelweiß keine Farbe ist.

„Ich nehm dann mal dieses Haderl", sagte Yannick.

„Sehr gern. Und was möchte Ihre Begleitung?"

„Meine Begleitung möchte vor allem für sich selbst sprechen."

Der Keller schaute Yannick an, als wollte der eine Moschee auf dem Matterhorn errichten. Die Farbe hinter Konrad schaltete von Apricot auf Morgenurin.

Konrad sprach für sich selbst: „Haben Sie nicht ein ganz normales Bier? Was ist denn Ihre Hausmarke, das Billigste?"

Der Kellner schaute jetzt gar nicht mehr, sondern sperrte Konrad spontan ins Guantanamo seines Herzens.

„Radeberger. Groß oder klein?"

„Groß!", sagte Konrad.

Das „sehr gerne" sagte der Kellner schon zum Luftraum über dem Nebentisch.

„Uff, anstrengender Laden hier", meinte Konrad.

„Sorry, ich bin auch zum ersten Mal hier, ich hatte nur davon gehört. Hätte ich gewusst, wie das hier ist, wären wir woanders hingegangen."

Yannick schämte sich für den aufgeblasenen Laden, er spürte, dass Konrad sich nicht wohl fühlte. Er wagte einen vorsichtigen Versuch: „Nächstes Mal bestimmst du, wohin wir gehen."

Konrad reagierte nicht. Das nächste Mal stand wohl deutlich auf der Kippe.

„So, was hast du denn jetzt vor mit deinen Pressefotos?"

Yannick erläuterte ihm seine Idee. Konrad hörte aufmerksam zu. Nach einer Viertelstunde brachte der Kellner mit gespielter Langeweile ihre Getränke und stellte eine kleine, grüne Flasche vor Yannick, öffnete sie mit einer Geste, als entkorkte er gerade einen Champagner und goss ihm eine schäumende Pfütze ins Glas. Konrad bekam einfach eine kleine Biertulpe vor die Nase gestellt.

„Entschuldigung", hob er an, „aber ich hatte ein großes Bier bestellt."

„Das *ist* ein großes." Yannick erwartete, dass gleich die Augenbrauenschlangen aus dem Gesicht des Kellners sprangen, sich um den Hals von Konrad legten und ihn würgten.

„Klein wären 0,2 Liter."

Konrad lachte einmal kurz auf, unterbrach sich aber, als er merkte, dass nur Yannick breit grinste, aber der Kellner es ernst meinte. Sie bestellten etwas zu essen. Jeweils ein Wiener Schnitzel. Das passt doch schon mal gut zusammen, dachte Yannick.

Kein Vier-Gänge-Menü, kein Thunfisch-Carpaccio Innsbrucker Art. Der Kellner machte auf dem Absatz kehrt, um seine unterschwellig brennende Wut auf dem Tablett Richtung Küche zu tragen; vielleicht konnte man auf ihr noch Palatschinken braten.

Über den Fototermin waren sie sich bald einig. Es würde ein spannendes und nur halblegales Unterfangen werden. Aber aufregend würde es sicherlich.

„Du musst mir nur eins versprechen", sagte Konrad, „es darf auf keinen Fall rauskommen, dass wir da in echt fotografieren. Sag immer, das seien nur Montagen, du habest dich da irgendwie in die Zoomotive reinmontieren lassen. Geht das?"

„Denke schon", sagte Yannick. „Ich bin mir sicher, Laura macht da mit. Klar."

Bald schon unterhielten sie sich, worüber man gemeinhin beim ersten Date plauderte: Sie breiteten voreinander ihre Lebenswege aus, zumindest das, was man im Smalltalk davon preiszugeben bereit war, also mehr die glatten Randstücke des Biografie-Puzzles. Konrad hatte die Schule bis zur mittleren Reife besucht, dann aber keine Lust gehabt, aufs Gymnasium zu wechseln, sondern wollte lieber etwas Praktisches machen und hatte sich bei verschiedenen Zoos beworben. Berlin hatte ihn genommen. Mit sechzehn war er aus der Nähe von Goslar allein nach Berlin gezogen.

Yannick staunte: „Mit sechzehn durfte ich mir gerade das erste Mal alleine Klamotten kaufen."

„Na ja", sagte Konrad, „ist aber auch schon komisch, so jung in 'ne Studi-WG zu ziehen. Alle anderen reden von Erstsemestereinführungen, Proseminarscheinen und wilden Studentenpartys und ich lernte gerade, wie man morgens um sieben einen Dromedarstall ausmistet."

Yannick lachte. Sein eigener Werdegang sah weniger linear aus. Irgendwann war sein Lehramtsstudium abgebogen auf die holprige Nebenstrecke der Komikerkarriere.

„Und du kannst davon wirklich leben?", fragte Konrad.

„Ja."

Ich muss echt verliebt sein, dachte Yannick. Konrad stellte die älteste aller Fragen, die man Bühnenkünstlern stellen konnte, aber es machte ihm nichts aus. Konrad sah so herrlich verwuschelt aus, während seine Neugier zwischen zwei roten Haarsträhnen hindurchblickte. Sein Schopf wurde gerade von hinten in Petrolblau angestrahlt und leuchtete an den Rändern lila auf.

„Doch, es geht. Mal schlechter, mal besser", erklärte Yannick. „Ist halt anders als 'ne Festanstellung, aber ich arbeite, schreibe Rechnungen und bekomme Geld. Es ist seltsam, aber bei Künstlern können sich das viele Leute nie so recht vorstellen, dass man davon leben kann."

Yannick hielt inne. Kritisierte er etwa gerade indirekt Konrad für eine dumme Frage? Quatsch, es gibt keine dummen Fragen, schon gar nicht von Konrad. Er flüchtete sich schnell in einen Witz: „Komisch, einem selbstständigen Webdesigner stellt niemand diese Frage, obwohl die ganz sicher nicht davon leben können."

„Für mich wär das nichts", meinte Konrad. „Immer diese ganzen Texte merken. Wie machst du das bloß?"

Das war aber nun wirklich eine dumme Frage. Die Frage Numero zwei, die man einem Bühnenkünstler nie stellen sollte.

„Lernen", sagte Yannick. „Aber so viel ist das nicht. Medizinstudenten lernen den ganzen Pschyrembel auswendig, dagegen ist ein Comedyprogramm ein Fliegenschiss."

„Komisch, ich kann mir dich ganz schlecht auf einer Bühne vorstellen."

„Wieso?"

„Weil ... na ja, ich kenn jetzt nur diesen Harm Obarti ..." Autsch, das tat weh. Yannick versuchte weiter, freundlich zu lächeln. „... aus dem Fernsehen. Na ja, und du wirkst deutlich anders. Sympathischer." Okay, das Weiterlächeln hatte sich gelohnt. „Mit dir kann man sich normal unterhalten, du wirkst gar nicht so, als könntest du auf der Bühne so richtig die Sau rauslassen ..."

„Weißt du, vielleicht stellt man sich den Job des Komikers auch nur falsch vor. Diese Erwartung ist doch schon seltsam: Wenn ich mit 'nem Maurer essen gehe, erwarte ich doch auch nicht, dass er mir zwischen Vorspeise und Hauptgang eine Wand über den Tisch hoch zieht."

Konrad musste lachen.

„Und heute bin ich mit einem Tierpfleger verabredet, da erwarte ich doch auch nicht, dass du Uhura mitbringst."

Konrad grinste. „Hätte ich aber mal machen sollen. Die würde Schwung in diesen Laden bringen."

„Ist aber verboten", fügte er hinzu, „Flusspferde haben zwischen Lackaffen nichts zu suchen."

Yannick lachte. „Es ist schon seltsam. Komiker sollen immer komisch sein. Wieso? Als Tierpfleger hast du doch auch nicht immer Tiere dabei."

„Wer sagt das?“

Yannick schaute erstaunt. Konrad griff unter seinen Rollkragenpullover, und plötzlich krabbelte eine schwarzweiß gefleckte Ratte von seinem Handteller einmal den Ärmel hoch und grub sich am Hals wieder unter den schlabberigen Kragen.

Yannick starrte die Ratte an, als sähe er neuerdings weiße Mäuse.

„‚Almhütte‘ klang eher rustikal nach Kneipe“, meinte Konrad. „Wäre mir klar gewesen, dass das hier so ein piekfeiner Schuppen ist, hätte ich ihr selbstverständlich noch einen Schlips umgebunden.“

Yannick grinste unsicher. Seine Blicke irrten hektisch durch den Gastraum.

„Hast du Angst vor Ratten?“, fragte Konrad, von einem bis zum anderen Ohr grinsend.

„Nein“, sagte Yannick. „Vorm Kellner.“

„Schisser!“, nannte ihn Konrad.

„Das habe ich gehört“, sagte der Kellner. „Wenn Sie jetzt bitte gehen würden? Ich habe Ihnen schon mal die Rechnung vorbereitet.“

„Aber wir wollten noch gar nicht gehen.“

„Doch, Sie *wollen* jetzt gehen.“

„Unser Essen ist noch gar nicht da“, warf Konrad ein.

„Aber es steht auf der Rechnung“, fiel Yannick auf.

„Selbstverständlich. Und wenn Sie jetzt nicht augenblicklich dieses Lokal verlassen, stehen auch noch sämtliche Mahlzeiten aller anderen Gäste auf der Rechnung sowie ein Kammerjäger, weil ich das Restaurant räumen lassen musste.“

Konrads Haare schienen gegenüber der Farbe seines Gesichts zu verblassen. „Das ist ja eine Unverschämtheit! Das ist ein zahmes Haustier und viel reinlicher als diese hochgezüchteten Designer-Wauzis, die ihre anderen Gäste hier als Libidoabfuhrobjekte mitschleppen!“

Zwei Kilian-Kerner-Opfer vom Nebentisch schauten sich neugierig um, ein Abfuhrobjekt für eine sehr kleine Libido kläffte einmal. Konrads Ratte war größer.

„Ratten sind hochintelligente Tiere, was meinen Sie, wieso man die durch Labyrinthe laufen lässt und keine Hunde? Weil Hunde nicht mehr rausfinden und nur alles vollkacken!“

„Ähm“, ergänzte Yannick. „Genau! Wir gehen dann mal.“

Er legte einen Fünfzig-Euroschein auf den Tisch. „Hier, der Rest ist für Sie. Lassen Sie sich davon die Augenbrauen mal richtig zupfen."

Yannick und Konrad griffen ihre Jacken und verließen die Almhütte. Der Kellner wich nicht von ihrer Seite, bis sie draußen auf dem Gehweg standen. *„Almhütte, alpenländische Gastlichkeit"* leuchtete mausgrau über ihren Köpfen.

„Drecksladen!", schimpfte Konrad. „Drinnen alles grau wie 'ne Kellerassel, aber was gegen Ratten haben!"

Yannick musterte ein letztes Mal den Kellner, dessen Zeigefinger fuhr gerade nervös die rechte Augenbraue ab. In spätestens drei Minuten würde er panisch auf die Personaltoilette stürzen und sich danach vermutlich wegen akuten Augenbrauenkatarrhs krankmelden.

„Und jetzt?", fragte Yannick ratlos.

„Jetzt gehen wir ins Ficken 3000."

„Was?!"

„Du sagtest, nächstes Mal kann ich mir den Laden aussuchen. Kommste mit?"

„Äh", sagte Yannick und folgte Konrad. Heute würde er Konrad überall hin folgen. Selbst, wenn der Spandau oder die städtische Kläranlage vorgeschlagen hätte. Wobei das Ficken 3000 da schon nah dran war.

18 [Ficken 3000]

Die U8 brauchte nur eine Viertelstunde, um sie aus dem schicken Berlin-Mitte an den Hermannplatz in Neukölln zu verfrachten. Das Ficken 3000 war eine fensterlose Darkroom-Kaschemme, vor der Yannick sich immer gefürchtet hatte. Sie hatte gerade aufgemacht, Konrad und er waren die einzigen Gäste. Sie blieben gleich am Tresen sitzen und bestellten sich ein Bier. Die Musik war überraschend modern und laut genug, dass man sich nicht allein vorkam.

„Wenigstens ist hier nicht alles mausgrau", sagte Yannick.

„Stimmt", sagte Konrad. Alle Wände waren schwarz. Die Decke auch. Der Fußboden näherte sich derselben Farbe an. Jemand war auf die Idee gekommen, Wände und Decken mit ausgemusterten CDs zu bekleben. Was da wohl drauf ist, dachte Yannick und nahm sich vor, in einer unbeobachteten Sekunde eine CD von der Wand zu pflücken.

„Gibt's eigentlich viele schwule Tierpfleger?", begann er das Gespräch.

„Keine Ahnung, glaube nicht."

„Meine Mitbewohnerin meint, sie kenne nur einen bei den Papageien."

„Leon?" Konrad lachte. „Ja, könnte man denken. Ist er aber nicht, der ist mit Britta vom Streichelzoo zusammen. Ein paar Lesben gibt es. Eine bei den Elefanten und Carla von den Raubvögeln stehen auf Frauen. Aber sonst weiß ich nicht."

„Wären die Papageien nicht was für dich gewesen?"

„Nee, ich hab's nicht so mit Vögeln."

Yannick musste unweigerlich grinsen.

„Ach du Scheiße, darüber lachst du? Und du nennst dich Komiker ... Muss man getrunken haben, um dich komisch zu finden?"

Konrad nahm einen großen Schluck Bier.

„Ich glaube nicht", sagte Yannick. „Keine Sorge, du kannst ja mal kommen, wenn ich irgendwo spiele. Du bist auf jeden Fall herzlich eingeladen."

Das Ficken 3000 füllte sich. Yannick schaute sich überrascht nach den Besuchern um. Es waren bei Weitem nicht die abgehalfterten Typen, die er erwartet hatte, sondern alternativ wirkendes Jungvolk zwischen zwanzig und dreißig. Nicht unattraktiv, dachte Yannick.

Konrad bemerkte seinen Blick.

„Ja, hier ist sonntags immer 'ne ganz coole Indie-Party. Frag mich nicht, wieso die aufs Ficken 3000 gekommen sind, aber es ist meist ganz nett."

„Aha", sagte Yannick. Man lernte nie aus; Berlin war eben immer für Überraschungen gut.

Der Wirt stellte ihnen ungefragt zwei neue Beck's vor die Nase. In Yannicks Kopf britzelten die ersten Alkoholmoleküle. Okay, analysierte er seine Situation, sieht so aus, als würden wir uns heute betrinken. Gar nicht gut. Ich muss morgen einen klaren Kopf haben.

„Ich sollte nicht so viel trinken!", rief er Konrad zu. „Ich muss morgen noch schreiben. Meine Agentin will dringend neue Nummern von mir sehen. Und ich hab noch keine Ahnung, was ich schreiben soll."

Bei dem Gedanken an Uta Sybille Kramer wurde Yannick spontan unwohl. Er trank hastig zwei Schluck Bier, das half. Dann fiel ihm auf, dass sie hätten anstoßen sollen, nur, um sich noch mal in die Augen zu schauen.

„Will Oleander auch was?", fragte der Wirt.

„Wer ist Oleander?", fragte Yannick.

„Ich", schien die Ratte zu sagen, die gerade aus Konrads Ärmel kroch.

Er kennt sogar ihren Namen, überlegte Yannick, Konrad musste hier Stammgast sein.

„Nö", sagte Konrad. „Ich hab noch was für sie." Er zog aus seiner Hosentasche eine Erdnuss und legte sie dem Tier hin. Oleander griff dankbar zu, nahm die Erdnuss in zwei rosa Patschehändchen und knabberte dran herum.

„Wie niedlich", dachte Yannick und sagte es auch. „Meine Eltern hatten mal eine Katze", fiel ihm als einzig sinnvolle Ergänzung ein. Aber was sagte das schon, viele Menschen hatten Haustiere. Katzen, Hunde oder Kanarienvögel. Manche hielten Ratten.

Konrad ging gar nicht drauf ein. Also mussten die Zootiere mal wieder herhalten.

„Wie bist du eigentlich zu den Flusspferden gekommen?"

„Zufall. Der Pfleger ging in Pension und die Stelle wurde frei. Da haben sie mich gefragt, ob ich mir das zutraue. Vorher war ich bei den Antilopen und Okapis um die Ecke, hatte aber bei den Flusspferden ab und zu mal ausgeholfen."

So läuft es halt, dachte Yannick. Auf die Weise gerät man an Dickhäuter, auf die Weise war er an Konrad geraten, irgendwie so war er auch an Uta Sybille Kramer geraten.

„Gut, die Viecher stinken wie die Pest, aber irgendwie sind sie mir ans Herz gewachsen."

Meine Agentin hasse ich wie die Pest, dachte Yannick und war überrascht von der Eindeutigkeit seines Gedankens. Das musste vom Alkohol kommen. Oder vom Ficken 3000. Der Name ließ an Eindeutigkeit ja auch nichts zu wünschen übrig.

Es wurde immer voller. Inzwischen wurde tanzbare Gitarrenmusik und Elektro aufgelegt und auf der nicht vorhandenen Tanzfläche wurde trotzdem getanzt.

Konrad bestellte zum nächsten Bier zwei Jägermeister.

„Willst du mich abfüllen?"

„Nö", grinste Konrad. „Aber ich finde, den haben wir uns verdient nach dem Schock vorhin in der Almbude."

„Geht das denn? Ausgerechnet Jägermeister trinken, so als engagierter Tierpfleger?"

Oje, Alkohol tat seinen Pointen gar nicht gut.

„Scheiß-Witz. Kannst du mal etwas anderes tun, als ständig auf meinen Job zurückzukommen?"

„Sorry."

„Reden wir mal über dich. Wieso bist du Lehrer geworden?"

„Moment! Ich bin nicht Lehrer. Ich hab auf Lehramt studiert, das ist ein großer Unterschied."

„Und wieso?"

„Ich hab's studiert, weil mir nichts Besseres einfiel. Ging vielen von uns nach dem Abi so. War ja der einzige Beruf, den man wirklich gut kannte nach dreizehn Jahren Schule. Es sei denn, man hatte Asthma oder sonst was Chronisches und musste oft zu Ärzten. Die Leute wollten alle Medizin studieren."

Konrad lachte: „Klingt, als hättest du schon ein Thema für 'ne neue Nummer."

Satz Nummer drei, den man Komikern nie sagen sollte. Aber egal, bei den Sätzen, die man Tierpflegern nie sagen sollte, war er sicher schon im zweistelligen Bereich.

Konrad stand plötzlich auf und ging auf die Tanzfläche, wo ein paar Jungs zu *MGMT* vor sich hin zuckten. Yannick blieb an den Barhocker gelehnt stehen und schaute ihm zu. Konrads rote Haare wippten im Takt, „Baby, schüttle dein Haar für mich", sang Helge Schneider in seinen Gedanken, begleitet von verzerrten Schrammelgitarren.

Beim nächsten Track stieg Yannick ein und tanzte mit. Möglichst nah bei Konrad. Dann standen sie irgendwann am Rand der Tanzfläche vor dem improvisierten DJ-Pult aus Glasbausteinen und stießen mit dem nächsten Beck's an. Sie schauten sich in die Augen und tranken nicht. Stattdessen guckte Yannick einfach weiter und Konrad küsste ihn. Erst einmal, zaghaft, dann ungestümer. Yannick zog Konrad fest an sich, bis es qiekte und sich etwas unangenehm in seine Brust bohrte.

„Pass auf! Oleander!", flüsterte Konrad etwas außer Atem und war von nun an auf Abstand bedacht. Sie knutschen trotzdem wild weiter.

„Du bist das erste Mal hier, oder?", fragte Konrad zwei bis fünf Musikstücke später, da hatte Yannick nicht so genau aufgepasst.

„Ja", sagte er und wollte mit seinem Mund wieder Konrads Lippen suchen. Doch der löste sich nur von Yannick und meinte: „Dann muss ich dir den Laden ja überhaupt erst mal zeigen."

Konrad zog ihn zu einer kleinen Stahltreppe im Hintergrund. Sie inspizierten den Darkroom sehr lange.

„Das ist schon komisch", dachte Yannick später, „dass das bei uns Schwulen immer so schnell geht. Man quatscht ein bisschen, betrinkt sich und geht miteinander ins Bett. Oder macht's gleich im dunklen Keller im Stehen. Bei Heteros bedeutete Sex oft gleich wer weiß was. Bei Schwulen konnte man gerade die Nummer seines Lebens schieben und wusste zwei Minuten danach immer noch nicht, woran man war.

„Du bist echt Lehrer?" Konrad gluckste postkoital. „Kann ich mir bei dir noch weniger vorstellen als Comedian."

Yannick grinste glücklich die Dunkelheit an. Sie sprachen auch nach dem Sex noch miteinander. Er hielt das für ein gutes Zeichen.

„Gehen wir wieder hoch? Ich glaub, ich muss mal, das ganze Bier ..."

„Dann geh schon mal vor."

Was sollte das denn nun schon wieder bedeuten? Hatte Konrad noch nicht genug?

„Mir ist Oleander entwischt."

[Mein letzter Auftritt]

Diesmal soll es endgültig sein. Letzter Auftritt meiner jetzt aber wirklich letzten Tour. So hab ich sie extra genannt im Untertitel: „Die jetzt aber wirklich letzte Tour". *Vorher habe ich es fast zehn Jahre lang wie Tina Turner gehalten und Abschiedstournee nach Abschiedstournee gespielt. Jetzt reicht es wirklich.*

Gut hundert Auftritte in eineinhalb Jahren, mit vierundachtzig Jahren und Rheuma im Gepäck, nee, dann ist es auch irgendwann mal gut. Aber immer ausverkauft, die ganze Tournee. Ich habe darauf bestanden, nur meine Lieblingsbühnen abzuklappern, auch die kleinen Säle, um Geld geht es bei dieser Abschiedstournee schließlich nicht mehr. Ich hab genug für die nächsten Jahre, und selbst von der Künstlersozialkasse bekomme ich eine kleine Rente. Nur Köln ist natürlich nicht ausverkauft. Natürlich. Aber das Kaff habe ich noch nie gemocht. Es mich auch nicht.

Heute also die allerletzte Aufführung meines letzten Soloprogramms Ohne mich schafft Ihr's vielleicht. *Das kleine Spiegelzelt in Berlin ist restlos ausverkauft, seit Monaten schon, knapp hundert Ehrengäste habe ich zusätzlich zum Publikum hineingepfercht, zu großen Teilen Freunde, Kollegen und Weggefährten aus knapp sechzig Bühnenjahren, viele genauso alt wie ich mittlerweile. In der Enge des Runds verhaken sich Mobiliar, Gliedmaßen, künstliche Hüftgelenke, Mäntel und der ein oder andere Katheterbeutel zu einer homogenen Masse, die sich heute mein Publikum nennt. Mein letztes.*

„Gut, dass dieses verdammte Zelt auf einem Parkdeck steht, dann könnt ihr eure Rollstühle wenigstens draußen parken", witzle ich zum Einstieg in die Show. „Und schickt eure Zivis bitte in die ersten

Reihen. Es ist schließlich meine letzte Show; meine Augen sind zwar alt, essen aber immer noch mit!"

Ich schaue mich um. Sie sind alle da, zumindest die, die nicht vor mir schon den allerletzten Abtritt gemacht haben, und das sind nicht wenige. Kalle Grütz wurde vor ein paar Jahren von einer U-Bahn überfahren, nach der Weihnachtsfeier eines Autohauses. Lisa Cellolitis starb schon vor vielen Jahren an Brustkrebs. Aber Sarah Tempel ist da, die alte Kabarettlady, Hank Bollerke natürlich, unverwüstlich wie eh und je … und, nein!, aber das hätte mir eigentlich klar sein müssen, eingepfercht zwischen ein paar jüngeren Kollegen, ein paar schwulen Comedians und Showtransen sitzt Ronald Rettich an einem Tisch. Mein Gott, der muss über neunzig sein! Ein alter, schwarzer Fleece-Pullover an einem dürren Körper, vor ihm aber wie immer ein großes Hefeweizen. Es scheint ihm zu schmecken. Und zwei Tische weiter sitzt, Scheiße verdammt!, tatsächlich Harm Obarti höchst persönlich: „Dit is doch keen schottischer Single Malt, verdammte Hacke, wisst ihr nich, wen ihr vor euch habt? Ick bin Harm Obarti!", blökt er gerade eine Bedienung an. Nein, weiß die tatsächlich nicht, denn der Kellner ist maximal fünfundzwanzig, und Obarti ist schon seit etwa 2030 nicht mehr aufgetreten, lebt von seinen Tantiemen aus früheren Zeiten und versäuft sie nach und nach. Ausgemergelt, abgemagert, und auch wenn der Whisky kein schottischer Single Malt ist, hindert es Harm Obarti nicht, ihn trotzdem sofort hinunter zu exen. Ich frage mich, wieso er hier ist, eingeladen hab ich ihn nicht. So dement bin ich noch lange nicht, obwohl Konrad mir nachsagt, ich würde immer öfter das Licht im Klo vergessen und die Spülung sowieso. Nee, Harm Obarti wurde nie von mir eingeladen. Aber klammheimlich freut es mich, dass er da ist, dass ich, die lästernde, alte Bühnenschwuchtel, all seine Geschlechterscherze überdauert habe. Mann, sieht der scheiße aus, wird seinem großen Vorbild, dem ollen Juhnke, auch immer ähnlicher; das sind doch mindestens drei leere Whiskygläser auf seinem Tisch! Na dann, Prost!

Unsere Familien sind auch da: Meine beiden Patenkinder – Jonas, Lauras erster Sohn, und Tim – sowie Lucie, Konrads Patentocher, sitzen vorne an den ersten Tischen. Alle hetero. Als schwule Patenonkel hofft man ja heimlich auf queere Familienmitgliedschaft, aber die drei waren so was von hetero! Alle auch schon lang in festen Beziehungen, Jonas sogar mit zwei Kindern aus erster Ehe.

Laura ist neunundsiebzig. Sie trägt noch immer bevorzugt schwarz, geht stärker vornüber gebeugt, ihre Armreifen klimpern noch mehr als früher, da ihre Arme dünner geworden sind, aber sie ist immer noch imposant groß für eine Frau ihres Alters und sehr drahtig. Schlank war sie eh immer geblieben, sie hatte beide Kinder per Kaiserschnitt auf die Welt gebracht, da das Geburtserlebnis angesichts ihrer schmalen Hüften und großer Kindsköpfe doch wohl eher eine risikoreiche Tortur geworden wäre. Ihr Ex-Mann hatte ihr dazu geraten. Er war zwar Veterinärmediziner, dennoch vertraute sie ihm. Das änderte sich erst, als er sie mit einer neunzehnjährigen Schüler-Praktikantin betrogen hatte. Jonas wuchs danach in einer Berliner Patchwork-Familie auf, und Laura gelang es sogar, den Beruf ihres neuen, und fast zehn Jahre jüngeren Lebenspartners zu verheimlichen, bis Jonas eigenständig beurteilen konnte, womit ein Regisseur für unabhängige Erwachsenenfilme seinen Lebensunterhalt nun mal so verdient.

Bei Nepomuk, Jonas' ältestem Sohn, Konrads und meinem „Patenenkel", tippen die stolzen, schwulen Großpateneltern inzwischen deutlich auf homophile Anwandlungen. Mit adrett gestylten Haaren und klar lackierten Fingernägeln sitzt der vierzehnjährige neben seinen Eltern in der ersten Reihe und blickt unter sauber gezupften Augenbrauen zu mir hoch. Herrgott, das Bübchen ist doppelt so stark geschminkt wie ich auf der Bühne und hat es nur halb so nötig!

Und dann spiele ich mein Solo.

Routiniert. Packe den Gedanken, dass es das letzte Mal ist, zur Seite. Er blitzt vielleicht mal auf, zwischendurch, hier ein eingestreutes Wort, eine Nebenbemerkung, dort ein Kommentar im Nachgang eines Satzes, der im Kontext des allerletzten Auftritts eine neue Bedeutung bekommt. Ansonsten zieh ich mein Programm durch. Auch heute. Ich bin Profi.

In der Pause stehe ich hinter dem Zelt im Künstlergehege, so nenne ich die von Brettern umzäunte No-Go-Area für das gemeine Publikum. Nur Künstler und Personal haben Zutritt. Ein paar Techniker rauchen unter einer kleinen Rotbuche. Die habe ich mal gepflanzt, eigenhändig in einen riesigen Betonpflanzkübel, anlässlich des vierzigjährigen Jubiläums des Spiegelzeltes. Inzwischen ist auch sie gewachsen. „Du bist aber groß geworden!", begrüße ich sie jedes Mal.

Dann der Pausengong, dreimal. Die zweite Hälfte und Schluss. Letzter Auftritt Ende.

Die erste Zugabe spiele ich routiniert wie eh und je. Vor der zweiten dann stehende Ovationen. Die habe ich ja befürchtet. Ist mir das peinlich! All die klapprigen Greise stehen da mit zitternden

Knien und klatschen wie doof. Aber andererseits … ich wäre schon enttäuscht, wenn es keine stehenden Ovationen gäbe. Ich lache, ich freue mich. Mir werden Blumensträuße überreicht. Ich lächle.

Jemand wirft mir einen Plüschteddy auf die Bühne. Ich küsse ihn, halte ihn hoch und werfe ihn zurück ins Publikum. Ich ziele auf Harm Obarti. Der Teddy wirft eine Batterie leerer Whiskygläser um, Harm nimmt ihn verwundert auf und hält ihn unschlüssig in der Hand, dann klemmt er ihn sich unter den Arm.

Es folgen meine Dankesworte: „… und natürlich danke ich meinem Agenten, der mich in all den Jahren immer wieder unterstützt hat. Ihr müsst sehr laut klatschen, damit er das hört – wo auch immer er gerade ist. Es ist bitter, wenn der Künstler seinen Agenten überlebt." Solidarisches und bewegtes Klatschen.

„Aber andererseits bin ich darüber auch ganz froh. Wenn er heute dabei gewesen wäre, würde er mir noch auf der Dernièrenparty einen Vertrag für eine neue Tournee vorlegen, und ich bin gerade so drauf: Ich würde alles unterschreiben."

Lacher. Klatschen, die alten Kollegen mit den Gebissen stupsen ihre Zivis an, die dann bereitwillig auf Fingern pfeifen.

Der Applaus ebbt ab. Ich muss langsam von der Bühne kommen. Aber es geht nicht. Denn mir passiert etwas, was mir seit gut vierzig Jahren nicht mehr passiert ist. Ich bekomme mit einem Mal weiche Knie. Der olle Bühnenflokati ist wieder da, knietief sind meine Schuhe, die guten mit den Gesundheitssohlen drin, darin versunken. Meine Finger suchen den Mikrofonständer zu meiner rechten und umfassen ihn fest, die Knöchel laufen weiß an. Mein Herz wummert los. Nein, kein Tod on stage, *das ist eine andere Vorstellung. Meine alte Freundin, die Panikattacke, schaut zum Abschied auch noch einmal rein. Tachchen! Lange nicht gesehen.*

Ich hebe trotzdem die Stimme: „Und zu allerbesterletzt möchte ich mich bei einem Menschen bedanken, ohne den ich sicher nicht hier stehen würde. Im Grunde ist meine erste Agentin – diese blöde Schlampe, dumme Sau …" – Lacher – „… schuld, dass ich ihn kennengelernt habe und aus purem Frust meine damalige Mitbewohnerin – Laura, wo bist du? Ach, klar, hier bei deiner Familie – in den Zoo begleitet habe. Dort habe ich jedenfalls nicht nur meine Liebe zu Flusspferden entdeckt …" – und das stimmt, ich hab schon vor dreißig Jahren eine Patenschaft für eins der Jungtiere übernommen, das ich sogar auf den Namen Tuvok taufen durfte – „… sondern auch meine Liebe zu Tierpflegern, na ja, eigentlich nur einem *Tier-*

pfleger, aber mit dem bin ich ganz gut gefahren. Konrad, ich weiß, ich soll dich nicht auf die Bühne holen. Ich habe das auch fast fünfzig Jahre respektiert, aber heute brauche ich dich hier oben. Meine Damen und Herren, er ist die Liebe meines Lebens, und – unter uns – daran wird sich auch nichts mehr ändern, meine Zuneigung zu ihm ist längst mit meinem Altersstarrsinn fest verwachsen! Applaus für meinen süßen Boyfriend, Konrad Rauting!"

Konrad schaut etwas überrascht, kommt aber bereitwillig auf die Bühne, lässt sich artig beklatschen. Ich drücke ihm einen Kuss auf die faltige Wange. Wir verbeugen uns ungelenk nebeneinander.

Er wollte nie das Rampenlicht sehen. Er hat bis zu seiner Pensionierung im Zoo gearbeitet, hat mich manchmal auf Tourneen begleitet, war immer da, nur auf die Bühne geholt werden wollte er nie.

„Konrad, heute brauche ich deine Hilfe, ich muss von der Bühne, und alleine schaffe ich es nicht", flüstere ich ihm zu. Konrad nimmt mich am Arm und führt mich von der Bühne. Meine Knie wackeln tatsächlich. Ich lache zufrieden, drehe mich im Applaus noch einmal um. „Das war's. Schluss. Es ist Zeit für meine Tabletten. Kommt gut nach Hause, und vergesst nicht, eure Heime schließen um elf."

Das Licht geht aus. Der Applaus verebbt nur langsam. Ich stehe mit Konrad im Backstage-Bereich.

„Verzeih, Konrad, ich wollte dich nicht ins Rampenlicht zerren, aber ich konnte nicht ..." Konrad streicht mir über den Hinterkopf und ich heule. Ein steinalter Komiker mit schütterem Haar heult in den Armen seines nachgerade jugendlichen, achtundsiebzigjährigen Freundes.

Morgen wird ein tiefschwarzer Tag sein. Ich werde in ein Loch fallen, wie ich schon so oft nach großen Highlights in Löcher gefallen bin. Ich werde in das schwärzeste Loch fallen, in das man nach einem Auftritt fallen kann. Aber ich weiß, Konrad wird da sein und mich auffangen.

19 [Lehrerzimmer]

Yannick starrte auf die Aspirin-Brausetablette in dem Wasserglas, wie sie nach dem leisen Platschen kurz nach unten sank und dann langsam nach oben trudelte. Gleich würde es soweit sein!

Er beugte sich nah an das Glas heran. Da war es! Yannick liebte diesen Moment! Diesen Moment, wenn die Tablette mit einem Mal lossprudelte. Ein Geräusch wie aufbrandender Applaus. Lang anhaltender Applaus, der ganz langsam verebbte. Dann würde Yannick das Glas austrinken und schon bald würden sich seine Kopfschmerzen zufrieden in ihre Garderobe zurückziehen, abschminken und den Heimweg antreten.

Wie viele Biere waren es gestern Abend? Yannick stutzte, dass ihm diese Frage als Erstes einfiel. Noch vor der Frage, wann er Konrad wiedersehen würde. Und was das überhaupt war, gestern Nacht. Sie hatten sich verabschiedet wie zwei gute Bekannte, die gemeinsam einen trinken waren. Trinken mit Sex. Sex, der nichts aussagte, weil es Wir-waren-doch-beide-betrunken-Sex war.

Sieben.

Es waren sieben Biere. Plus das österreichische Designerpils in der Almhütte. Plus Jägermeister. Zwischen zwei und fünf. – Schluss damit! Es hatte doch keinen Zweck.

Der Aspirinbeifall ebbte ab. Yannick trank das Glas in einem Zug aus. Konrad hatte ihn auf eine Idee gebracht.

Schule.

Schule war eine gute Idee für die Bühne. Lehrerwitze kamen immer gut. Ein paar hatte er schon im Programm. Vielleicht sollte er sich mal neue ausdenken.

Yannick Herbst dachte an seine alte Schule und an deren Lehrerzimmer. Die Erinnerungen kehrten nur langsam zurück. Als Erstes tauchte das Mobiliar aus der Tiefsee seines Vergessens auf. Der Strahl seines Erinnerns fiel auf durchgesessene Lehnstühle, die aussahen wie überwachsen von Algen. Ein Grünton unzweifelhaft aus den frühen siebziger Jahren.

„Ich glaube ja, alle Lehrerzimmer Deutschlands haben diese Sessel, bezogen mit einem grünen Stoff, der nur wenige Wochen im Frühjahr 1974 in einem einzigen ostwestfälischen Möbelwerk in Mode war. Nun, … wie soll man dieses Grün beschreiben? – Babys kacken so, wenn sie zu viel Milch getrunken haben."

Yannick sprach die Sätze vor sich hin, während er sie in seinen Computer tippte. Die grüne Babykacke war ein sicherer Lacher. Kacke ging immer. Babykacke klickte dazu noch alle Ach-wie-süß-Kindchenschemata an.

Yannicks Geist holte Luft und tauchte wieder hinab zum Lehrerzimmer. Es war still dort. Das Vergessen hatte Vieles weggespült und nur Konturen übrig gelassen. Erinnerungen, so bunt und flach wie Zierfische.

Yannicks Gedanken schwoben durch diesen Raum; „schwebten", korrigierte ihn Frau Kusenberg (Deutsch und evangelische Religion), die unvermittelt vor ihm auftauchte. Er hatte sie übersehen, weil sich ihre Strickjacke von der säuglingskotfarbenen Sessellehne gar nicht abhob.

„Und wissen Sie, was das Komische war? Es gab immer mindestens eine Lehrerin, die eine Strickjacke in genau derselben Farbe hatte! Bei uns war das Frau Krautwurst. Ja! Die hieß wirklich so!"

Yannick stockte. Ob seine Mutter etwas dagegen hatte, dass er ihren Mädchennamen in diesem Text, haha!, verwurstete? Egal, das konnte er später noch überlegen. Wie weiter? Was mochte er über Frau Kusenberg noch sagen? Sie war seine erste Deutschlehrerin auf dem Gymnasium gewesen: korrekt, im Umgang etwas spröde, doch eigentlich ganz nett.

„Frau Krautwurst war eine von diesen Lehrerinnen, denen es egal war, was man im Aufsatz schrieb: Hauptsache, die Kommas passten und das Heft hatte einen roten Schutzumschlag."

Ja, so könnte es gehen.

„Ich schätze, Frau Krautwurst hat selbst beim Sex die Matratze vorher mit einem roten Umschlag bezogen."

Er könnte jetzt den Standardgag bringen von der Deutschlehrerin, die Liebesbriefe korrigierte. Yannick kannte mindestens fünf Kollegen, die den Witz in ihrem Programm hatten, und das Publikum gab ihnen recht. Also schrieb er: „Ehrlich gesagt, war ich in Frau Krautwurst etwas verliebt. Einmal hab ich ihr einen kleinen Liebesbrief unter einen Aufsatz geschrieben. Als ich ihn zurück bekam stand drunter: *‚Lieber Yannick, dein Aufsatz hat mir sehr gut gefallen, aber wir hatten uns geeinigt, im Deutschunterricht nur Hefte mit der Lineatur 25 zu verwenden.‘* – Ich glaube, Lehrer verfügen über die faszinierende Begabung, Sprache komplett losgelöst vom Inhalt zu betrachten. Deshalb gehen ja so viele Lehrer in die Politik."

Das waren wirklich viele; es gab keine Partei im Stadtrat, die nicht eine Fraktion an seiner Schule gehabt hätte. Natürlich waren Rektor und Konrektor in der CDU, ansonsten hätten sie ihre Stellen nicht bekommen, doch versammelte das Lehrerzimmer noch diverse Ausschussleiter, Fraktionschefs und Unterbezirksvorsitzende von SPD, FDP, Grünen und Freien Wählern. Einzig der DVU gehörte kein Lehrer an, wenn man auch Herrn Wefel (Geschichte und Politik) entsprechendes Gedankengut nachsagte. Sein Platz im Lehrerzimmer war oft verwaist, weil er sich lieber in der Schülerbücherei aufhielt. Man munkelte, der von Herrn Wefel argusäugig bewachte Panzerschrank enthalte gar ein Exemplar von *Mein Kampf*, das er einmal im Jahr am 20. April einem Unterstufenschüler „aus Versehen" anstelle des gewünschten *Was ist was? Dinosaurier* in die Hand drückte. Bezeugt hatte das freilich noch niemand.

In der Ecke des Lehrerzimmers, neben der Tür zu den Lehrertoiletten, saß Herr Borchers (Deutsch und Geografie), grüner Vorsitzender des Kulturausschusses, Eine-Welt-Aktivist und Heinrich-Böll-Fetischist, dem es sogar gelang, die *Ansichten eines Clowns* als flammenden Kommentar zur Dritte-Welt-Problematik zu interpretieren, bis ein kompletter Deutschleistungskurs Toastbrotscheiben an seine Klausuren heftete mit dem Kommentar *„Lieber Brot statt Böll"*.

Yannick zählte die politischen Funktionsträger an seiner Schule zusammen; er kam auf siebzehn. Bei einem Amoklauf am Städtischen Gymnasium wäre womöglich niemand mehr im Rathaus übrig, der noch einen Kranz niederlegen könnte.

Yannick schmunzelte bei diesem Gedanken und schrieb ihn sofort nieder. Jede Wette, das würde ein klassischer „Ho-ho-ho"-Lacher.

Anmutig wie eine Qualle im offenen Meer tauchte nun Frau Wieczorek in seinen Gedanken auf. Grazil und mit fließenden Bewegungen schwebte sie durch die spröden Betongänge des musischen Traktes. Von ihr hatte es immer geheißen, sie habe Opernsängerin werden wollen, aber bei der entscheidenden Prüfung einen Frosch im Hals gehabt. So wurde sie Lehrerin für Musik und Textiles Gestalten, leitete Schulchor, Flötenensemble und Strickgemeinschaft. Frösche im Hals hatte sie nie mehr – kaum einen Moment, in dem man sie nicht flötend oder summend antraf – dafür hatte sie wohl Frosch um Frosch geküsst. Während Yannicks Schulzeit wechselte ihr Familienname mehrfach, Wieczorek kehrte regelmäßig wieder. Sang sie im Kirchenchor der Stadt als Solo-Sopranistin, stand im Programmfaltblatt immer *„Ausbildung in Operngesang bei"* und dann irgendein italienisch klingender Name. Es war nicht immer derselbe. *„Lehrerin am Städtischen Gymnasium"* stand dort nie.

Die Kunstlehrerinnen überzogen ihren Gruppentisch mit Blumengestecken, schülergetöpferten Vasen und ausgebreiteten Bildern, mit Stapeln aus Malkreide, Pappmaché-Figuren und Skulpturen aus Draht und Totholz. Tische, die aussahen wie polymorphe Installationen in einem Museum für gewagte Kunst – ein farbenfrohes Korallenriff inmitten des Lehrerzimmers, immer umschwommen von bunt gewandeten Kunstpädagoginnen. Gelegentlich machten sie Gemeinschaftsausstellungen in der Stadtsparkasse, die üppige Frauenakte zeigten oder abstrakte Stiefel.

Andere Kollegen versuchten ihren Traum von der Wiener Burg in der Leitung einer Theater-AG auszuleben und vergaßen alle Didaktik, um sich bei den Proben vom *Gestiefelten Kater* als Peter Stein zu gebahren oder wie Dr. Raul Hildebrandt (Deutsch und Englisch) auf die Idee zu kommen, *Romeo & Julia* poststrukturalistisch zu inszenieren. Er hatte für einen größeren Kleinstadtskandal gesorgt, als er in Ermangelung von Schülern, die sich sämtlich geweigert hatten, nackt auf die Bühne zu gehen, selbst als Mercutio im Adamskostüm über die Bühne rannte und sich mit Kunstblut übergoss. Yannick war bei dieser Inszenierung zwölf und hatte eine Trauerweide gespielt. Zwei lange

Stunden hatte er auf der Bühne weiße Leggings und ein Schild mit der Aufschrift „*Trauerweide*" tragen müssen. Ihn schauderte heute noch bei der Vorstellung Herrn Hildebrandts, der sich mit bluttropfenden Baumelpenis hinter ihm versteckt hatte.

Yannick war mittlerweile in die Höhlen tiefster Verdrängung eingedrungen, und plötzlich blitzten auch schon die schiefen Zähne von Fürchtegott Bart auf (Sport, Deutsch und Katholische Religion), wegen seines unnatürlich hervorstehenden Unterkiefers schon zu Schulzeiten „Muräne" genannt. Das Schulamt sah sich regelmäßig gezwungen, auf manche seiner Ausbrüche und sexistischen Attacken gegenüber pubertierenden Schülerinnen zu reagieren. An Yannicks Schule hatte man ihn lange erduldet, zumal er in der „AG kreatives Schreiben" eine kleine Schar Außenseiter aus dem Heavy-Metal-Milieu um sich scharte und selbst deren blutrünstigste Splattergeschichten guthieß. Doch nachdem Bart eine Elftklässlerin aufgefordert hatte, sich bitte in die letzte Reihe zu setzen, weil er den Geruch ihrer Tage nicht ertragen könnte, war auch am Städtischen für ihn Schluss. Das zuständige Schulamt versetze ihn noch während des Schuljahres – wie man munkelte, an ein katholisches Mädchengymnasium im Sauerland.

Yannick starrte auf seinen Bildschirm. Er hatte keine weitere Zeile geschrieben. Er war längst bei den stinkenden Schwefelquellen auf dem Grund seiner Erinnerungen angelangt. Die taugten nicht einmal mehr für die Bühne.

All die Lehrer aus seiner Vergangenheit kamen ihm vor wie die sprechenden Fische an der Aquariumsscheibe in Monty Python's *Meaning of Life*. Das Lehrerzimmer seines Gymnasiums – ein Sammelbecken gescheiterter Lebensträume. Ein Feuchtbiotop für geradeso lebensfähige Chimären aus Traumberuf und Wirklichkeit. Einige der Wesen darin schwammen schon lange kieloben oder wurden vom Käscher der Frühpensionierung abgefischt.

Er sah sie vor sich, diese Gestalten mit Physikdiplom oder Doktortitel, die Pauker, die ihre universitären Laufbahnen schon eingeschlagen hatten, aber dann lockte das Lehramt mit dem Dukatenesel der Verbeamtung.

Am schlimmsten getroffen hatte es Herrn Jentsch, der sich auf jedem Kurstreffen volllaufen ließ und nach dem dritten Bier jammerte, er habe seine Promotion in Philosophie doch fast fertig gehabt, als seine Freundin Zwillinge zur Welt brachte. Ausgerechnet Zwillinge.

„Eine Kröte hätte ich mit ’nem Lehrauftrag für analytische Philosophie noch durchbringen können, aber zwei?" Seine beiden Söhne gingen auf dieselbe Schule wie er, und da Jentsch selten ein Kurstreffen und nie ein Bier ausließ, hatten seine Söhne auch bald den Spitznamen „die ungeliebten Zwillinge" weg. In einem beispiellosen Akt sich selbst erfüllender Prophezeiung mochte sie tatsächlich niemand. Bald wurden sie verhaltensauffällig; erst in der Oberstufe verbesserte sich ihr sozialer Status, als sie begannen, drei Jahrgangsstufen mit Gras und Ecstasy zu versorgen. Doch nachdem sie Schulverweis und Bewährungsstrafe kassiert hatten, und ihr Vater in einer Abiturprüfung nach Bier stank und „Machiavelli" nicht mehr aussprechen konnte, ohne zu lallen und kichern, wurde das Kapitel Jentsch am städtischen Gymnasium geschlossen und der Kollege dauerhaft krankgeschrieben.

Yannick versuchte, sich an seinen Unterricht zu erinnern. Wenn Herr Jentsch keine Fahne hatte, war er eigentlich kein schlechter Lehrer. Nur nach dem vierten Bier begann er giftige Wolken schwarzer Bitterkeit abzusondern. So blieb er in Erinnerung: Als langsam lallender Philosophielehrer, in halb beleuchteten Partykellern die Erkenntnisse seiner Midlife-Crisis vor postpubertären Barkeepern ausbreitend, die – anders als im Unterricht – hier sehr aufmerksam mitschrieben.

Dann sah Yannick den Platz von Frau Niem. Ein Bild, tief verschüttet im Dunkel seiner Verdrängung, aber erschreckend bunt, als es vor seinem inneren Auge auftauchte. Sie war seine Lieblingslehrerin gewesen. Eine kleine, schlanke Frau, Anfang vierzig, braune, verwuschelte Haare und ein herzliches Lachen.

Sie war eine blendende Deutschlehrerin; wenn sie über Literatur sprach, hörte man immer wieder ihre eigenen schriftstellerischen Sehnsüchte heraus. Jeder wusste, dass sie mal einen Roman in einem Kleinverlag veröffentlicht und auch das ein oder andere Literaturstipendium ergattert hatte. Nun unterrichtete sie Deutsch und Französisch, überschüttete ihre Schüler mit ihrer Liebe zur Literatur, ihr Sachwissen war enorm, ihre Energie beliebt. Manch ein roter Kommentar unter einem Aufsatz war geschliffener als die darin analysierte politische Rede.

Yannick stand in der großen Pause an der Tür zum Lehrerzimmer, in der Hand ein Entschuldigungsformular für die letzte Deutschstunde, und wartete auf Frau Niem. Die anderen Lehrer, die ein- oder ausgingen, erschienen ihm einsilbiger als sonst. Die Pause ging dem Ende zu, Frau Wieczorek kehrte von einer Pausenaufsicht zurück. Sie sang an diesem Tag nicht.

„Entschuldigung, könnten Sie Frau Niem einmal herausrufen?“, sprach er sie an. Die Musiklehrerin reagierte erschrocken.

„Was? Nein. Frau Niem … ist heute nicht da.“

„Können Sie ihr bitte diese Entschuldigung hinlegen?“ Yannick hielt ihr das Formular hin.

„Ähm, ja, kann ich.“

Sie riss die Tür viel zu schwungvoll auf und verschwand im Lehrerzimmer. Yannick erhaschte einen Blick hinein. Frau Niems Platz war in Sichtweite, der Stuhl ganz nah an den Tisch heran geschoben; auf dem Tisch lag ein Strauß weißer Lilien. Yannick sah noch, wie Frau Wieczorek-Wolf im Vorbeigehen sein Entschuldigungsformular neben die Blumen auf einen Stapel Aufsatzhefte legte. Dann fiel die Tür zu, und Yannick schossen Tränen in die Augen.

In der dritten Stunde krächzte dann der Schullautsprecher auf. In vielen Klassen brach Gekicher aus, in Erwartung einer der gefürchteten Durchsagen des Direktors, doch der sagte heute mit tonloser und stockender Stimme: „Liebe Schülerinnen und Schüler, ich bin bestürzt, die Mitteilung machen zu müssen, dass wir am Städtischen Gymnasium eine geschätzte Kollegin verloren haben.“ Nun war es ruhig, in allen Klassen. „Frau Niem ist gestern verstorben. Ihr Unterricht entfällt heute. Ihre Schülerinnen und Schüler werden gebeten, das Schulgelände nicht zu verlassen. Frau Eberlei und Herr Bart bieten an, im Musiksaal 2 unter Aufsicht zu trau… bieten im Musiksaal 2 einen Raum der Trauer an. Ende der Durchsage.“

Versterben. Yannick hatte über dieses Wort schon Witze gemacht. Wer sich verlief, war beim Wohinlaufen gescheitert, wer sich versprach, hatte sich beim Sprechen vertan, und wer verstarb, hatte das mit dem Tod halt nicht hingekriegt. Frau Niem hatte es hingekriegt.

Niemand sprach je über die Todesursache. „Es ging ihr gesundheitlich schon lange nicht gut“, hieß es hinter vorgehaltener Hand und sorgte für allgemeine Verwunderung, denn alle hatten

Frau Niem als meistens gut gelaunte, sympathische Lehrerin im Gedächtnis. Das Wort „Depressionen" huschte über die Schulflure. Dann war die Beerdigung, bald darauf wurden die „ungeliebten Zwillinge" beim Dealen erwischt. Das Thema „Frau Niem" war durch; ihr Unterricht wurde vertreten.

Die eigenen künstlerischen Ambitionen stets umzuwandeln in schulisches Engagement, hätte sie wohl auf Dauer überfordert, psychologisierte Herr Jentsch ein Jahr später bei einem Kurstreffen und vertraute Yannick nach dem siebten Bier an, sie hätte sogar einen fertigen und gut geschrieben Roman hinterlassen. Er hätte ihn Verlagen angeboten, aber niemand wollte das Manuskript einer toten Gymnasiallehrerin lesen.

Yannick wurde traurig bei dem Gedanken an Frau Niem. Er schaute auf seinen letzten Satz auf dem Bildschirm: *„An meiner Schule waren so viele Lokalpolitiker; bei einem Amoklauf bliebe im Rathaus niemand mehr übrig, der noch einen Kranz niederlegen könnte."*

Yannick schloss die Datei, ohne zu speichern.

20 [Fantasie]

„Ich komm einfach nicht voran!"

Yannick jammerte sein Müsli an. Es ignorierte ihn. Draußen vor dem Küchenfenster jagte ein verspätetes Wintergewitter gerade einen saftigen Graupelschauer durch die Straßen der Stadt. Aprilwetter.

„Womit?", fragte ihn Laura. Sie machte das Licht in der Küche an.

„Mit nichts."

Das war lapidar dahergesagt. Stimmte aber, wenn er es recht bedachte. Er kam mit seinen Texten nicht voran. Und Konrad hatte seit ihrem denkwürdigen Date, das im Ficken 3000 endete, auch so gut wie nichts von sich hören lassen. *„Danke für den schrägen und schönen Abend mit dir!"*, hatte Yannick ihm gleich am nächsten Morgen per SMS geschickt. Erst am Abend hatte Konrad geantwortet: *„:-) Bis Freitag! K."* Freitag war endlich ihr Fototermin. Das waren noch zwei Tage. Zwei weitere SMS hatte Yannick geschrieben, die unbeantwortet blieben.

„Komm, Yannick, die zwei Tage hältst du noch aus. Vielleicht weiß er selbst noch nicht so genau, was er will."

„Aber wir hatten schon Sex!"

„Das heißt doch bei euch Schwulen nichts. Sex kommt doch bei euch gleich nach Händeschütteln und Bussigeben."

Yannick bemühte sich, seine schlechte Laune weiter auf seine Cerealien zu richten, anstatt auf seine Mitbewohnerin. Der Himmel über Berlin war so finster, als wollte das Aprilwetter nach Graupel gleich noch Holzkohle auf die Stadt schleudern.

„Ich muss jetzt los."

„Du willst da raus? Na, dann viel Spaß."

„Bis ich unten bin, scheint sicher wieder die Sonne. Ich muss zum Arzt."

Lauras Miene machte ihn stutzig. Sie sagte sonst nie, wenn sie zum Arzt ging.

„Was Ernstes?"

„Weiß ich noch nicht."

„So was Frauenspezifisches, wovor wir Homosexuellen uns immer ekeln?"

„Nein, zum Tierarzt."

„Nein!"

„Doch!" Laura grinste breit. „Dr. Jessen will eine neue Broschüre für seine Heimtierpraxis machen lassen und hat ausgerechnet mich als Fotografin engagiert. Ist *da*s nicht ein Zufall?"

„Nachtigall …"

„Von wegen Nachtigall. Da trapst eine ganze Büffelherde auf Testosteron. Aber das ist der Unterschied zwischen euch beiden und mir. Ich weiß wenigstens, was er will, und kann in aller Ruhe überlegen, ob er's kriegen soll."

„Und? Soll er?"

„Keine Ahnung. Erst mal kriegt er von mir Fotos und dann eine Rechnung."

Das war typisch für sie. Sie würde den Tierarzt noch eine Weile zappeln lassen. Laura fotografierte einfach zu viel im Bondage- und SM-Bereich. Ganz gleichgültig schien ihr der Veterinär indes nicht zu sein. Lauras Haare waren frisch gefärbt und sie trug wieder die engste all ihrer schwarzen Röhrenjeans, die sie, so erinnerte sich Yannick, am Vorabend noch gewaschen und am Morgen mit dem Föhn zu Ende getrocknet hatte.

„Ich hoffe, er steht auf ketchup-rote Haare."

„Das ist mir egal. Außerdem ist das nicht Ketchup-Rot. Das nennt sich *real red*."

„Sag das den Autos, die vor dir stehen bleiben und auf grün warten."

Laura verschwand lachend, kurz darauf klickte die Wohnungstür. Yannick wagte einen Blick nach draußen: Es wurde tatsächlich heller. Ein kläglicher Donner grummelte noch zum Abschied. Drüben über den Dächern riss der düstere Himmel zaghaft auf.

Yannick war wieder allein mit seiner Frühstücksschüssel, der heitere, kleine WG-Talk war vorüber. Die mittlerweile aufgequollenen Müslibestandteile sahen so aufregend aus wie seine Inspiration. Heute würde nichts gehen, da war er sich sicher. Es würde kein guter Tag werden.

„Das seh ich aber auch so“, sagte seine Fantasie und gähnte. Unbemerkt hatte sie Lauras Platz eingenommen. Sie sah bemitleidenswert blass aus, als hätte sie nächtelang durchgesoffen. Mittlerweile kannte Yannick seine Fantasie kaum anders. Seit ihm Uta Sybille Kramer den Autorenjob für Karim Bulgur verschafft hatte und er parallel an eigenen neuen Texten schrieb, blickte sie fast immer so aus der Wäsche.

Manchmal glaubte Yannick, dass da nur noch ein Phantom saß, dass seine Fantasie ihm abgenommen worden war und von ihrem Esprit nur lästige Nerven-Enden geblieben waren, die manchmal etwas Geist versprühten, ansonsten aber nur schmerzvoll das Fehlen einer amputierten Begabung signalisierten.

Er war sicherlich ein guter Beobachter. Er konnte in vielen verschiedenen Varianten beschreiben, wie sich ein Gewitterhimmel verfärbte. Doch was *sagte* ihm ein solcher Gewitterhimmel? Seine Fantasie stand nur am Fenster und staunte, während seine Beobachtungsgabe versuchte, die Eindrücke festzuhalten, wie er als Kind ganze Sommernächte auf dem Fensterbrett verbracht hatte, um mit seinem neuen Fotoapparat, der natürlich Mamas alter war, Blitze zu knipsen. So sehr er sich damals mühte, rechtzeitig abzudrücken: Alle Bilder waren schwarz, denn bei dem Gerät ließ sich weder Langzeitbelichtung einstellen noch der integrierte Blitz ausschalten. Nächtelang hatte Yannick versucht, Blitze mit Blitz zu fotografieren.

„Wieso fällt mir das gerade jetzt ein?“, fragte Yannick seine Fantasie.

„Keine Ahnung“, gähnte sie.

„Na, was hast du heute Nacht wieder gemacht?“, fragte Yannick in Richtung seiner uninspirierten Inspiration.

„Geträumt“, nuschelte sie. „Was meinst du, wie anstrengend das bei dir ist! Nur weil du dein Unterbewusstsein nicht im Griff hast, häng ich hier total in den Seilen. Du solltest mal zu einem Psychiater gehen. Das geht so nicht weiter! Bald bin ich reif für die Klapse. Ich glaub, ich hab ein Burn-out-Syndrom.“

„Aber ich geh doch schon zum Psychologen!“

„Dann geh zu einem anderen. Der taugt nichts, ist wohl nur ein Placebo-Psychologe.“

Yannick hasste es, wenn seine Fantasie so jammerte. Er schaute ihr in die Augen: Wo früher ein sprudelndes Funkeln war, glomm nur ein matt verwaschenes Blau. Vielleicht war seine Fantasie einfach nur kurzsichtig.

„Ich geh wieder schlafen", sagte seine Fantasie, spülte den Kaffee runter und wollte aufstehen.

„Du bleibst schön hier, verdammt noch mal! Du bist meine Fantasie! Ich bin Künstler! Irgendwas *musst* du doch für mich haben!"

„Natürlich, ich habe mehr als genug für dich!", keifte die Fantasie zurück. „Ich musste dir in den letzten vier Tagen Sex mit Konrad in allen erdenklichen Variationen und Stellungen imaginieren. Weißt du überhaupt, wie anstrengend das ist? Ich bin deine Fantasie! Wir könnten gemeinsam Welten bauen, Utopien zukunftsweisender Art entwickeln, wir könnten Theoreme kantianischen Ausmaßes ersinnen! Und wozu benutzt du mich? – Als Wichsvorlage! Ich bin ein kreatives Genie, aber für dich bin ich doch nur ein günstiger polnischer Gastarbeiter beim Spargelstechen in den Beeten deiner Imagination! Dabei bin ich doch deine Fantasie! Ich könnte ungleich mehr."

„Was denn bitte schön?"

„Keine Ahnung … frag mich morgen noch mal. – Ich geh wieder ins Bett."

„Solange du deine Bilder in meinen Kopf stellst, tust du, was ich dir sage!"

„Pah! Ich muss nachdenken." Seine Fantasie wirkte niedergeschlagen. „Vielleicht sollte ich dich besser verlassen, Yannick. Ich hab dir schon lang nichts mehr zu sagen."

Seine Fantasie entfernte sich vom Frühstückstisch. In der Tür drehte sie sich um: „Vielleicht reicht ja auch eine Trennung auf Zeit. *Adieu, mon amour*!"

Als seine Fantasie in der Küchentür stand und ihm noch einmal melodramatisch zuwinkte, krachte die Müslischüssel auf den Fußboden. Erschrocken sah Yannick dorthin, wo eben noch ein für WG-Verhältnisse sauberer Fußboden gewesen war. Draußen schien die Sonne und tat, als wäre es nie anders gewesen.

Er würde heute viel Fantasie brauchen. Karim Bulgur wartete auf Witze.

Yannick hasste ihn inzwischen aus ganzem Herzen und hoffte inständig, sich das nicht als Fremdenfeindlichkeit ankreiden zu müssen. Es war einfach ungerecht, dass da jemand dank einer telegenen Modewelle seinen hohlen Kopf in die Flimmerkiste halten durfte. Der Typ hatte nicht *einmal* vor zwölf Leuten auf einer Kleinkunstbühne gestanden! Yannick hatte mindestes fünfzigmal vor zwölf Leuten auf Kleinkunstbühnen gestanden. Und weitere fünfzigmal vor weniger als zwölf. Da machte der Falsche Karriere! Immer guckte Yannick in die Röhre, aus der andere erfolgreich herausschauten. Er hasste diese anderen dafür. Er beneidete sie, und er hasste sich, weil er sie beneidete.

Yannick hatte den Kaffee auf. Er räumte die Tasse vom Frühstückstisch und blickte Richtung Arbeitszimmer. Das war also sein Tag: Seine Fantasie verlangte eine Trennung auf Zeit, und auf dem Schreibtisch lagen sinnlose Aufträge, zu denen ihm nichts einfiel.

Er ging ins Arbeitszimmer und weckte sein Kunsthandwerk, das dort gestern Nacht über der Tastatur eingeschlafen war. Auf ging's, an die Arbeit! Die Papptafeln des Herrn Bulgur verlangten nach neuen Scherzen.

[15. Sitzung]

– *Was ist für Sie Inspiration?*
– *Wie kommen Sie jetzt darauf?*
– *Wieso antworten Sie mit einer Gegenfrage?*
– *Das könnte ich Sie jetzt auch fragen.*
– *Aber ich hab zuerst gefragt.*
– *Inspiration … Davon lebe ich letztendlich. Manchmal ist sie Segen, häufig Fluch.*
– *Fluch?*
– *Wenn sie nicht kommen will.*
– *Brauchen Sie für Ihren Beruf denn Inspiration?*
– *Kommt drauf an, wie Ihre Frage gemeint ist. Ich brauche Inspiration, aber für meinen Job braucht man sie nicht zwingend.*
– *Nicht?*
– *Nein. Es gibt jedenfalls deutlich mehr uninspirierte Komiker als inspirierte.*
– *Das müssen Sie mir erklären.*
– *Ich kenne mindestens fünf Kollegen, die ihr gesamtes Bühnenprogramm aus Variationen des Buches* Warum Männer nicht zuhören und Frauen schlecht einparken *bestreiten.*
– *Aha. Darunter auch dieser … Harm Obarti.*
– *Der zum Beispiel. Vor ein paar Jahren, vor der Erfindung von Spamfiltern, geisterten so Kettenmails durchs Internet mit lustigen Fragen. Erinnern Sie sich?* „Wenn Schwimmen schlank macht, was machen Blauwale falsch?“ *und so.*
– *Oh, ja, ich erinnere mich.*
– *Kaum ein Kollege, der nicht daraus geklaut hätte!* „Wenn Maisöl aus Mais gemacht wird, woraus wird dann Babyöl gemacht?“

Mindestens – O Gott, und Sie lachen auch noch! – mindestens zehn Comedians haben den Satz heute noch im Programm. Es ist zum Kotzen. Und vor allem auch noch so schlecht! Ich bitte Sie: Maisöl?! Wieso Maisöl? In meinem Supermarkt gibt es Rapsöl, Sonnenblumenöl, Keim-, Distel-, Oliven-, Kürbis- und Traubenkernöl. Aber kein Maisöl! Wer hat sich diese beschissene Pointe ausgedacht, und wieso ist das noch niemandem aufgefallen?

– *Mir ist das zugegebenermaßen auch noch nicht aufgefallen.*

– *Sie sehen: Als Komiker braucht man keine Inspiration. Ich bin neulich sogar mal mit einem Witzeerzähler aufgetreten! Der braucht gar nichts!*

– *Sie sagen das, als wäre das eine besonders schlimme Erfahrung gewesen.*

– *Es war desillusionierend. Da geht jemand raus und erzählt alte Witze, die jeder kennt. Und das Publikum schmeißt sich weg vor Lachen.*

– *Na ja, Witzeerzählen ist auch 'ne Kunst.*

– *Kommt auf die Witze an. Aber dieser Typ ging gar nicht! So Typ Buchhalter auf Weihnachtsfeier. Stand da und erzählte Witze; schoss Pointe für Pointe ab ins Publikum und kannte kein Pardon. Erst Hänschen- und Blondinenwitze, und als die Leute warm waren, kamen die schlüpfrigen Witze dran, dann die Schwulenwitze. Einer nach dem anderen, ein Maschinengewehr des Humors, der ganze Typ eine SA der Lustischkeit!*

– *Na!*

– *'tschuldigung.*

– *Ich spüre, diese Erfahrung hat Sie sehr aufgewühlt.*

– *Und wie! Das war das erste Mal, dass ich einem Kollegen nach seinem Auftritt gesagt habe, wie scheiße ich fand, was er gemacht hat und dass ich auf Schwulenwitze allergisch reagiere.*

– *Und wie hat er reagiert?*

– *Ich soll mich nicht so anstellen. Es seien doch nur Witze.*

– *Nur Witze. Können Witze gefährlich sein? Was sagen Sie als Komiker dazu?*

– *Hm … Bekanntlich wurden Kabarettisten schon für ihre Witze ins KZ gesteckt. Vielleicht wurden auch Menschen aufgrund von Witzen ins KZ gesteckt.*

– *Wie meinen Sie das?*

– *Wir haben früher, ich muss so in der siebten Klasse gewesen sein, im Religionsunterricht mal das Thema Vorurteile behandelt. Sehr beliebtes Thema. Wir haben da einen Schaukasten gestaltet. Ich weiß noch, ich habe ein Plakat gemalt, auf dem die drei Worte standen:* „Türkenwitz – Judenwitz – Auschwitz". *Das sollte dann die Mitschüler irgendwie zum Nachdenken anregen oder so.*

– *Anscheinend denken Sie noch heute drüber nach.*

– *Wissen Sie, Harald Schmidt wird der Ausspruch zugeschrieben, jeder Mensch habe ein Recht darauf, verarscht zu werden. Der Pole habe genauso ein Recht, dass man Witze über ihn macht wie ein Behinderter.*

– *Von dem Spruch habe ich gehört.*

– *Ich bin mir nicht sicher, ob er stimmt. Das heißt, eigentlich glaube ich, er stimmt. Genauso, wie er grundfalsch ist.*

– *Sie schildern ihn als Paradox.*

– *Ja. Nein. Ich mag diesen Spruch und glaube, er ist richtig. Aber es hat mich maßlos aufgeregt, dass dieser beschissene Witzeerzähler sich genau darauf berief und meinte, Schwule hätten auch das Recht, dass man Witze über sie macht. Der Spruch ist doch kein Blankoscheck für sexistische und rassistische Witzeleien! Alles erlaubt, jeder hat das Recht, verarscht zu werden, der Gag heiligt die Mittel!*

– *Ui. Haben Sie das diesem Komiker ...*

– *Witzeerzähler, bitte schön!*

– *... diesem Witzeerzähler auch so gesagt?*

– *In gewisser Hinsicht. Ich hab ihm gesagt, wenn er das so sehe, dass jeder das Recht hätte, dass man Witze über ihn macht, solle er bitte gleich wieder auf die Bühne gehen und ein paar lustige Judenwitze reißen.*

– *Und das hat er dann sofort getan?*

– *Wie bitte?*

– *Kleiner Therapeutenscherz.*

– *Er meinte, ich solle von meinem Moralischen runterkommen, hier gehe es schließlich um Comedy. Er kenne sogar ein paar sehr gute Judenwitze, aber die würden beim Publikum einfach nicht ankommen. Hitler habe Judenwitze in Deutschland leider unmöglich gemacht. Er nehme nur die Stimmungen auf, die im Publikum vorherrschten.*

– *Aha.*

– *Und genau das habe ich ihm dann vorgeworfen! Mit seinen Witzen jedes noch so dumme Klischee zu zementieren. Es ist doch schlimm genug, dass es Vorurteile gibt, die wie Beton sind, da stell ich mich doch nicht noch an die Mischmaschine!*

– *Das ist kein schlechtes Bild. Aufgabe des Komikers wäre es also, den Presslufthammer an diesem Beton anzusetzen. … Wieso lächeln Sie jetzt?*

– *Das klingt so achtundsechzigermäßig. Unter dem Pflaster liegt der Strand, macht kaputt, was euch kaputt macht und so weiter.*

– *Tja. Schauen Sie mich an. Welcher Generation gehöre ich an?*

– *Sie würden sich mit meiner Agentin sicher gut verstehen.*

– *Sie können mir ja mal ihre Nummer geben.*

– *Wissen Sie, es ist ja auch nicht falsch. Ich weiß nicht, ob es Aufgabe des Komikers ist, betonierte Vorurteile aufzubrechen. Aber man kann wenigstens mal ein wenig auf den Vorurteilen rumtanzen, subversive Graffitis draufsprühen, dranpinkeln oder sich einfach nur sichtbar drauf bewegen, was weiß ich. Ich glaube, meine Metapher stößt da irgendwie an ihre Grenzen.*

– *Aus Beton.*

– *Ja, vielleicht. Was ich sagen will: Ich glaube tatsächlich, dass jeder Mensch das Recht hat, dass man Witze über ihn macht, aber es ist ein Recht auf gute Witze, und das macht es so schwierig.*

– *Was wird so schwierig?*

– *Der Job, das Schreiben, die Ideen.*

– *Aha. Damit sind wir also wieder beim Thema Inspiration.*

– *Ich glaube, wir waren nie weg.*

21 [Pfingsten]

„Du, wir machen mal was völlig Neues!" Carlo Kastners Stimme klang aufgeregt wie die Stimme eines Jungen, der für sich gerade die Pubertät entdeckt hat. Sie überschlug sich sogar in den Obertönen. Alter! Ey, ich hab gerade rausgefunden, dass man seinen Pipimann auch für ganz andere Dinge als Pipi nutzen kann! Voll krass!

„Die nächste Sendung ist ja vor dem verlängerten Wochenende."

„Pfingsten."

„Bingo! Wunderbar, Yannick! Ich wusste, du bist der Richtige für diesen Job!"

„Wieso?"

„Du kennst dich aus, das ist super. Wir machen nämlich eine Pfingstsendung. Voll crazy! Das ist neu! Das gab's noch nie im deutschen Fernsehen. Es gab Weihnachtssendungen, es gab Ostersendungen mit Eiern und Hasen und so 'nem Kack. Aber wir machen die *erste* Pfingst-Comedy!"

„Meinst du nicht, dass da das ZDF mit der Übertragung des Pfingstgottesdienstes die Nase vorn hat?"

„He, das ist doch schon ein super Gag! Genau so was brauchen wir. Siehst du, es kann doch nicht angehen, dass wir Pfingsten komplett dem ZDF und den Kirchen überlassen."

„Äh-he."

„Pfingsten. Wer weiß denn noch, was Pfingsten ist? Keine Sau! Deshalb ist das ein Superthema für Karim Bulgur. Er, der Ausländer, erklärt uns, was Pfingsten mit Jesus passiert ist."

„Eigentlich ist Pfingsten gar nichts mit Jesus passiert."

„Nicht? Na, siehste Yannick, ich wusste, dass du der Richtige für diesen Job bist. Ein paar gute Pfingst-Gags bis heute 18 Uhr. Schaffste doch?"

„Das ist aber ganz schön knapp."

„Super, Yannick. Ich wusste, auf dich kann ich zählen."

Carlo Kastner legte auf und Yannick hatte ein Ultimatum. Sieben Stunden, um sich für Karim Bulgur lustige Pfingstscherze auszudenken.

Etwas an Carlo machte Yannick regelmäßig Angst. Vielleicht lag es daran, dass er Carlo nur vom Telefon kannte und er sich zu der Stimme einen Erwachsenen vorstellte, der sein Leben lang in der Pubertät stecken geblieben war. Und mit der Begeisterung telefonierte, wie es nur pubertierende Teenager können. Allein, einen Hörer am Ohr zu haben, legte bei ihm eine gute Laune an den Tag, die Yannick stets verdächtig vorkam.

Sie telefonierten regelmäßig, seit ihm seine Agentin den Job in der Scherzschmiede Karim Bulgurs besorgt hatte, denn Carlo war sein Chefautor, die rechte Hand des Meisters, die höchstpersönlich die Papptafeln malte, von denen Karim Bulgur seine Gags ablas. Yannick stellte sich vor, dass Carlo Kastner eine astreine und leicht wackelige Teenagerschrift hatte. Wenn er so schrieb, wie er sprach, malte er sicher kleine Kringel über das „i".

Pfingstwitze.

Was für eine beschissene Idee. Aber irgendetwas würde er schon aufs Papier bringen und am Ende des Nachmittags nach Köln mailen können.

Die nächsten Stunden verbrachte Yannick damit, sich laue Gags und Pointen aus dem Hirn zu wringen wie Schmutzwasser aus einem Aufnehmer nach dem Wischen seiner Wohnung. Der Scheuerlappen war mit den Jahren mindestens so grau wie seine Hirnzellen, und was hinaustroff, war sicherlich ähnlich trüb.

Eine Stunde, nachdem Yannick zwei Seiten mit frischen Pfingstwitzen weggemailt hatte, klingelte sein Handy. Es war Carlo Kastner. Natürlich. Fernsehleute riefen immer nur auf dem Mobiltelefon an. Wahrscheinlich aus Prinzip, weil es teurer war.

„Du, Yannick. Hier deine Pfingstwitze, also, na ja … Ich hab mir das irgendwie anders vorgestellt."

„Wie denn?"

„Na, lustiger halt. Was soll denn das hier sein? *‚Dies ist übrigens nicht ganz die erste Pfingst-Comedy. Es gibt schließlich ja noch den Pfingstgottesdienst im ZDF.'* Das kannst du so nicht bringen. Witze über Religion gehen nicht, schon gar nicht zu Pfingsten."

„Aber du hast heute morgen selbst gesagt, das wäre ein geiler Gag."

„Ich hab gesagt, das wäre ein gutes Beispiel für einen Gag, aber nicht, dass du den gleich mit einreichen sollst. Ist nicht wichtig, Yannick. Unser Redakteur beim Sender findet die ganzen Lines auch zu dünn. Ich meine, wir wollen erklären, was Pfingsten ist, und in deinen ganzen Gags ist nichts über Aufsteigen zum Himmel drin. Das hatt doch Gagpotenzial! Das ist ein Muss, ein unbedingtes Essential."

„Aber wieso?"

„Wegen Jesus zum Himmel und so."

„Aber das hat mit Pfingsten nichts zu tun! Das ist Himmelfahrt. Das war letzte Woche."

„Echt? Aber hey! Das weißt *du*, aber das weiß doch von den Zuschauern keine Sau! Was wird denn Pfingsten eigentlich gefeiert?"

„Der Heilige Geist, der über die junge Kirche gekommen ist. Danach fing sie an, zu missionieren und andere Leute zu taufen."

„Klingt ziemlich langweilig."

„Ja, aber ich hab's versucht, in Gags einzubauen. Der eine passt doch super: *‚Pfingsten ist ja das Wunder, wo Menschen zusammenstehen und plötzlich in völlig verschiedenen Sprachen aufeinander einquatschen und sich trotzdem verstehen. Damit ist klar, wo Sie heute noch Pfingstwunder erleben können: beim türkischen Gemüsehändler.'* Das ist doch wie gemacht für Karim!"

„Ja, aber dieser Heilige Geist, das ist dem Karim als Moslem irgendwie zu bizarr. Und der nächste Gag da auf der Liste, den versteht hier niemand. Was soll das?"

„Carlo, lies ihn bitte mal laut."

Der Chefautor stieß verächtlich Luft aus. „Wenn du meinst: *‚Wieso heißt Pfingsten eigentlich Pfingsten?"* Bestimmt fuhr Carlos Zeigefinger gerade den Text Buchstabe für Buchstabe ab. „*Ganz einfach. Stell dir vor, du stehst auf einem Marktplatz in Judäa, der Heilige Geist fällt vom Himmel, tja, und dann fingst'en.*'"

Am anderen Ende der Leitung blieb es still. Dann stöhnte Carlo auf. „O jaaa, jetzt hab ich's. Nee, Yannick. Das geht *gar nicht.* Sprachwitz im Fernsehen ist ein absolutes No-Go. Geht gar nicht. Das ist viel zu intellektuell. So 'n typischer Autorenwitz ist das. So 'ne Hirnwichserei, da musst du von runterkommen. Ich hab das früher auch mal gemacht, bin ja auch Autor, nicht wahr, aber das muss man sich abtrainieren. Also, Yannick. Ich schlag vor, du setzt sich noch mal dran, morgen um zehn geht's hier wieder los. Und dann sehen wir weiter."

Yannick fragte sich, woher er den Ehrgeiz nahm, es noch weiter zu versuchen. Er war neu im Geschäft, auch bei freien Autoren gab es schließlich eine Probezeit. Sie fing jede Woche neu an und hörte nie auf. Also sagte er Laura ihren geplanten gemeinsamen Kinobesuch ab. Sie hatten eigentlich den neusten Tim-Burton-Film sehen wollen. Beide waren sie glühende Burton-Fans. Yannick liebte den verdrehten Humor, Laura die überbordende Morbidität, gemeinsam liebten sie Johnny Depp. In ihrer Küche lagen mehrere CDs mit den bizarren Soundtracks Danny Elfmans.

Schmollend stand Laura im Türrahmen von Yannicks Arbeitszimmer.

„Was kann es Wichtigeres geben, als Johnny Depp bei der Arbeit zuzuschauen?"

„Bis morgen um zehn Pfingstwitze für Karim Bulgur zu schreiben."

„Pfingstwitze?"

„Ja, total lustige Pfingstwitze ohne Sprachwitz, in denen ich Pfingsten erkläre, aber nichts über Religion sage."

„Na, da kann Johnny Depp wahrlich nicht mithalten", sagte Laura sarkastisch. „Ich geh aber trotzdem ins Kino."

„Frag doch mal deinen Tierarzt, ob der auf Johnny Depp steht."

„Wenn ja, wüsste ich nicht, wieso er *mir* dann so gerne auf den Arsch tatscht. Nee, wenn ich Johnny Depp sehe, will ich das genießen und nicht von einem notgeilen Veterinär begrabbelt werden. Außerdem ist er schon vierzig."

„Johnny Depp ist siebenundvierzig."

„Ich werde mit ihm trotzdem mehr Spaß haben als du mit dem Heiligen Geist."

Laura zog die Tür zu und verließ die Wohnung.

Yannick setzte sich in die Küche, legte zur Inspiration die *Mars-Attacks*-CD ein, stellte sie auf Repeat und entkorkte zudem eine Flasche Rotwein. Mit etwas Glück war der Weingeist mit dem Heiligen Geist nah genug verwandt, um ihm ein paar wundersame Pfingsteingebungen zu verschaffen.

Kurz vor Mitternacht kehrte Laura gut gelaunt zurück.

„Wie war's?", fragte Yannick müde und mit schwerem Kopf. Wieso nur sammelte sich Rotwein bei ihm immer vorne hinter der Stirn? Der brachte das Gleichgewicht seines Kopfes immer durcheinander und ließ ihn vorne unglaublich schwer werden.

„Wir hatten viel Spaß im Kino."

„*Wir*?"

„Ich hab ihn doch noch angerufen. Er konnte zwar Johnny Depp nicht von Tim Burton unterscheiden, aber dafür hat er sich beim Betatschen wieder viel Mühe gegeben."

Laura kicherte pubertär. Offenbar war auch sie nicht mehr ganz nüchtern. Sie trat an den Küchentisch und griff nach dem Zettel, auf den Yannick die letzte Stunde fast reglos gestarrt hatte.

„Mein Gott, hast du dir die Finger wund geschrieben, oder floss dir das Blut gleich aus heiligen Malen an den Fingerspitzen?"

„Mir ist das Rotweinglas umgekippt."

„Schade, kein Wunder … Dann lass mal sehen, was wichtiger war als Johnny Depp. ‚*Pfingsten, das Fest, das gefeiert wurde, als die Küken aus den nicht gefundenen Ostereiern geschlüpft sind.*' Sehr komisch! Haha! Könnte aber fürs Privatfernsehen reichen. ‚*Als Pfingstwunder gilt ja, dass alle auf einem Marktplatz standen, und plötzlich fingen alle Menschen an, aufeinander einzureden und sich gegenseitig von der Wahrheit zu überzeugen. Früher nannte man das Pfingstwunder, heute nennt man's Wahlkampf*'. Joa, der geht sogar."

„Ist aber viel zu politisch, viel zu kabarettistisch. Der wird sofort gekillt."

„Oha", fuhr Laura fort, „‚*Pfingstmontag, oder wie man im Ruhrgebiet sagt: Autowaschtag.*' Der ist grottig. Mann, der ist sogar so übel, der könnte Bulgur gefallen!"

Laura ließ das rotweindurchtränkte Blatt Papier sinken. „Mehr hast du nicht?“, fragte sie.

Yannick schüttelte den Kopf und die letzten Tropfen Wein aus der Flasche in sein Glas.

„Richtig komisch ist das alles nicht.“

„Nee“, sagte Yannick, „Pfingsten ist wohl einfach nicht komisch.“

„Richtig komisch ist das alles nicht“, sagte Carlo Kastner am nächsten Morgen mit seiner infantilen guten Laune. „Aber, hey, das liegt nicht an dir, Yannick. Da war schon viel Schönes dabei. Karim fand das Ganze auch ... sehr interessant. Er meinte, du habest gezeigt, dass dieses Pfingstding wohl doch einfach nicht für Comedy taugt. Er hat das Thema jetzt einfach geknickt.“

„Tja, dann war meine ganze Arbeit ja doch noch für etwas gut.“

„Ja, sorry, tut mir echt leid. Jetzt hast du ’nen ganzen Tag lang an diesem Pfingstzeug gearbeitet und hast nicht mal was davon.“ Carlos Stimme klang fast so etwas wie mitfühlend.

„Wie meinste denn das?“

„Na, du weißt ja, bezahlt wird nur, was in die Sendung kommt, und wenn Karim das Thema knickt ...“

„Das ist nicht dein Ernst?“

„Tja, Yannick, Pech. Tut mir ja auch leid irgendwie. Aber so läuft’s nun mal. Das ist einfach so. Mal klappt’s, mal eben nicht. Da mussten wir alle schon mal durch.“

Nicht nur, dass Carlo Kastner selbst bei den schlechtesten Nachrichten die Begeisterung eines Zweijährigen ausstrahlte, der gerade Groß gemacht hatte, er hatte dazu auch noch das Rückgrat einer vollgeschissenen Windel.

„Das könnt ihr nicht machen. Das ist Beschiss! Ich hab gestern acht Stunden nichts anderes getan, als mir für euch Pfingstwitze auszudenken!“

„Sorry, kann man nichts machen, so sind die Regeln.“

„Sag mal, macht ihr das mit allen so?“ So kampflos wollte Yannick nicht aufgeben: „Wenn ihr ein neues Studio baut, beauftragt ihr dann Architekten, Maurer und Dachdecker, die bauen euch dann ein schönes, neues Studio. Dann fällt euch ein: ‚Huch, so ein neues Studio können wir ja gar nicht gebrauchen, das reißen wir mal schnell wieder ein, und deshalb kriegt auch kein Bauerarbeiter sein Geld!' Macht ihr das da genauso?"

„Nein, natürlich nicht", sagte Carlo. „In so einem Fall melden wir Insolvenz an und gründen die Firma neu."

22 [Pressefotos]

„Nee, das ist mir zu albern."

Yannick deutete auf den Bildschirm von Lauras Laptop. Darauf sah man ihn selbst in einem schwarzen Nadelstreifenanzug auf einem Flusspferd reiten. Uhura. „Da sieht man doch sofort, dass es eine Montage ist."

„Soll man ja auch", sagt Laura. „Ich hab mir gedacht, eine ganz offensichtliche Montage in der Serie zeigt an, dass auch die anderen Motive Fotomontagen sind."

„Du bist ja gewieft."

„Ich fotografiere viel für Springer; ein bisschen färbt das ab."

Vor zwei Tagen war ihr Fotoshooting im Flusspferdhaus, heimlich mit Konrad eine halbe Stunde nach Feierabend. Offiziell hätten sie nie die Genehmigung von der Zoodirektion bekommen. Konrad hatte sie noch einmal eindringlich ermahnt, dass sie die neuen Fotos nur als Montagen bezeichnen dürften. Spräche man ihn auf die Bilder an, würde er nur sagen, dass Laura Kaup wie immer Aufnahmen von Tieren und Gehege gemacht habe.

„Das hier ist geil!"

Yannick hatte das nächste fertig bearbeitete Motiv angeklickt. Er im Nadelstreifenanzug beim Ausmisten. Im Hintergrund ein Flusspferd mit einem Fuder Grünzeug im Breitmaul stoisch in die Gegend glotzend.

Yannick dachte versonnen an den Fototermin zurück. Sie waren wie immer am Zoo angekommen, Laura hatte ihren Presseausweis am Eingang gezeigt, und niemandem war so recht aufgefallen, dass ihr Praktikant zum Parka eine schwarze Nadelstreifenstreifenhose und Lackschuhe trug sowie eine große Sporttasche.

Er war nervös gewesen bis zum Umfallen. So oft sie inzwischen das Flusspferdhaus besucht hatten, an diesem Tag wollten sie den Tieren näher kommen als jemals zuvor. Bis dato waren sie stets auf der anderen Seite des Gitters geblieben. In diese Aufregung hatte sich noch die Vorfreude auf Konrad gemischt. Gemeinsam wollten sie etwas Verbotenes tun. Das hatte was unglaublich Verruchtes. Das schweißte zusammen. Sie hätten danach ein Geheimnis, und ob Konrad wollte oder nicht, damit hatten sie schon wieder etwas miteinander! Während sie zum Flusspferdhaus liefen, kam sich Yannick vor wie auf dem Weg zu einem Stelldichein unter Homosexuellen in einem früheren Jahrhundert: verrucht, verboten, aufregend. Und ein schöner Mann am Ende des Wegs.

Für Konrad schien das Shooting eine willkommene Abwechslung zu sein. Er hatte Spaß an der Sache, schaute neugierig zu, wie Laura ihre Ausrüstung aufbaute. Nur die Flusspferde hinter den Gitterstäben interessierte das Ganze nicht die Bohne. Ihre Kiefer malmten unaufhörlich, ihre Körper machten dumpfe, grollende Geräusche. Nicht wenige dieser Geräusche roch man im Haus.

Yannick schwitzte, Laura puderte sein Gesicht ab, dann schossen sie die ersten Fotos beim Ausmisten. Konrad lenkte die Tiere währenddessen mit ein paar Extraportionen Frischfutter ab.

„Joa, das ist ganz gut. Die hier finde ich spektakulär."

Laura klickte. Yannick staunte: „Geil! *Das* ist es!"

Yannick als Dandy im weißen Anzug in einem Stall. Ein paar Meter weiter im Hintergrund der voluminöse Hintern von Uhura, die gerade in diesem Moment einen Haufen fallen lässt. Ungeplant passiert. Perfektes Timing! Yannick guckte überheblich bis arrogant in die Kamera, und auch Uhura hatte ihren Kopf so gedreht, als wollte sie gerade mal schauen, was da hinter ihrem Rücken abgeht, ja, sie schien regelrecht voll Neugier in den Augen nach hinten zu schielen.

„Ich hab's! *‚Klasse und Masse'*! Vielleicht sollte ich mein Programm so nennen?", überlegte Yannick.

„Man kann es fast als Reihe nehmen! Guck weiter, ich hab da mit Serienbildfunktion gearbeitet!"

Auf dem nächsten Foto: Yannick in derselben Pose, nur dass ihm gerade die dandyhafte Überheblichkeit aus dem Gesicht fällt, analog zu dem, was gerade hinter ihm auf den Boden klatscht. Ein Bild weiter hatte er sich minimal umgewandt, schaute mit angewidertem Unglauben auf das, was sich gerade aus Uhuras Hinterteil drückte.

„Wow, die sind echt spektakulär!"

Auf den nächsten Fotos der Serie hätte man nur noch Yannicks vor Lachen weit aufgerissenen Mund gesehen, im Hintergrund ein Nilpferd mit erschrockenem Gesichtsausdruck, dann ein Bild, auf dem das Tier sich umzudrehen beginnt, und einen unscharfen Arm von Konrad, der ins Bild zeigt und einen Yannick, der seinerseits aufgeschreckt aus dem Käfig hechtet.

Konrad hatte die Tür zum Käfig schnell zugeschlagen und einrasten lassen, dann waren sie zur Seite getreten und mussten beide loslachen. So standen sie voreinander, gackernd, und unversehens lagen sie sich lachend im Arm. In diesem Moment hatte Laura noch einmal auf den Auslöser gedrückt.

„O Mann, ihr guckt, als hättet ihr beide gerade den Orgasmus eures Lebens gehabt."

Yannick dachte an diesen kurzen Moment in Konrads Arm. Er hatte sich unglaublich glücklich gefühlt. Ein kurzer Rausch, der durchs Bewusstsein schwappte wie ein Schlussapplaus nach einer gelungenen Premiere.

„Okay, das reicht jetzt", hatte Konrad dann gesagt und hoffentlich nur die Fotosession gemeint. Sie hatten eingepackt; Konrad hatte sie noch zum Ausgang geführt.

„Du schickst mir die Bilder zu, oder?", hatte er sich versichert.

„Klar", hatte Yannick geantwortet. „Wann sehen wir uns wieder?"

„Ich meld mich bei dir", hatte Konrad gesagt und ihm noch einen flüchtigen Kuss auf die Lippen gedrückt.

„Er hat sich immer noch nicht gemeldet!", seufzte Yannick.

Laura nahm ihn nicht ernst, das sah er. „Es ist erst zwei Tage her, und wir sollten ihm vielleicht erst mal die Bilder schicken."

Yannick packte die Bilder in die Mail, die fertigen Pressefotos, das auf dem Nilpferdrücken, das Ausmistbild, die Dandyfotos. Dann zögerte er kurz.

„Komm schon! Es ist wirklich ein schönes Bild!"

„Ja, es ist *zu schön.* Es sieht so nach Beziehung, Verlobung und Glücklichsein bis ans Ende unserer Tage aus."

„Nun gut, wenn das Bild für solche Katastrophen steht, solltest du es ihm natürlich nicht zumuten. Du willst von ihm ja auch nichts anderes als ein unverbindliches Fickverhältnis."

Lauras Sarkasmus ätzte Yannicks Schüchternheit rückstandslos weg. Er hängte auch das Bild von Konrad und ihm an.

„Hi, Konrad, hier das Best-of unserer Fotosession mit Uhura. Sehr geile Bilder! Meld dich mal! Liebe Grüße & noch mal danke! Yannick", tippte er. Oder sollte doch besser *„Ganz liebe Grüße"* schreiben? Oder *„dein Yannick"*? Aber war *„dein"* nicht viel zu besitzergreifend? War das nicht schon fast ein Heiratsantrag? Und gehörte Konrad überhaupt zu der Sorte Mensch, die sich über einzelne Formulierungen so viele Gedanken machte? Yannick tippte *„dein"* vor seinen Namen, wischte alle anderen Zweifel beiseite und schickte die Mail ab.

[12. Sitzung]

– *Waren Sie jemals der Klassenclown?*
– *Gott bewahre! Nee, nie!*
– *Wieso nicht?*
– *Die Stelle war bei uns schon besetzt. Die einzige offene Stelle, die es gab, war die des Sonderlings. Hab ich mich eben dafür beworben und was soll ich sagen: Ich wurde auf Anhieb genommen.*
– *Wieso wollen Sie jetzt komisch sein?*
– *Weil es nicht komisch war.*
– *Weil es nicht komisch war.*
– *Ja.*

23 [Fünfhundert Mark]

Wetterleuchtende Wolken türmten sich über der Autobahn. Yannick fuhr direkt darauf zu.

Mit hundertachtzig Sachen. Seine Aggression hatte ihren Fuß auf dem Gaspedal. Was machte er hier?

Blitze tauchten Wolkenwand und Beton in so grelles Licht, dass die Randstreifen und anderen Autos ihr nächtliches Grau für einen Moment gegen knallige Farben tauschten, bevor sich wieder leuchtendes Gewitterschwarz hinabsenkte.

Natürlich wusste er, was er hier machte. Er fuhr heim. Doch wieso er überhaupt losgefahren war, wusste er nicht mehr so genau.

Wieder tauchten Blitze die tief hängenden Regenwolken in ein schmutziges Orange. Was, wenn sich jetzt aus dem schwülen Gewitterhimmel der Rüssel eines Tornados hinabsenkte, um einmal vorwitzig die A13 abzuschlabbern. Wär nicht schade drum. Yannick drückte das Gaspedal durch. Die Wolkenwand war nicht mehr weit.

Zweihundertfünfzig Euro. Das war die Antwort, weshalb er im Wagen saß. Schnöder Mammon. Ein paar Kröten, die er geschluckt hatte.

Eine Abiturverabschiedung, Fachabi, der Polyfachwirtschaftsoberdingensschule. Einer der Beteiligten hatte ihn mal auf einer Bühne gesehen und seine Mitschüler dazu überredet, nach Zeugnisübergabe und Buffet eine komödiantische Einlage zu buchen. Nett war das gemeint. Nett waren sie immer, diese Überzeugungstäter. Nett, freundlich und verblendet. Gar nicht nett war die restliche Hundertschaft der Jahrgangsstufe, für die eine Abiturverabschiedung bedeutete, sich erstmals im Leben den Alkohol tatsächlich hinter einen Binder zu kippen, den Mami für diesen Zweck ausgesucht hatte. Dann hieß es: Feiern, trinken und den Abiturstoff in anderem Stoff schnellstmöglich ertränken. Wer drei Monate gebüffelt hatte, musste viel trinken, um viel zu vergessen.

„Ausziehen!", hatten sie nach seinem ersten Satz auf der Bühne gerufen. Als er in seiner Boxershorts-Nummer zur Stelle kam, an der er tatsächlich kurz seine Jeans lupfte, um eine geschmacklose Boxershorts vorzuführen, hatten sie geschrieen: „Anziehen!" Wie man's machte, war's verkehrt.

Der Raum, eine schlecht beleuchtete Diskothek in einer mittelgroßen ostdeutschen Stadt, war ausgekleidet mit einem akustischen Teppich aus Brabbeln, Lallen und lärmendem Thekenpersonal. Vor allem als er auf der Bühne stand. Wie so oft machte Yannick die Erfahrung, dass Lautstärke Lautstärke aufhebt. Seine stark verstärkte Mikrofonstimme wurde vom Lärmpegel an der Theke restlos aufgesogen.

Auf der Bühne kam er sich in Jeans und T-Shirt underdressed vor. Er hatte schon überlegt, sich an den Tisch mit den Lehrern zu setzen. Da fiel seine unmodische Kleidung nicht weiter auf.

Die Abiturienten hatten sich in Schale geschmissen. Da war das ein oder andere Monatsgehalt an elterlichem Arbeitslosengeld in Designerware umgesetzt worden. Der Aufbau Ost kam in Hugo Boss. Konfirmandenmäßig frisierte Halbwüchsige kratzten ihre blutig rasierten Hälse an gestärkten Hemdkrägen aus Waschbeton. Nur wenige junge Männer bewegten sich in ihren Anzügen halbwegs souverän. Das waren die gelernten Bankkaufmänner, die gerade ihr Wirtschaftsabi nachgeholt hatten. Das BWL-Studium konnte kommen.

Ein paar offensichtliche Schwuppen waren auch da; vermutlich Frisöre, die umsatteln wollten auf Design-FH. Es schmerze Yannick besonders, dass auch sie mit offensichtlichem Desinteresse seiner Show beiwohnten; entfernt stehend und mit ihren besten Schulfreundinnen tuschelnd.

Die meisten Mädchen waren unübersehbar auf der Balz. Einige Abendkleider sahen aus, als ginge es darum, noch hier und heute den nächstbesten Sportlehrer zu ehelichen.

Yannick war entgangen, dass sich die modische Großwetterlage zu einer unheilvollen Gewitterfront aus Sechziger-Schnitten und Mustern der siebziger Jahre zusammengebraut hatte. Aufgetürmte Frisuren auf Frauenköpfen, die über Frotteehandtüchern seiner Kindheit schaukelten. Die Mädels sahen aus wie die kranken Ergebnisse eines modisch verblendeten Humangenetikers: wilde Chimären aus Prilblumen, den Bondgirls von *Dr. No* bis *Moonraker* und der legendären Zonengabi der Titanic. Nur ohne Dauerwelle, dafür ausnahmslos mit einigen rot-violetten Strähnchen im kastanienbraun getönten Haupthaar. Yannick hätte brechen können: Eine komplette Jahrgangstufe spielte „Roter Teppich in Cannes". Ob die Starlets dort auch draußen rauchten, in kreditfinanzierten Abendkleidern auf Parkbänken (*„aufgestellt mit freundlicher Unterstützung der Städtischen Sparkasse"*) säßen, dann die rot bemalten Lippen unter dezent bepuderten Näschen schürzten, um die zarte Stimme zu erheben: „Ey, Alter! Jib mal 'ne Pulle Bier rüba!"

Yannick freute sich nur noch auf seine Gage und den Rückweg. Er stand beim Kassenwart der Stufe.

„He, danke. Hab zwar nichts von dir gesehen eben, hatte zwei Kumpels getroffen, aber ich hab gehört, es war echt super. Wie willste die fünfhundert Mark haben?"

„Das heißt Euro."

„Neee, Mark natürlich. Das war die erste feste Währung, an die ich geglaubt hab. Da geh ich nicht von runter."

„Es heißt aber seit 2001 Euro."

„Ist ja schon gut. Dann kriegste also zwohundertfuffzig Euro."

Yannick schluckte: „Ich dachte eher an fünfhundert Euro."

„Das sind ja tausend Mark! Was meinst du, wer du bist? Michael Mittermeier?!"

„Der macht's nicht unter fünftausend."

„Mark?"

„Nein."

„Euro."

„Nein. Leuten."

Der Abiturient sah entrüstet aus und beugte sich dann jovial zu Yannick rüber: „Hey, du hast knappe fünfundzwanzig Minuten gespielt und kriegst fünfhundert Mark. Das ist doch 'n super Stundenlohn!"

Yannick widerstand der Versuchung, ihm eine reinzuhauen. Lieber hätte er sich selbst geschlagen für den schriftlichen Vertrag, den sie nie gemacht hatten. Er war um 15 Uhr losgefahren, um pünktlich um 17 Uhr beim Soundcheck zu sein. Einlass zur Veranstaltung war um 18 Uhr, sein Auftritt um 21.30 Uhr. Dreieinhalb Stunden lang hatte er Kaffee getrunken, dann Cola getrunken und mit seiner Gabel lustlose Strichlisten in die Salatsoße auf seinen Teller gemalt, wenn am Buffet wieder ein Abiturient seine Krawatte ins Kartoffelgratin tauchte. Um Mitternacht würde er wieder zu Hause sein. Machte neun Stunden. Und noch keine Minute seines Programms war geschrieben, gelernt und geprobt. Dazu noch Fahrtkosten für dreihundertfünfzig Kilometer und die Prozente für Uta Sybille Kramer. Von wegen „toller Stundenlohn"! Yannick war fest davon überzeugt, dass sein Stundenlohn gefährlich gegen Ein-Euro-Job ging.

Wortlos nahm er die zweihundertfünfzig Euro, seine schlechte Laune schlug sein Gewissen, das sich nicht als Besserwessi profilierten wollte, k.o. Er knallte seine Tasche ins Auto und fuhr los.

A13 Fahrtrichtung Berlin. Inzwischen platterte ein heißer Regen auf sein Autodach und wütende Blitze krachten neben die Leitplanken. Der Tacho zeigte unvermindert hundertachtzig. Wann, fragte sich Yannick Herbst, wann kam endlich dieser verdammte Tornadorüssel, der dem Ganzen ein würdiges Ende bereitete?

Eine SMS piepste sich in die dunklen Wolken seines Selbstmitleids hinein. Yannick nahm den Fuß von Gas, um das bei hundertachtzig unruhig vibrierende Lenkrad für einen Moment einhändig bändigen zu können. Er angelte sein Handy aus der Hosentasche, und fast hätte dabei die Leitplanke das vollendet, was er sich eben noch vom Unwetter erhofft hatte. Das war knapp, dachte Yannick. Sein Herz bollerte, und er wusste nicht, ob der Beinahe-Unfall oder die SMS das ausgelöst hatte, denn die Kurznachricht war von Konrad.

Er fädelte sich auf die rechte Spur ein, hängte sich hinter einen Achtzehntonner und zuckelte dann langsam durch den Starkregen, während er auf die Buchstabenfolge der SMS schielte: *„Hi Yannick, hab jetzt endlich mal Mails gelesen. Tolle Fotos! Gruß, Konrad"*.

So schwierig es war, seinen Wagen durch einen kolossalen Gewitterregen zu manövrieren, so ehrgeizig tippte er eine kurze Message zurück: *„Danke. Bin gerade auf Rückweg von furchtbarem Auftritt. Wollen wir uns morgen sehen? Liebe Grüße, Yannick"*.

Die Antwort ließ ein paar Minuten auf sich warten. Dann bekundete Konrad: *„Meinetwegen. 9 Uhr abends in der Silverstate Bar. Okay?"*

„Okay, freue mich", tippte Yannick und sandte ab. Er legte das Handy auf den Beifahrersitz, in der dunklen Fahrerkabine leuchtete das *„freue mich"* noch dreißig Sekunden wie der Stern von Betlehem am Rande eines Tiefdruckgebiets; dann setzte ihm der Ruhemodus des Displays ein Ende. Er erlosch, und das Handy rutschte unter eine leere Burger-King-Tüte auf dem Beifahrersitz.

24 [Bildschirmschoner]

„Wie? Du hast nur zweihundertfünfzig Euro bekommen? Abgesprochen waren fünfhundert."

Yannick saß am Schreibtisch und hatte die E-Mail mit dem kurzen Bericht vom Vorabend gerade abgeschickt, da rief sie schon zurück.

„Mark, sagen die. Wieso haben wir mit denen keinen Vertrag gemacht?"

„Meinst du, ich mach wegen so einem Kleinscheiß extra einen Vertrag?"

„Fünfhundert Euro sind für dich ein Kleinscheiß?"

„Hör mal, Yannick, wollen wir uns jetzt über Geld streiten? Doch wohl nicht."

„Aber mit einem Vertrag würdest du jetzt doppelt so viel Provision kriegen."

„Quatsch, ich kriege natürlich zwanzig Prozent von der vereinbarten Gage, und das waren fünfhundert Euro."

„Ich habe aber nur zweihundertfünfzig bekommen."

„Das ist nicht mein Problem, wenn du auf die Hälfte der Gage verzichtest."

„Aber ich habe auf nichts verzichtet, ich hab einfach nicht mehr bekommen."

„Nicht mein Problem."

„Hör mal, hundert Euro Provision! Da bleibt für mich doch nichts übrig!"

„Yannick, hab ich dich jemals beschissen?"

„Woher soll ich denn das wissen? Wenn du mich bescheißt, wirst du es schon so machen, dass ich nichts merke."

„Yannick, es gibt Hunderte von Künstlern wie dich. Ich *muss* dich nicht vertreten."

Das saß. So deutlich hatte Uta Sybille Kramer das noch nie ausgesprochen. Eine Tatsache, die offensichtlich auch ihr selbst gerade gewahr wurde: „Also nicht, dass eine Trennung von dir gerade zur Debatte stünde. Ich habe schon vor, dich weiter zu vertreten", ruderte sie zurück. „Fürs Erste jedenfalls. Und das sieht ja auch alles ganz gut aus. Deine neuen Pressefotos sind übrigens sehr gelungen", wechselte sie unvermittelt das Thema. Wie immer, wenn es brenzlig wurde.

„Ja, danke", sagte Yannick voreilig und ärgerte sich schon wieder. Jetzt hatte er das Thema mitgewechselt. Er fiel immer wieder darauf rein. „Das war auch echt aufwändig, mich da aufs Nilpferd zu montieren."

„Nilpferd? Ich hab hier nur Fotos vor einer Hauswand. Und das Portrait im Park auf diesem Kinderspielgerät finde ich sehr charmant."

Yannick schluckte. „Aber das sind doch die alten Pressefotos! Die, die du so furchtbar fandest! Ich hab dir vor ein paar Tagen ganz neue Motive geschickt."

„Du hast mir die hier geschickt, und die sind perfekt."

„Moment!", Yannick schaute in die Liste seiner verschickten Mails und hatte prompt wieder einen Grund mehr, sich selbst zu verfluchen: „Sorry, mein Fehler. Ich hab dir aus Versehen noch mal die alten Fotos geschickt."

„Ist doch kein Problem, die sind doch nett. Da kann ich hervorragend mit arbeiten."

„Nett" ist die kleine Schwester von „scheiße", fiel Yannick ein.

„Nein, nein, nein!", rief er. „Ich schick dir die neuen auch noch, die sind nicht nur nett, sondern sensationell!"

Wie kam seine verdammte Agentin plötzlich dazu, die alten Bilder zu mögen, die sie noch vor ein paar Wochen in Grund und Boden verdammt hatte?

„Aber wieso haben dir die Bilder damals nicht gefallen?"

„Ach, ich hab die doch gar nicht gesehen, die – wie hieß sie noch gleich?"

„Sabse? Lisa? Nadine? Wilhelmina-Walpurga?"

„Lisa, glaub ich. Die vor Nadine jedenfalls; die meinte, die Fotos wären total unbrauchbar. Aber das war die Lisa ja auch. Also, mir gefallen sie."

„Du zwingst mich dazu, neue Fotos zu machen, weil eine deiner Praktikantinnen mal einfach irgendwas *meint*?"

Yannick saß mit weit aufgerissenen Augen vor dem Bildschirm, als verkünde ihm sein PC gerade einen kolossalen Festplattenschaden. Den hatte aber jemand ganz anderes, und der saß am anderen Ende der Telefonleitung.

„Yannick, sei nicht so kiebig. Ich habe dir gerade für deine Pressefotos ein großes *Kompliment* gemacht. Du kannst mir gerne noch andere Fotos schicken. Musst du aber nicht. Mit denen hier bin ich schon sehr zufrieden."

„Ich schick dir trotzdem noch neue!"

„Wenn du meinst." Uta Sybille Kramers Stimme klang mit einem Mal fast versöhnlich: „Und wegen der Sache da mit den fünfhundert Euro und der Provision. Ich geb dir da einen Nachlass. Kleines Friedensangebot. Sind zehn Prozent Nachlass okay?"

„Okay", sagte Yannick leise und wunderte sich. Wenn „nett" die kleine Schwester von „scheiße" war, war „okay" der große Bruder von „leck mich". *Nichts* war okay!

„Was machen die neuen Nummern? Du kommst doch voran?"

„Ja. Ich …", was wollte er sagen? Was gab es noch zu sagen? „Ich glaub, ich geh morgen mal ins Raschbein und probier da etwas aus."

„Dann ist ja alles bestens."

„Okay", sagte Yannick und legte auf. „Bestens" war hier erst recht nichts.

Yannick beschloss, sich auf den positiven Aspekt des Tages zu konzentrieren und danach etwas zu arbeiten. *„Freue mich auf heute Abend, Gruß & Kuss, Yannick"*, tippte er in das Fenster seines Handys und sandte ab.

Danach widmete er sich wieder dem weißen Blatt auf seinem Bildschirm. Da sollte er jetzt etwas hinschreiben. Zumindest, bis gleich das Handy piepte und Konrad antwortete. Doch das Handy piepte nicht, und der Bildschirm blieb weiß, bis sich nach ein paar Minuten der Bildschirmschoner einschaltete und ihm Ronald Pofalla grenzdebil entgegengrinste. Ronald Pofalla blendete über in Hera Lind, aus ihr wurde Dieter Bohlen, der wich George W. Bush. Spätestens jetzt arbeitete Yannick sonst immer weiter. Es hatte ihn mal viel Mühe gekostet, seinen persönlichen, „schlimmsten Bildschirmschoner der Welt" zusammenzustellen.

Doch heute liefen an Yannick auch noch die Konterfeis von Bill Kaulitz, Andrea Nahles, Paulo Coelho, Carmen Nebel und Osama bin Laden vorüber, ohne dass er sich animiert fühlte, wieder an die Arbeit zu gehen. Wieso antwortete Konrad nicht? Wenn er Konrad gewesen wäre, hätte er sofort ein enthusiastisches *„ich mich auch, hdl"* geantwortet! Oder sogar *„hddl"*, plus Grinse-Smiley natürlich.

Ich muss da unbedingt noch Karim Bulgur einfügen, fiel Yannick ein, und Harm Obarti. Und Uta Sybille Kramer. Die vor allem. Aber an Yannick zogen nur Kim Jong-il, SpongeBob, Josef Fritzl, Mario Barth und Veronica Ferres vorbei. Es half nichts: Er war nicht mehr in Stimmung zu schreiben. Zu sehr wühlten noch der gestrige Abend, das Telefonat mit seiner Agentin und das Warten auf Konrads Antwort in seinen Gedanken. Schreiben war wie Sex – man musste in der richtigen Erregung sein. Und für die sorgten auch Axl Rose, Niki Lauda, Silvio Berlusconi und Peter Hahne nicht.

Als sich Leni Riefenstahl in Günter Grass verwandelte, aus dem sich der überschminkte Schädel von Mönge Klotzarsch hervorschälte – die schlimmste Transe Berlins –, aus der sich kurz darauf Margot Honecker formte, hatte er noch immer keine Antwort von Konrad. Das konnte alle möglichen Ursachen haben. Natürlich. Aber wieso *fühlte* er das nicht? Wieso konnte er sich nicht einfach freuen auf den Abend, anstatt alles zu zergrübeln?

Pol Pot kannte die Antwort ebenso wenig wie Tine Wittler.

Vielleicht hätte ich mich da einfach selbst einfügen sollen, manchmal kann ich mich auch nicht mehr sehen, dachte Yannick. Als aus Harry Potter wieder Ronald Pofalla wurde und die Slideshow von vorne begann, griff er den Flachbildschirm, riss ihn voll Wut in die Luft, zerrte mit einer ohnmächtigen Kraft an den Anschlusskabeln, bis sie sich knirschend aus den Buchsen bogen, und warf das verdammte Gerät noch mit Pofallas Grinsefresse im visuellen Gedächtnis aus dem Fenster, natürlich durch die geschlossene Scheibe – und natürlich nur in Gedanken. Axl Rose geht echt gar nicht, dachte Yannick stattdessen, so möchte ich nie enden, und schaltete den Computer aus. Vielleicht sollte er bis zum Date mit Konrad einfach nur die Raufasertapete anstarren.

25 [Silverstate]

Seit einer halben Stunde saßen sie im Silverstate und hatten das erste große Bier fast ausgetrunken. Bislang hatten sie sich hauptsächlich über die gelungenen Pressefotos ausgetauscht und Yannick hatte von dem schlimmen Abend mit den Abiturienten erzählt.

Das ist doch alles zu belanglos, dachte Yannick. Wir haben uns doch zur Begrüßung geküsst! Das muss doch alles mehr Tiefe haben! Okay, der Kuss ließ sich allenfalls in Millisekunden messen; es war sogar höchst zweifelhaft, ob der körperliche Kontakt überhaupt lang genug war, dass auch nur ein einziges Wassermolekül die Chance hatte, von Lippe zu Lippe zu springen, aber egal. Kuss war Kuss.

Seitdem saßen sie züchtig nebeneinander an Barhockern an der Theke. Yannick wollte unmerklich etwas näher an Konrad heranrücken. Das klappte gar nicht, denn dazu musste er nicht nur das Gewicht verlagern, sondern auch den Barhocker dazu animieren, sich auf Konrad zuzubewegen. Bei dieser Prozedur verhakten sich die Beine der Barhocker miteinander. Konrad schwankte auf dem Sitzmöbel, geriet beinahe aus dem Gleichgewicht und hielt sich an Yannicks Schulter fest. Na also, dachte Yannick. Geht doch.

Als Antwort legte er seine Hand auf Konrads Oberschenkel. Dann prüfte er, wie Konrad darauf reagierte. Der schaute ihn an und öffnete die Lippen. Allerdings nur, um etwas zu sagen.

„Yannick … Ich weiß, dass du mich magst, aber …“

Damit war es ausgesprochen. Das böse Wort. „Aber“, die Handgranate unter den Konjunktionen. Einmal ausgesprochen, dauerte es immer ein paar Sekunden, bis das Wort seine Sprengkraft entfaltete, weil der Sprecher zumeist eine bedeutungsschwangere Pause hinterher setze.

Konrad sagte „aber“, setzte ab und zog Luft ein. Dann sagte er „äh“. Yannick versuchte ein Gesicht zu machen, das einem „aber“ angemessen war, wenngleich ihm nach emotionalen Spontanreaktionen zumute war: Losplärren, auf die Straße rennen und sich vor den nächsten Linienbus werfen, oder, schlimmer noch, sich hineinzusetzen, um sofort nach Hause zu Mama zu fahren. Yannick blieb sitzen und starrte Konrad ausdruckslos an.

„… aber ich weiß nicht, ob ich das kann. Mit einem Comedian zusammen zu sein. Du bist so *anders*. Du hast so einen anderen Lebensrhythmus. Du bist so oft unterwegs. Ich weiß einfach nicht.“

„Aha“, sagte Yannick. Vielleicht doch losheulen?

„Das neulich abends im Ficken 3000 war doof.“

„Och, fand ich eigentlich gar nicht.“

„So war es auch nicht gemeint. Schön war's schon mit dir. Sogar sehr. Aber doof war's trotzdem. 'ne schnelle Nummer im Darkroom mit jemandem, bei dem man genau ahnt, dass der mehr will – das ist einfach saudoof. Vor allem, wenn man selbst nicht genau weiß, was man will. Das tut dem anderen doch nur weh.“

„Das tut auch gerade weh“, sagte Yannick. Vielleicht doch der Linienbus?

„Nein, das muss es gar nicht. Ich mag dich ja auch … irgendwie. Aber ich weiß irgendwie noch nicht, woran ich mit dir bin, wofür du stehst, was du bist. Du bist für mich einfach …“

„… irgendwie“, ergänzte Yannick, und Konrad lächelte kurz. Jetzt sah er ihn immerhin mal für eine halbe Sekunde an, statt nur der Tresenplatte in die Astlöcher zu schauen. Immer wieder „irgendwie“, er musste „irgendwie“ schwierig sein, fiel Yannick auf, und – irgendwie – hatte Konrad damit ja sogar recht.

„Irgendwie weiß ich noch nicht, wer du bist. Bist du vielleicht doch der abgefuckte Comedian, der sich mir gegenüber nur total schüchtern, unbeholfen und lieb gibt, oder bist du wirklich so schüchtern und sexy und spielst auf der Bühne nur den toughen Komiker? Aber das kann ich mir irgendwie auch nicht vorstellen. Das muss ich aber wissen, damit ich meine Gefühle für dich einordnen kann.“

„Aha", sagte Yannick leise. „Ich selbst würde sagen, du hast mich bisher von meiner echten Seite kennengelernt."

„Mag sein, das glaube ich ja auch, nur es ist bei meinem Gefühl noch nicht so richtig angekommen." Konrad wurde leise, als er das sagte, und seine Stimme stockte etwas. Immerhin, dachte Yannick, es geht nicht nur mir so, dass Gefühl und Verstand aneinander vorbeireden.

„Ich will nur nicht, dass es so wird wie mit meinem letzten Freund. Der war Maskenbildner und hat mich bei all seinen Schauspieler- und Künstlerfreunden immer als seinen süßen Mogli behandelt, das kleine, dralle Naturburschi aus'm Zoo, irrsinnig potent, riecht aber immer etwas streng nach Tier. Das fand ich zum Kotzen."

„Kann ich verstehen. Ich hatte mal einen Ex-Freund, der mich überall als Künstler vorgestellt hat. Er selbst war Banker und kannte auch nur Banker. Und alle fanden das total putzig, dass jemand mit Kunst und ohne Riester-Vertrag über die Runden kommt."

„Ehrlich?"

Konrad schaute auf. Bingo! Er und Yannick saßen wieder im selben Boot.

„Ja." Und das war auch nur halb gelogen. Den Banker hatte es immerhin wirklich gegeben, allerdings war es nur eine einwöchige Affäre, und bei den „Freunden des Bankers" hatte es sich nur um einen kurzen Smalltalk mit einem zufällig getroffenen Kollegen gehandelt. Aber die Richtung stimmte. Das war nicht mal eine Notlüge. Vielleicht eine Not-Wahrheitsergänzung, eine kleine Ausschmückung, wie man das so machte als Comedian.

Sie wirkte. Konrad legte seine Hand auf Yannicks. Dann sagten sie einen Moment lang gar nichts. Sie schauten sich an und versuchten in den traurigen Mienen des Gegenübers etwas zu lesen, das nicht die Überschrift „Ratlosigkeit" als Headline trug.

„Und jetzt?"

„Vielleicht sollten wir uns erst mal in aller Ruhe kennenlernen. Ich will das nicht aufgeben mit uns, aber im Bett landen sollten wir so schnell nicht wieder."

„Aber es war doch gar kein Bett", witzelte Yannick bemüht, aber Konrad war nicht nach Späßen zumute. Ihm selbst eigentlich auch nicht.

„Hm …, okay“, sagte Yannick leise. „Komm doch mal bei einem meiner Auftritte vorbei. Schau dir an, wie ich da auf dich wirke. Vielleicht hilft dir das auch weiter.“

„Ja, vielleicht sollte ich das. Ich muss aber erst mal ein wenig für mich sein.“

Yannick hob an, etwas zu sagen, verkniff es sich aber. Auf den letzten Satz gab es keine passende Erwiderung, so viel man auch erwidern wollte. Wer „erst mal ein wenig für sich sein“ will, mag darauf nichts hören. Das hatte Yannick mit den Jahren begriffen. Also sagte er erst mal ein wenig nichts, und dann kaum hörbar: „Okay.“

Wie sollte so etwas eine Beziehung werden, wenn das erste Problemgespräch schon vor dem Verlieben stattfand? Das war wohl Liebe im neuen Jahrtausend, *Love 2.0.* Kaum fing etwas zaghaft an, musste einer von beiden „erst mal ein wenig für sich sein“. Es war immer dasselbe.

[10. Sitzung]

– *Darf ich Ihnen eine Frage stellen?*
– *Sie fragen doch sowieso andauernd.*
– *Ist das ein „ja" oder ein „nein"?*
– *Ist das schon die Frage?*
– *Herr Herbst, bitte.*
– *'tschuldigung. Bitte, fragen Sie.*
– *Wo sehen Sie sich in dreißig bis vierzig Jahren?*
– *Da bin ich ja schon … ganz schön alt.*
– *Genau.*
– *Nun. Ich … Keine Ahnung.*
– *Wir können die Frage auch einengen: Wie stellen Sie sich Ihren letzten Auftritt vor?*
– *Das macht es nicht einfacher. … Wie ich ihn mir vorstelle oder wie ich ihn mir wünsche?*
– *Wie Sie ihn sich vorstellen oder wie Sie ihn sich wünschen … Da gibt es offenbar einen Unterschied für Sie.*
– *Natürlich habe ich tolle Fantasien von meinem letzten Auftritt. Ich mach eine ausverkaufte Abschiedstournee und lade mir für den allerletzten Auftritt dieser Tournee all meine Freunde ein und feiere mit ihnen die letzte Show. Danach schreib ich meine Biografie, mach nur noch gelegentliche Moderationen von Benefiz-Veranstaltungen und alle halbe Jahr gebe ich der Zeit oder der FAZ ein Interview zur aktuellen Situation der Comedy, wo ich feststelle, dass alles, was nach mir kommt und im Fernsehen läuft, nur noch billiger Schrott ist und zu meinen Zeiten alles besser war.*
– *Ein bisschen sehr holzschnittartig.*

– Ach!
– Aber ja durchaus denkbar.
– Meinen Sie?
– Was wäre denn realistischer?
– Ein Sprung aus dem ersten Stock meiner Hinterhofwohnung, bei dem ich mir das Genick breche?
– Sehr witzig.
– Meine Güte, wie soll ich wissen, wie mein letzter Auftritt aussieht? Ob ich vor tausend Leuten in einer Fernsehgala spiele oder bei einer Weihnachtsfeier von Lidl? Vielleicht hör ich ja irgendwann einfach so auf oder sterbe auf der Bühne, woher soll ich das wissen?
– Sie sollen es nicht wissen, Sie sollen ihn sich vorstellen.
– Dazu fehlt mir die Fantasie.
– Dann sollten Sie Ihren Job an den Nagel hängen, wenn Ihre Fantasie nicht einmal ausreicht, sich Ihre berufliche Zukunft vorzustellen.
– Ich glaube, Komiker hören einfach nicht auf! Die machen weiter, bis sie auf der Bühne tot umfallen.
– Gefällt Ihnen diese Todesvorstellung?
– „Todesvorstellung" ist gut, das muss ich mir merken.
– Bitte, schenk ich Ihnen. Aber gefällt Ihnen diese Fantasie? Auf der Bühne zu sterben …
– Ich weiß nicht. Da müsste ich drüber nachdenken. … Klar, irgendwie hat das was. Aber ich fürchte, als Komiker würde man nicht mal im Tod ernst genommen. Selbst wenn man Blut hustete und röchelte, ob denn ein Arzt anwesend sei, würden noch einige Leute in den hinteren Reihen kichern. Und wenn ich wirklich auf der Bühne stürbe, wäre ich kein guter Komiker, denn ich hätte vielleicht einen guten Abgang, aber die Leute hätten einen beschissenen Abend. Wir sind in Deutschland. Mindestens ein Drittel der Zuschauer würde den Eintrittspreis zurückverlangen, wenn ich vor der Pause sterbe.
– Halten Sie das Publikum für so unsensibel?
– Ja. Publikum ist Masse. Und Masse ist selten feinfühlig. Schleichkatzen sind ja auch keine Herdentiere. Und Büffelherden müssen sich an eine saftige Wiese nicht ranpirschen. Wenn sie es müssten, wären sie schon ausgestorben.
– Interessante Bilder, die sie da bemühen. Aber vielleicht spielen Sie Ihren letzten Auftritt ja nur vor fünf bis zehn Leuten.

– *Wenn ich in dreißig, vierzig Jahren immer noch vor fünf bis zehn Leuten spiele, bin ich schon viel früher aus dem Fenster gesprungen.*
– *Herr Herbst. So kommen wir nicht weiter. Diese Frage ist mir wichtig.*
– *Aber wieso?*
– *Was denken Sie denn?*
– *Weil ich außer ein paar lauen Witzen noch nichts dazu gesagt habe?*
– *Dann haben wir ja für die nächsten Wochen schon mal ein Thema!*

26 [Rampensau]

Yannick stand in der Garderobe des Raschbein-Theaters und wartete auf seinen Auftritt.

Was sollte er spielen? Er hatte sich eine Handvoll neuer Gags zurechtgelegt, die er zwischen ein paar erprobten Nummern einschieben und mal vor Publikum testen wollte. Dies war die kreative Ausbeute der letzten Tage. Mehr war ihm nicht eingefallen. Erbärmlich. Liebeskummer war eine denkbar untalentierte Muse für Humorschaffende.

Yannick war nervös. Lampenfieber. Normales Maß.

Die Stimmung im Raschbein-Theater war ausgelassen.

„Amüsierwilliges Publikum", hatte Max Liebold, der heute die *Open Stage Show* moderierte, in der Garderobe zu dem Kubikmeter zusammengepresster Komikerleiber gesagt. Amüsierwilliges Publikum war immer das Beste. Die hatten Spaß, weil sie Spaß haben wollten. Manchmal genügten nur ein paar bestimmte Typen von Personen im Saal, die alle anderen mitzogen. Ein gewitzter Zwischenrufer, ein paar gackernde Frauen, Anlacher, die andere ansteckten. Komik war zum großen Teil pure Gruppendynamik.

Das Publikum war hochgekocht. Fast im Wortsinne: Die Show lief seit eineinhalb Stunden. Der Zuschauerraum war fast so voll wie die Garderobe. Es war Mai, die Hitze aller schwitzenden Körper staute sich. Jedes Lachen atmete wieder mehr heiße Luft in den Raum.

Gerade trug Lisa Cellolitis ihr Instrument unter frenetischem Applaus von der Bühne. Max Liebold hastete wieder hinauf.

„Das war sie, die bezaubernde, hinreißende Lisa Cellolitis. Demnächst hier zu sehen mit ihrem abendfüllenden Soloprogramm *Einzelcello – Ein Abend für Cello, Bogen und Feile.*"

Das Publikum lachte selbst bei diesem flauen Wortwitz. Es war wirklich sehr amüsierwillig.

„Ach, ich glaube, ich habe mich gerade ein wenig verliebt … ins Cello."

Wieder ein kleiner fröhlicher Lacher. Max Liebold mochte nervtötend sein und schwach in seinen eigenen Nummern, als Moderator war er aber meistens charmant und rollte vor den Künstlern gerne einen Teppich aus: „Kommen wir zum nächsten Künstler des heutigen Abends. Er ist Comedian, hat ein wunderbares Solo, mit dem er sehr erfolgreich durch die Lande zieht …" – Meine Güte, Max klapperte selbst bei seinen Moderationen. Er hatte Yannicks Solo nie gesehen. Max rollte gerade nicht nur ein Teppich aus, sondern gleich einen roten. – „Er spielt alle Naselang im Cheeseclub und hinterlässt dort jedes Mal wahre Begeisterungsstürme" – Jetzt wurde es Yannick peinlich. Das mussten die Leute doch merken, dass das schamlos übertrieben war! Max rollte nicht nur einen roten Teppich aus, er kleidete gerade die ganze verdammte Bühne damit aus! Yannicks Herz begann leicht zu klopfen. Ein Gefühl, das ihm unangenehm vertraut war. Nein, nicht jetzt, dachte er. Nicht heute. „Freuen Sie sich auf einen hochprofessionellen, sehr liebenswerten Comedian. Für mich ist er einer der Komischsten seiner Zunft" – Schluss jetzt! Man kann's auch übertreiben! Sein Herz schlug in einem komischen Takt. Wumm-wumm … wu- … wumm … wumm-wumm … etwas stieg in Yannick empor, bis kurz unter den Kehlkopf und verklumpte dort. Yannick spürte Schweiß auf seine Stirn treten. Das Lampenfieber sagte *Adieu* und überließ die Bühne seines Verstandes der Panikattacke, der alten Rampensau. „… ein Komiker, der immer wieder für Überraschungen gut ist, hier kommt Yannick Herbst."

Yannick hielt sich am Rahmen der Tür zur Bühne fest. Ich sollte mich an was anderem festhalten, dachte er, das hatten wir doch schon mal. Das Publikum klatschte begeistert an.

Er musste jetzt da raus, Panik hin oder her. Die Flusspferdmethode, erinnerte er sich. Ich bin ein Flusspferd. Nichts kann mir was anhaben.

Max Liebold kam von der Bühne und lächelte ihm zu. „Sind gut drauf", nuschelte er.

Yannick ließ versuchsweise den Türrahmen los. Hilf, Uhura, hilf! Seine Füße trugen ihn. Hatten ihn bislang immer getragen.

Ich bin ein Flusspferd. Der Applaus draußen ebbte ab. Yannick stand noch immer in der Tür zur Garderobe. Im Bühnenraum herrschte jetzt eine gespannte Stille.

„Wo isser denn?“, proletete schon jemand los, zur Belustigung einiger anderer.

Max blieb auf dem Weg zur Garderobe stehen und drehte sich mit einem Mal fragend um.

Yannick schaute ihn nur an. Dann machte er einen Schritt auf die Bühne zu. Er fühlte sich alles andere als sicher an. Seine Beine zitterten, als sollten sie gerade ein Flusspferd tragen.

Dann noch ein Schritt. Yannick trat auf die Bühne. Sein Herz schlug immer noch heftig, und er fühlte sich aufgeheizt ohne Ende. Wie wirkte so ein Auftritt?

„’tschuldigung, bin mal wieder zu spät“, sagte Yannick.

Er kam sich zerbrechlich vor. Wie kam er jetzt in seinen Text rein? Einige Leute im Publikum fanden seinen ersten Satz komisch, sie lachten.

„Geht … geht mir immer so … immer wieder. Das war ja eben wie beim Sex. Sie geben alles, und ich komme, wenn Sie fertig sind.“

Wieder lachten ein paar Zuschauer. Mehr sogar als nach seinem ersten Satz.

Yannicks Knie waren Butter, die gerade im Scheinwerferlicht schmolz. Er hielt sich am Mikrofonständer fest, der in der Bühnenmitte stand.

„Ich bin zu spät, weil … ich da eben … weil da eben hinter der Bühne noch ’ne Panikattacke vorbeikam.“

Yannick wusste nicht mehr, wer das gerade sprach. Der berühmte Comedyprofi, von dem Max Liebold eben noch geschwärmt hatte, war das nicht. Noch immer wütete sein Herz im Brustkorb. „Ja, die Panikattacke kam vorbei.“

Kurioserweise kicherten einige Leute im Raum.

Ein Zwischenrufer fühlt sich dadurch angestachelt: „Wie sah se ’nn aus?“

„Grün“, sagte Yannick ohne nachzudenken. Mit der Antwort hatte niemand gerechnet. Das Publikum lachte. „Mit roten Augen“, ergänzte Yannick. Das verstärkte den Lacher.

„Und dazu trug sie eine weiße Kellnerschürze.“ Das setzte den Lachern keine neue Spitze auf, ließ aber einige Leute etwas länger lachen.

Yannick fragte sich, wieso grün. Wieso rote Augen? Wieso eine weiße Kellnerschürze? Wie kam er auf so etwas? Spontan? Wer war es, der seinem Mund diese Sätze diktiert hatte?

Die Panik saß ihm fest in den Knochen und hatte ihn voll im Griff. Doch dann, die Erkenntnis durchfuhr ihn wie eine neue Welle an Bühnenpanik, wusste Yannick mit einem Mal, was er zu tun hatte.

Ein Kollege, der stets für Überraschungen gut ist, hatte Max Liebold gesagt, Yannick würde sich heute selbst überraschen lassen. Wem einfiel, dass die Panik grün mit roten Augen war und weiße Spitzenschürzchen trug, würde auch einfallen, wie er hier heile von der Bühne kam. Und wenn nicht, wäre es auch egal. Yannick schaltete auf Autopilot. Bisher hatte er nicht mal gewusst, dass er einen solchen besaß.

„Fragen Sie mich bitte nicht, wieso die Panikattacke heute kam. Vielleicht wollte sie mich ja warnen – vor Ihnen."

Der erste Schritt zu einer Publikumsbeleidigung. Wurde immer gern genommen. Ein paar Leute schmunzelten.

„Ja, kann ich ahnen, ob nicht irgendjemand von Ihnen einen Sprengstoffgürtel umhat oder 'ne Atombombe in der Handtasche?"

Jetzt lachten ein paar mehr Leute.

„Und da in der dritten Reihe sitzt sogar ein Schläfer!" Yannicks Finger deuteten auf einen älteren Herrn, der mit geschlossenen Augen und offenem Mund in seinem Sitz döste. Vielleicht machte ihm auch nur die Hitze im Raum zu schaffen. Fünfzig Augenpaare schnellten zu dem Sitz, auf den Yannick zeigte, und brachen in schallendes Gelächter aus.

„Und wie es hier im Raum gerade stinkt. Ich finde, das ist schon einen ABC-Alarm wert!"

Noch ein Lacher hinterher.

Yannick wusste nicht, wie weiter. Während sich die Zuschauer beruhigten, zog er sich den Hocker vom Klavier in die Mitte und setzte sich. Endlich nicht mehr stehen! Jetzt konnten seine Knie wenigstens nicht mehr nachgeben unter ihm. Ich bin ein Flusspferd.

„Ja … vielleicht habe ich tatsächlich Angst vor Ihnen."

Das Publikum schwieg erwartungsvoll.

„Eigentlich sollte ich gar nicht hier sein … Sie gucken mich gerade alle so gespannt an. Wissen Sie was?" Yannick setzte eine Pause. Was würde er jetzt sagen?

„Ich bin gar nicht komisch."

Jemand in der ersten Reihe gab ein grunzendes Lachen von sich, ein Krächzen, das sich seinen Weg durch die Nase bahnte und knatternd wie ein Furz aus den Nasenlöchern gurgelte.

Es klang laut, es klang bizarr, es steckte mindestens zehn Leute an.

„Vielleicht war ich es mal. Aber nein, ich … ich bin nicht komisch!"

Der Nasenlacher grunzte weiter. Yannick deutete auf ihn: *„Das da* ist komisch."

Das ganze Theater lachte. „Ich bin es nicht", ging darin unter.

„Ich könnte es nachmachen, und Sie würden nicht lachen."

Yannick probierte es, presste die Lippen fest aufeinander, und versuchte dann mit aller Kraft, trotzdem so etwas wie ein Lachen hinzukriegen, Luft wurde in seine Atemwege gepumpt, suchte sich alternative Wege am Mund vorbei durch die Nase, sein Rachen wurde trocken, irgendetwas kratzte zwischen Rachen und Nase, und ein klägliches Knurren fiel aus den Nasenlöchern. In seinem Hals sammelte sich ein Schleimklumpen.

Das Publikum lachte.

Yannick hatte das Gefühl, dass sich gerade Rotz in der Nase löste und drauf und dran war, sich als Faden aus der Nase abzuseilen. Hektisch zerrte er ein zerfleddertes Papiertaschentuch aus der Hosentasche und putzte sich die Nase. Die Zuschauer waren belustigt.

„Okay, Sie würden offensichtlich doch lachen", korrigierte sich Yannick.

„Meine Güte, wie machen Sie das?", sprach er zu dem Herrn mit der Nasalfurzlache. „Mein Gott, waren Sie damit schon mal beim Arzt? Das bläst einem ja das Hirn aus der Rübe!"

Die Idee mit dem heraus-gelachschneuzten Hirn fanden wieder ein paar Menschen komisch. Yannick kam eine Idee und setzte noch einen drauf. Er faltete sein zerledertes Tempo wieder auf und guckte hinein. „Ich glaub, ich hab gerade mein halbes Sprachzentrum rausge- … rausge- … äh, wie sagt man?"

Lacher mit Szenenapplaus.

Yannick ließ wieder Ruhe einkehren.

„Wie gesagt: Ich bin nicht komisch."

Wieder kicherten ein paar Leute. Der Zwischenrufer meldete sich wieder: „Dit wüssten wa aber."

„Nee wirklich. Ich hab nicht die geringste Ahnung, was ich hier auf der Bühne eigentlich gerade mache. Und wieso?"

„Na gut", korrigierte sich Yannick mit Ernst in der Stimme: „Wieso weiß ich schon. Ich … Ich hab einfach nichts anderes gelernt."

Wieder giggelten ein paar Menschen, vorwiegend aus den hinteren Reihen.

„Ich bin hier, weil ich muss. Es ist mein Job, und es ist ein echt komischer Job."

Einige Leute nahmen den Satz als Wortwitz und kicherten.

„Komischer Job", wiederholte eine Frau, Typ „Ich wiederhole den Gag noch mal, erst dann wird er richtig witzig", und stupste ihre Sitznachbarin an.

„Wissen Sie, wo ich jetzt gerade viel lieber wäre, als hier auf der Bühne?"

Was hatte er da gerade gesagt? Yannick überlegte. Er stockte. Wo wäre er denn jetzt gerade lieber? Er zögerte. Die Zuschauer der ersten Reihe schauten ihn erwartungsvoll an. Ich bin ein Flusspferd.

„Na, sach schon", krähte jemand hinein.

„Im Zoo", sagte Yannick, und der Nasenlacher grunzte wieder los, die anderen mit ihm. „Im Flusspferdhaus." Flusspferdhaus fanden die Leute an diesem Abend noch mal komischer.

„Weil … weil …" – ach, was sollte es? Jetzt war alles egal – „weil … ich habe mich verliebt."

Giggeln von einigen Frauen. Der Zwischenrufer legte wieder los: „In 'n Flusspferd oder wat?"

„Da stinkt's doch immer so!", rief eine Frau von links rein.

„Jaa", holte Yannick aus, „klar stinkt's da, aber wissen Sie was? Sie riechen im Moment gerade auch nicht viel besser. Der Moderator hat eben noch gemeint, das Publikum sei heute sehr lebendig, aber ehrlich gesagt, dem Geruch nach verwesen Sie schon! Man sollte Ihnen allen Duftbäumchen an die Ohren hängen."

Was war das? Jetzt fiel Yannick wieder ins Geplauder mit dem Publikum zurück, dabei war er doch gerade woanders. Wieso machte er das?

„Haben Sie schon mal darüber nachgedacht, wieso man Flusspferdkuh und Flusspferdbulle sagt und nicht einfach Flussstute und Flusshengst?"

Einige Leute stöhnten wegen des schlechten Wortwitzes, andere interpretierten ihn als bewusste Übertreibung und lachten artig. Einschub Ende, dachte Yannick. Und nun? „Einschub Ende", hörte er sich sagen.

„Wat is 'nn jetze mit dir und die Flusspferde?"

„Nix ist mit mir und die Flusspferde", sagte Yannick und registrierte, dass das Publikum sich mit „nix" nicht zufrieden geben würde. Er hatte eine Erwartungshaltung aufgebaut, und die schrie nach Erfüllung.

„Nix is mit die Flusspferde. Im Grunde ist es ganz einfach: Mein Freund ist Flusspferdpfleger."

Was war ihm da gerade rausgerutscht? In seinen Autopilot mussten diverse Trojaner und Viren eingeschleust worden sein. Mit traumwandlerischer Ortskenntnis steuerte er nun eine mit Fettnäpfen verminte Landebahn an. Wie kam er dazu, Konrad als seinen Freund zu bezeichnen? Konrad war derzeit, „erst mal ein wenig für sich" und sonst nichts!

Die Leute lachten. Yannick verstand nicht, wieso. Was war denn dabei? War es so bizarr? Oder war es allein das Wort? „Flusspferdpfleger"?

„Er heißt Konrad."

Und wie um Gottes Willen kam er dazu, den Namen zu nennen!? Einige Frauen prusteten los.

Die Wiederholungstäterin aus der zweiten Reihe gackerte: „Konrad, der Flusspferdpfleger!"

Die Umsitzenden lachten noch mehr.

„Er ist Tierpfleger im Flusspferdhaus ... Und ich liebe ihn über alles."

Sein Autopilot hatte 'ne Meise. Yannick ließ die Schultern hängen und guckte ratlos ins johlende Publikum. Was hatte er gesagt? Wieso hatte er es gesagt? Und was um Himmels Willen war daran komisch?

Yannick musste dem ein Ende bereiten: „Lachen Sie nicht!"

„Lachen Sie nicht" zu fünfzig vor sich hin prustenden Leuten zu sagen, ist zwecklos. Ebenso gut konnte man versuchen, eine brennende Tankstelle mit einem Sattelzug Benzin zu löschen. Yannick wurde das gewahr, nachdem er es ausgesprochen hatte.

„‚Lachen Sie nicht' ist so ziemlich das Dämlichste, was man zu jemandem sagen kann, der gerade lacht", plapperte Yannick seinem Verstand stumpf nach. „Ebenso gut könnte man versuchen, eine brennende Tankstelle mit 'nem Sattelzug Benzin zu löschen."

Nicht alle Zuschauer kriegten mit, was er sagte. „Da sehen Sie mal, was für ein lausiger Komiker ich bin!"

Die Leute lachten einfach weiter.

„Ey, lausich? Du bist doch total jut!", rief der bekannte Zwischenrufer rein.

Zustimmender Applaus setzte ein. Yannick wartete mit hängenden Schultern, bis sich die Stimmung im Raum etwas beruhigt hatte.

„Ähm", sagte er, setzte ab und blickte recht ratlos ins Auditorium. „Ich muss mich korrigieren, soll ja alles seine Richtigkeit haben hier." Ein verhaltener Kicherteppich lag noch immer im Raum. „Eigentlich ist Konrad ..."

„Der Flusspferdpfleger!", gackerte die Nachsprecherin aus Reihe zwei wieder rein. Yannick beachtete sie nicht.

„Eigentlich ist er noch gar nicht mein Freund."

Die Menschen im Publikum prusteten jetzt wieder. Erst gestand da jemand seine Liebe zu so einer absurden Figur, und dann gestand er, dass die noch heimlich ist. Was für 'ne Fallhöhe! Was für 'ne Witzfigur!

„Aufhören!", rief Yannick: „Nicht lachen! Nicht lachen! Nicht ..."

Es brauchte einen Moment, dann kehrte langsam Ruhe ein.

„Hören Sie! Das war nicht komisch. Das war die Wahrheit! Das Leben ist doch keine Pointe! ... Und wenn doch, hab ich sie noch nicht verstanden."

Lacher. Konnte man eigentlich unterscheiden zwischen warmherzigen und kaltherzigen Lachern? Dieser kam ihm mit einem Mal warmherziger vor. Eine sanft ausrollende Welle mit einer kleinen Krone aus vereinzelten Klatschern. Zustimmungsapplaus. Schadenfreude-Lacher klangen anders, rauer, spontaner. Verhallten schneller.

Yannick beschloss, dass alles gesagt sei.

„Ich geh jetzt. Die Nummer hat keine Pointe."

Yannick verbeugte sich nicht, sondern verließ einfach die Bühne. Er wusste nicht, was das gerade gewesen war. Niemand im

Saal wusste das genau. Die Reaktionen zeugten davon. Das mutwillige Auslassen der Schlusspointe war den Leuten aber kurioserweise Pointe genug. Sie stimmten den Schlussapplaus an. Der begann mäßig, steigerte sich aber sehr schnell zu einem tosenden Applaus mit Fußgetrampel und spitzen Pfiffen. Yannick stand im Dunkel neben der Bühne und wunderte sich. So einen heftigen Applaus hatte er im Raschbein-Theater noch nie erhalten. Aber wofür? Er war doch nur auf die Bühne gegangen und … ja was eigentlich dann? „Bravo!", rief sogar jemand. Zweimal. Der Zwischenrufer.

Yannick ging weiter. Das Publikum war immer noch aus dem Häuschen, und die Kollegen in der engsten Garderobe der Welt schauten Yannick überrascht an, als dieser reinkam und sich bloß an die Wand lehnte und erst einmal die Augen schloss. Er war schweißnass. Ich bin ein Flusspferd, dachte er, und jetzt riech ich auch noch so.

Max Liebold war wieder auf der Bühne: „Na, meine Damen und Herren, hab ich Ihnen zu viel versprochen?! Das war doch mal richtig erste Sahne und diese Sahne trug einen Namen: Yannick Herbst!" Noch einmal brandete ein stürmischer Applaus auf.

„Mann Mann Mann", Hank Bollerke blieb auf dem Weg zur Bühne vor Yannick stehen. „Du hinterlässt ja heut verbrannte Erde …"

„'schuldigung", murmelte Yannick abwesend. Seine Geistesgegenwart fuhr gerade mit ein paar anderen Gedanken Karussell. Die Zentrifugalkräfte in seinem Kopf schienen Schweißperlen hinaus auf seine Stirn zu drücken.

„Verbrannte Erde, echt! Respekt, Yannick! Respekt!" Hank Bollerke setzte sich eine Zwölf-Dioptrien-Brille auf und wartete, dass er auf die Bühne gerufen wurde.

Was war das gerade gewesen? Yannick verstand den Applaus nicht. Für ihn fühlte sich sein Auftritt wie eine Bruchlandung an. Eine gerade noch geglückte Bruchlandung, bei der man nun dem wagemutigen Piloten dafür Beifall spendete, dass niemand zu Schaden gekommen war.

„He, Yannick, du warst ja richtig komisch! So kenn ich dich ja gar nicht", witzelte Sarah Tempel.

„Das war großes Tennis, Yannick, echt. Wahnsinn, die Idee als jämmerliche Witzfigur auf die Bühne zu gehen. Das ist Anti-Comedy. Cool. Das hat total was von Andy Kaufman."

Ein junger Kollege, Zauberer oder Jongleur, vielleicht auch Klavierkabarettist, irgendetwas jedenfalls, wozu man Hände brauchte, klopfte ihm mit gut manikürten Fingern anerkennend auf die Schulter. Andy Kaufman. Yannick war sich sicher, dass der Kleine nie etwas von Andy Kaufman gesehen hatte. Vielleicht den Film mit Jim Carrey, wenn überhaupt. Mehr kannte Yannick selbst auch nicht. Andy Kaufman war in der Comedyszene ein Phantom, von dem eigentlich nur Wichtigtuer sprachen.

„Nicht schlecht, die Nummer“, mischte sich nun auch Max Liebold ein, der seinen Platz auf der Bühne für Hank Bollerke freigemacht hatte. „Konrad der Flusspferdpfleger, das ist 'ne geile Idee. Wie kommst du nur auf so 'nen Scheiß?“

Yannick zuckte mit den Schultern und wartete auch hier, bis sich die Stimmung beruhigt hatte und alle sich wieder um ihre eigenen Nummern, Requisiten oder Egos kümmerten.

Nur Ronald Rettich tippte Yannick an – „Kann ich mal?“ – schob ihn einen Schritt zur Seite und stopfte eine zusammengefaltete Pizzaschachtel in den Mülleimer. Dann schaute er auf und fragte: „War ganz lustig. War das geplant?“

Yannick erwiderte den Blick nur kurz und lehnte sich dann wieder wortlos an.

„Hab ich mir gedacht“, sagte Ronald Rettich.

Zwanzig Minuten später musste Yannick noch einmal auf die Bühne. Finale. Nach und nach rief Max Liebold die mitwirkenden Künstler des Abends auf die Bühne. Yannick sparte er sich für den Schluss auf. „Und zu guter Letzt war dabei: ein Künstler, der selbst anderer Auffassung ist, aber wir sind einer Meinung: Er ist unglaublich komisch: Yannick Herbst!“ Noch einmal brach über Yannick ein Applaus-Inferno herein. So wohlig ihn dieses Feuer wärmte und sein Gesicht beim Verbeugen erhitzte, so unwohl war ihm in Gedanken. Er merkte, er hatte etwas entzündet, seine Nummer hatte gezündet, nur konnte er sich an diese Nummer kaum mehr erinnern. Was hatte er auf der Bühne eigentlich gemacht?

Das Publikum klatschte, Max gab das Moderationsmikrofon weiter an Yannick. Es war jetzt seine Aufgabe, den Moderator abzusagen. „Und durch diesen Abend geführt hat der wunderbare, bezaubernde ...“, zum Schlussapplaus zog der Techniker das

Saallicht etwas hoch, Yannick schaute ins Publikum, als könne er in den Gesichtern der Zuschauer weitere Superlative ablesen. Stattdessen fanden Yannicks Augen das Gesicht von Uta Sybille Kramer. Sie klatschte sogar. Neben ihr saß Manuel Pons, der künstlerische Leiter vom Cheeseclub, auch er klatschte begeistert.

„Ähm“, sagte Yannick, „bezaubernde, stets immer lächelnde und überschwänglich lobende und“ – was machten seine Agentin und Pons hier?! Die waren sonst nie im Raschbein-Theater! – „nicht nur einen roten Teppich auslegende sondern gleich die ganze Bühne damit auskleidende, und Charmanteste von uns allen ...“ Yannick zog die Stimme hoch, setzte eine minimale Kunstpause, sein Arm eilte der Verkündung des Namens voraus und deutete auf den Kollegen, der deshalb schon den ersten Schritt nach vorne zur Verbeugung machte. Jetzt musste der Name kommen. Aber es kam kein Name. Blackout. Der Name des Kollegen war weg. Gerade noch da, jetzt einfach aus dem Wortschatz gefallen. Sicherung für Namensgedächtnis rausgeknallt.

Sarah Tempel, die neben Yannick stand, rettete ihn. Wie hatte sie diese Millisekunden seiner Verunsicherung bloß registriert? Grandioses Gespür für Timing, sagte man Sarah nach, und das bewies sie auch gerade, indem sie sich zu Yannick beugte, sich seine Mikrofonhand griff und so tat, als wollten sie gemeinsam die Absage übernehmen: „Max“ schrie sie ins Mikrofon, es übersteuerte, Yannick reagierte und bewegte immerhin den Mund zu leeren Silben, „Liebold!“ Stimmt, sagte Yannicks Namensgedächtnis, so heißt er. Das Publikum spendete eifrig Moderatorenapplaus. Yannicks Texthänger war niemandem aufgefallen.

Trotzdem ging Yannick aufgewühlt von der Bühne. Dieser Abend war schon jetzt zu viel für ihn. Seine Agentin konnte es nur noch schlimmer machen.

Yannick zwängte sich in die Garderobe, wurde von unzähligen klamotten-wechselnden Gliedmaßen eines vielarmigen Künstlermonstrums durch den Raum gezogen und in eine Ecke an die Wand gezwängt. Dort blieb er dankbar kleben. Hier würde er einstweilen bleiben und hoffen, dass der Kelch eines Zusammentreffens mit seiner Agentin und dem Programmchef des Comedyclubs Nummer eins an ihm vorüberging. Yannick zog sein Handy aus der Tasche und schaltete es ein: Keine neuen

Nachrichten, keine SMS. Nichts. Wie lange wollte Konrad noch „ein wenig für sich" sein?

Nach und nach zerfiel die homogene Künstlermasse in der Raschbein-Garderobe in ihre Bestandteile; jeder klaubte Requisiten, Kostüme und Gliedmaßen zusammen, und ein Komiker, Jongleur oder Zauberer nach dem anderen löste sich mit einem leisen Plopp! aus der ehemaligen Teeküche und trollte sich in die Nacht oder zum Tresen der Theaterbar.

Yannick war der Letzte, der das Räumchen verließ. Zwanzig Minuten war die Show mindestens schon vorbei. Er zog sich langsam um und öffnete die Tür zum Zuschauerraum.

„... und Sie brauchen nicht noch einen Künstler in Ihrer Agentur?" Max Liebolds Stimme schwappte als Erstes hindurch. Yannick war versucht, die Tür ganz schnell wieder zu schließen. Aber die Tür befand sich direkt im Sichtfeld des Tresens.

„Ah, da kommt ja unser Star des Abends!" Uta Sybille Kramer hatte ein volles Glas Rotwein vor sich stehen. Ihrer Stimme nach zu urteilen, musste es das dritte sein. In zweihundert Millilitern würde sie von Wackersdorf anfangen. „Hat sich aber Zeit gelassen."

„Schätze, er musste sein Namensgedächtnis neu booten", lachte Sarah Tempel und prostete Yannick mit einer Weißweinschorle zu. Sie grinste dabei. Yannick grinste höflich zurück und sah, dass sie es richtig interpretierte als Dankbarkeit.

„Ähm ... ja. Ich musste kurz mal ein wenig für mich sein", sagte Yannick und fand, dass das nicht sehr souverän klang. „Telefonieren und so."

„I-ist doch nichts dabei!" Uta Sybilles Stimme hatte schon leichte Kiekser in den Obertönen. „Der Star des Abends verlässt als Letzter die Garderobe. Das gehört sich so."

„Genau. Wie bei Kapitänen und dem sinkenden Schiff", ergänzte Sarah.

Alle Künstler umlagerten die Kramer und den Booker vom Cheeseclub. Was war er naiv gewesen, zu glauben, seine Kollegen würden die beiden einfach schnell ziehen lassen! Waren Booker und Agenten zugegen, verwandelten sich Künstler in Motten, die die Hoffnung auf Engagements lustig umschwirrten. Und sich immer wieder verbrannten.

Max Liebold wandte sich an Manuel Pons: „Sag mal, Manuel, wie sieht's denn aus, kann ich auch mal wieder im Cheeseclub spielen? Ist ja schon 'ne ganze Weile her, den Gig hat damals noch deine Vorgängerin gemacht. War damals aber super gewesen. Geile Stimmung und ist auch super angekommen!"

Max pokerte, hatte sich aber an Pons übernommen. „Du warst noch nie bei uns im Club." Manuel Pons war berüchtigt dafür, dass er sämtliche Spielpläne des Cheeseclubs, einschließlich der zwei Anfangsjahre, die seine Vorgängerin gebucht hatte, auswendig wusste. Max errötete: „Nicht? … Öh … oder bring ich da gerade was durcheinander?", versuchte er eine halbherzige Rettung.

„Ist schon okay, war ja auch viel Schönes dabei in deinen Moderationen. Schick mir doch noch mal 'ne Demo-DVD von dir."

„Klar, gerne, geht gleich morgen raus." Max drehte – immer noch krebsrot im Gesicht – ab und zückte sogleich sein Notizheft.

„Yannick, komm doch mal her!" Uta Sybille winkte ihn zu sich heran. Yannick fügte sich diesem Wink.

„Ich war ja sehr überrascht, als ich euch vorhin im Publikum gesehen habe!"

„Keine Sorge, wir waren nicht wegen dir hier. Die Melanie meinte, ich sollte hier unbedingt heute herkommen. Weil sie hier mal 'nen total geilen Künstler gesehen hat, meinte sie."

„Wer ist Melanie?"

„Kennst du doch, die Melanie! Meine neue Praktikantin! Sehr patentes Mädel. Diesmal aber wirklich. Nur die Beurteilung von Künstlern muss sie noch lernen. Also dieser Ronald Rettich geht wirklich gar nicht."

„Ich mag das, was er macht! Er ist eben so, wie er ist."

„Die Melanie meinte wirklich, das könnte so 'ne Art Harm Obarti der Arbeitslosenszene werden. Nee, echt nicht. Das ist viel zu lahm und zu i-intellektuell. Meine Güte! Ein Programm für arbeitslose Intellektuelle! Die meisten von denen sind doch gar nicht arbeitslos, sondern nur zu faul. Wer so viel Grips hat wie dieser Rettich, der kann was werden! I-ich finde, da ist jeder für sich selbst verantwortlich."

Manchmal machte ihm Uta Sybille Kramer Angst. Er fragte sich, wie sie von dieser These auf Wackersdorf kommen würde, das nur noch einhundert Milliliter entfernt lag.

„Na ja, aber da Manuel und ich heute eh mal wieder was angucken gehen wollten, sind wir halt hi-ier hin. Und gelohnt hat sich das ja echt. Hat mich doch gefreut, mal wieder einen meiner Schützlinge in Aktion zu sehen. Das wird 'n schönes neues Programm, Yannick. Gefällt mir, weiter so. Das krieg i-ich verkauft. Da kriegen wir auch sicher was bei dem ein oder anderen Kleinkunstpreis gedreht!"

„Na ja, eigentlich ..." – *was* eigentlich? Was eigentlich wollte Yannick jetzt sagen? Auf der Bühne vorhin waren ihm die Sätze zugeflogen wie Staub von den Scheinwerfern, wenn man sie im Raschbein-Theater zu verstellen versuchte, aber jetzt? – „Eigentlich ist die Nummer aber noch sehr unausgereift. Das war mehr so ein Versuch, das ist so sicher nicht reproduzierbar. Da muss ich noch dran arbeiten."

„Quatsch!", mischte sich nun Manuel Pons ein: „Die kann so stehen bleiben, die ist perfekt so! Respekt! Klasse Nummer, so was sieht man nicht alle Tage."

Nach jeder anderen Nummer wäre Yannick für so ein Lob vom künstlerischen Leiter des Cheeseclubs auf die Knie gegangen und hätte ihn als seinen Gott angenommen, aber heute?

„Du bist doch nächste Woche mal wieder bei uns im Cheeseclub. Mach die Nummer, bitte."

Retten, Yannick, du musst dich retten!, flüsterte eine Stimme in seinen Gedanken. Die Stimme flüsterte es sicherheitshalber per Flüstertüte.

„Ach, ich weiß nicht, die Nummer hier ist ..." – ja, *was eigentlich*? Und wieso stellte sein Verstand laufend Zwischenfragen? – „... noch ganz neu und viel zu frisch, um sie schon im Cheeseclub zu machen."

„Eben! Eben! *Neu* und *frisch*!" Manuel schlug mit der flachen Hand erst auf den Tresen und fuchtelte dann mit ausgepiekstem Zeigefinger auf Yannick zu: „Neu und frisch! Und deshalb will ich, dass du nächste Woche bei uns diese Nummer spielst! Und nur diese. Da liegt deine Zukunft! *That's it!* Und – meine Güte! – diese Idee mit dem Flusspferdpfleger, ey! Das ist auf eine gewisse Weise ganz schön schrill!"

Rette dich, Yannick Herbst! Renn, so schnell du kannst!

Pons insistierte und senkte die Stimme: „Yannick, ich will ehrlich sein. Auf ein Wort von Mann zu Mann, also von Mann zu Schwuchtel. Ha ha!" Er patschte ihm eine Hand auf die Schulter. Papa spricht vertraulich mit dem Sohnemann, gleich würde er anfangen von den Blumen und Bienen: „Weißt du, ich war mir ja nie so sicher, ob das mit dir wirklich was wird." Die Blumen waren welk, und die Bienen stachen zu.

„Ah ja", sagte Yannick verunsichert.

„Ja wirklich, gibt ja genug, die es mittelfristig einfach nicht packen, aber was ich heute von dir gesehen hab: Respekt! Echt! Hohe Anerkennung! Das ist der richtige Weg. Das wird doch noch was mit dir!"

„Danke", erwiderte Yannick leise und wäre aus Papas Umklammerung gern zu Mama geflohen, um sich bei ihr auszuweinen.

Sarah Tempel schäkerte derweil mit Uta Sybille Kramer. Zwecklos. Die Kramer nahm keine Frauen auf. Es reichte, dass sie selbst eine Frau war und sich stets mit ihren Praktikantinnen verkrachte. Mehr Frauen um sich herum ertrug sie nicht. Vor allem nähme ihr feministisches Grundverständnis Schaden, wenn sie sich zu einer Chefin über andere Frauen aufschwänge. Chefin ausschließlich über Männer zu sein, war viel tougher. Trotzdem stießen Sarah und Uta Sybille gerade an: „Bei vielen Künstlerinnen und Künstlern fehlt mir einfach die Bri-isanz! Wir damals, wir haben noch am Bauzaun von Wackersdorf campiert! Sarah, sag, wo hast du schon campi-iert?"

Yannick begutachtete Uta Sybilles Weinglas. Es war leer. Seine Agentin wandte sich zu ihm um. „Na, ihr habt alles besprochen?"

Yannick nickte: „Ich glaub schon."

„Dann hätten wir ja für heute alles geklärt." Sie erhob sich. Manuel Pons reichte ihr die Jacke.

„Wir telefonieren, Yannick. Wenn du immer so spielen würdest wie heute, alle Achtung! Da kommen wir mit dir ein gutes Stü-ück voran. Vielleicht verdiene ich mit dir ja doch noch mal richti-ig Geld!" Sie lachte. Manuel lachte. Und Yannick tat jedenfalls so.

„Auf geht's!" Uta Sybille Kramer und Manuel Pons verließen untergehakt das Raschbein-Theater.

Yannick schaute ihnen nach, dann wandte er sich niedergeschlagen zur Theke um. Auch die Tresenkraft blickte dem kuriosen Duo nach, als hätten sie gerade die Zeche geprellt.

„Nee, nä?" Yannick verdrehte die Augen. „Wie viel?"

„Drei Rotwein, zwei Hefeweizen und zwei Latte macchiato sind noch offen. Das waren doch deine Gäste oder?"

„Ich fürchte, ja." Yannick zahlte. „Und für mich auch noch ein Bier."

„Das geht dann aufs Haus."

Yannick setzte sich an den Tresen. Neben ihm saß Ronald Rettich vor seinem großen Hefeweizen.

„Was bin ich froh, dass die mich scheiße fand", sagte er mehr zu seinem Glas als zu Yannick. „Aber vielleicht sollte ich mal mit ihrer Praktikantin telefonieren." Ronald lachte.

„Du hast alles mitgehört?"

„Klar."

„Und, was sagst du dazu?"

„Du bist ganz schön am Arsch, nicht wahr?"

27 [Niederländische Antillen]

„Und dann?“

Yannick notierte sich, was ihm Sarah Tempel durchs Telefon diktierte.

„Natürlich weiß ich das meiste selbst noch, aber ich hab eben auch viel improvisiert. Ich weiß, ich habe da diesen Nasenlacher imitiert, und das war wohl auch recht komisch. Aber wie bin ich von da wieder zum Thema gekommen?“

„So genau kann ich mich daran auch nicht erinnern“, gestand Sarah.

„Sarah, du *musst*! Du musst! Die wollen, dass ich diese Nummer nächste Woche im Cheeseclub spiele! *Diese* Nummer und *nur* die! Aber wie soll ich das machen, wenn ich selbst noch nicht mal weiß, was diese Nummer eigentlich war oder ist?“

„Ich *muss* gar nichts, Yannick! Was ich gerade wirklich machen *muss*, sind jede Menge Bookinganrufe. Ansonsten weiß ich nicht, wovon ich ab November leben soll.“

„Entschuldigung, Sarah. Was soll ich denn sonst tun?“

„Deinen Telefonanschluss abmelden und dich auf die Niederländischen Antillen verziehen.“

„Ich weiß noch nicht mal, wo die sind.“

„Ich auch nicht. Lass mich mal überlegen … Ich glaube, du hast das irgendwie nur noch mal kommentiert und bist dann ohne Übergang wieder zum Ich-bin-nicht-komisch gekommen.“

„Ohne Übergang?“

„Glaub schon.“

„Das hatte ich befürchtet.“

Eine Viertelstunde später hatten sie Yannicks Auftritt vom Vorabend halbwegs rekonstruiert, eine spielbare Comedy-Nummer war dabei nicht herausgekommen.

„Wenn du meinen Rat willst, dann bau an der Story von Konrad, dem Flusspferdpfleger weiter. Das klingt herrlich schräg."

„Ja, nur ... es ist so, das ist mir eigentlich nur so rausgerutscht."

Am anderen Ende der Leitung war es einen Moment lang still.

„Diesen Konrad gibt's *wirklich*? Da fällt mir auch nichts mehr ein."

„Mir auch nicht."

„Du kennst doch die alte Künstlerweisheit: *‚Lieber einen Freund verlieren als 'ne Pointe verschenken.'*"

„Hm."

„Du schaffst das schon. Hast du noch einen Auftritt vor dem Cheeseclub?"

„Nein."

„Magst du mich am Sonntagabend vertreten? Ich hab da eigentlich 'ne kleine Mixshow zugesagt, würde aber viel lieber mal wieder mit meinem Freund ausgehen ... Und du kannst deine Nummer noch mal testen. So wäscht eine Hand die andere."

„Meinetwegen! Klingt vernünftig. Wo denn?"

„Sonntag um acht. Sturback's Coffeeshop."

„Das klingt doch nicht vernünftig."

„Ey, komm! Du bist mir was schuldig."

„Hm."

„Du packst das. Viel Glück. Ich muss dich jetzt leider abwürgen. Ich muss unbedingt noch in der Alten Sakristei Hölten anrufen, und den Programm-Planer erreicht man nur freitags zwischen zwölf und eins."

„Ist okay, dir auch viel Glück. Und danke noch mal."

„Schon okay. Toi toi toi!"

Yannick legte den Hörer auf. Ihm blieben noch sechs Tage bis zum Auftritt im Cheeseclub. Das würde eine reizvolle Aufgabe werden, eine ungeordnete Sammlung von Fragmenten und Improvisationen zu einer Cheeseclub-tauglichen Nummer zusammenzuschrauben. Eigentlich war es unmöglich. Nichts ist unmöglich, höhnte sein innerer Toyota. Hoffentlich ließ ihn sein Textmotor nicht im Stich. Yannick schaltete seinen Computer an.

Vier Stunden später standen auf dem PC-Bildschirm immerhin schon die Notizen, die er sich bei dem Gespräch mit Sarah Tempel gemacht hatte. Dazwischen grinsten ihn viele Leerzeilen mit weißem Raum scheel an. Er hatte zwischenzeitlich mit zwei weiteren Kollegen aus dem Raschbein-Theater telefoniert. Die weißen Leerzeilen waren dieselben geblieben.

Eine Erkenntnis hatte Yannick inzwischen gewonnen: Der Pritt-Stift auf seinem Schreibtisch passte genau durch das Loch im Tesafilm-Abroller. Wenn man dann den Klebestift mit zwei Händen anfasste und mit einem geschickten Fingerschlag dem Tesafilm-Abroller Schwung gab, rotierte der lustig um den Stift. Etwa eine halbe Stunde hatte Yannick dieser Erkenntnis gewidmet. Ein Fingerschlag reichte für vier Tesafilm-Überschläge. So sehr er sich auch bemühte, kurz vor dem fünften Überschlag schwang der Abroller wieder zurück in die Ausgangsposition und wartete auf neuen Schwung.

Auf seinem Bildschirm schwirrte ein neuer Bildschirmschoner aus Buchstaben hin und her. *„Nichts ist unmöglich!"*, hatte Yannick da vor vier Stunden eingerichtet.

Yannick bewegte die Maus; wieder starrte er auf die vielen weißen Räume in seinem Text. Nichts ist unmöglich. Yannick öffnete den Internetbrowser, um das Elend nicht mehr zu sehen. Er rief Wikipedia auf und tippte *„Niederländische Antillen"* ins Suchfeld ein. Dem Klang nach könnte das auch eine Hautkrankheit sein. Hattest du schon mal Spanische Grippe? Nee, aber ich hab gerade Niederländische Antillen, die jucken vielleicht …

Die Niederländischen Antillen waren fünf Karibikinseln, die sich offenbar nicht so genau entscheiden konnten, wie stark sie nun zu den Niederlanden gehören wollten oder nicht. Zwei Eilande zählten zu den *„Inseln unter dem Winde"* vor der Küste Venezuelas, drei weitere zu den *„Inseln über dem Winde"*. Sie schwammen östlich von Puerto Rico in der Karibik. Überall wurde Englisch gesprochen, auf den südlichen Inseln hauptsächlich Niederländisch und eine weitere Sprache, von der Yannick noch nie gehört hatte.

Inseln über und unter dem Winde. Das klang gut. Englisch konnte er auch. In den niederländischen Gegenden konnte man sich vielleicht auch mit Deutsch verständlich machen. Yannick klickte weiter. 3.289 Euro kostete ein Flug am frühen Abend ab Berlin-Tegel. Fünfundzwanzig Stunden später wäre er in Willemstad auf Curaçao. In fünf Tagen könnte er sogar einen Flug für achthundert Euro ergattern. Das klang schon interessanter. Sich einen Tag vor seinem Cheeseclubauftritt in den Flieger setzen, und während die Show liefe, säße er blau auf Curaçao am Strand.

Yannick schüttelte den Kopf und klickte die Seite weg, rief wieder den Text seiner Nummer auf. Viele weiße Leerzeilen. Er griff wieder zu Tesafilm-Abroller und Pritt-Stift. Vier Überschläge und ein halber fünfter. Dann schwang der Abroller wieder zurück. So schwer konnte das doch nicht sein! Yannick wollte nicht aufgeben. *„Nichts ist unmöglich"*, flirrte bald wieder über den Flachbildschirm, untermalt von leisem Plastikklappern.

[4. Sitzung]

– *Wir sollten über Ihre Panikattacken sprechen.*
– *Welche Panikattacken?*
– *Was ist das für ein Gefühl, wenn Sie den Boden unter den Füßen verlieren?*
– *Na, das ist ein Gefühl halt, als würde ich den Boden unter den Füßen verlieren. Ein Gefühl, als kippte ich gleich um.*
– *Und fielen auf den Boden?*
– *Und fiele auf den Boden.*
– *Den Sie aber gerade unter den Füßen verloren haben.*
– *Dann fiele ich eben ins Bodenlose.*
– *Aha. Was erfüllt Sie dabei am meisten mit Angst?*
– *Dass mich alle sehen würden.*
– *Aber wenn Sie im Bodenlosen verschwinden, kann Sie doch eigentlich gar niemand mehr sehen.*
– *Vielleicht ist auch das das Schlimme.*
– *Sie wären einfach von der Bühne verschwunden.*
– *Hören Sie bitte auf.*
– *Ist das vielleicht eine heimliche Sehnsucht von Ihnen, von der Bühne zu verschwinden?*
– *Ich kannte mal einen Schauspieler, der ist bei einer Balkon-Szene aus der Kulisse gestürzt. Das war das einzige Mal, dass er in einem Stück wirklich auffiel.*
– *Witzig. Wieso lenken Sie jetzt ab?*

28 [Attacke]

Kalle Grütz war *not amused*, Yannick wiederzusehen, versuchte allerdings nach Kräften, so zu tun, als wollte er es nicht durchscheinen lassen.

„Na, willste's noch mal mit den amerikanischen Verhältnissen hier uffnehmen? Hab schon jehört, du machst jetzt uff Andy Kaufman; sollst ziemlich jerockt haben im Raschbein."

„Ach", sagte Yannick müde und zwang sich zu einem Lächeln. „Das ist übertrieben, und auf Andy Kaufman mache ich auf keinen Fall! Ich weiß nicht, wer dir den Mist erzählt hat."

Kalle reagierte trotzig: „Hab ick halt jehört. Die Buschtrommel funktionuckelt einwandfrei hier in Berlin. Schneller, als du dir dit in deinem Erbsenhirn vorstellen kannst."

„Ja, ich merk's schon."

Yannick verschwand ins Getränkelager von Sturback's Coffeeshop, wo er sich zwischen Bionade-Kisten und Kartons mit Pappbechern umzog. *„Vorsicht. Getränk im Becher könnte heiß sein."* Selbst diese Aufschrift hatte Sturback kopiert, allerdings sinnigerweise auf die Unterseite des Bechers drucken lassen. Der Alte hatte wohl mehr Humor, als man ihm gemeinhin zuschrieb. Zwei kurze Sets würde Yannick spielen. Im ersten, hatte er sich überlegt, bot er sein Standardrepertoire, im zweiten die neue Nummer. Beziehungsweise das, was davon existierte. Vier Tage noch bis zum Auftritt im Cheeseclub.

Bald darauf startete Kalle Grütz die Show, witzelte sich durch eine zehnminütige Eingangsmoderation hindurch, knetete einer Zuschauerin ein albernes Ballontier – „Hier extra für dich: 'n

Bandwurm!" – und sagte dann den ersten Comedian des Abends an: Ein polnisch-stämmiger Nachwuchskomiker, wobei „polnisch-stämmig" in jeder Hinsicht stimmte, und der dermaßen auf Stereotypen und Klischees rumritt, sodass er vor Kollegen gerne damit angab, von polnischen Nationalisten schon Morddrohungen erhalten zu haben. Das war sicher keine angemessene Reaktion auf die Darbietungen des jungen Kollegen, befand Yannick, aber eine sehr nachvollziehbare.

Das Publikum war heute deutsch und amüsierte sich folglich bestens über die breit ausgewalzten Kleinkriminellen- und Spargelstecherwitze, sodass selbst Ice-Crusher und Milchaufschäumer den Ressentimentbrei im Saal nur noch zusätzlich aufzurühren vermochten.

„Okay, Kaffeemaschine stört", rief der selbst erklärte Billiglohnkomiker aus Warszawa, „wenigstens weiß ich nun, dass sie funktioniert. Hey, ich bin Pole. Morgen stört Kaffeemaschine hier keinen mehr!"

Lacher.

Yannick stand bei Kalle Grütz und bemühte sich, den Eindruck einer Phase in sich ruhender Konzentration zu imitieren, die eine Erklärung dafür abgeben mochte, dass er bei dem jungen Polen nicht eine Miene verzog.

Kalle war begeistert: „Der war jut! Yannick, haste jehört? Dit is mal 'n Wortwitz: ‚Als Pole in Deutschland hab ick viele flachjelegt und in die Kiste jekriecht, vor allem Spargelstangen.' Is dit geil oder is dit geil?"

„Hm."

„Ich galt auch als megapotent aufm Acker!", fuhr der Jungkomiker fort. „Ja, ich hatte immer voll die Latte, wenn ich ging. Ja, ich steckte mir immer Bund Spargel vorn in die Hose rein!"

Ein paar Frauen im Publikum kieksten irre auf bei der Vorstellung. „Spargel hatte immer besonderes Aroma, hat meine Freundin später gesagt."

Bald darauf stand Yannick selbst auf der Europalette und bekam seine erste Nummer mehr oder minder heile über die Sperrholzplatte, die die Welt bedeutete. Er schlug seinen Zuschauern gleich zu Anfang einen Deal vor: „Wie wär's damit? Ich sprech hier meinen Text, und ihr bestellt während der nächsten zehn Minuten keinen Milchkaffee. Dann verstehen wir uns auch besser." Ein paar Leute im Publikum hatten diesen Vorschlag sogar mit Applaus bedacht.

Ein paar Pointen wurden trotzdem von der Geräuschmanufaktur hinter dem Tresen geschluckt, aber Yannicks Frustration darüber hielt sich in Grenzen, weil das Publikum halbwegs bei der Stange blieb, zuhörte und artig an den dafür vorgesehenen Stellen lachte. Der Deutschpolenwitzer hatte stimmungsmäßig gut vorgearbeitet.

In der Pause wurde es wieder laut in Sturback's Coffeeshop. Ice-Crusher und Milchaufschäumer lieferten sich einen erbitterten Dezibelkampf mit der Kaffeemühle.

„Herr Herbst?", brüllte ihn ein hagerer Herr um die sechzig an.

„Ja?"

„Das war ja ganz nett, was Sie da eben auf der Bühne gemacht haben, aber ich möchte mir Einmischungen in meinen Geschäftsbetrieb doch verbitten."

„Sie sind?"

„Heiner Sturback. Ich lebe von diesem Kaffeehaus, und wenn Sie von der Bühne dem Publikum verbieten, Kaffee zu trinken, dann habe ich da etwas gegen."

„Entschuldigung, aber ich hab nur darum gebeten, keine lauten Getränke zu bestellen."

„Richtig. Während Sie gespielt haben, hat mein Personal hinter dem Tresen Däumchen gedreht und nur vier Latte macchiato gemacht. Sonst sind das mindestens dreimal so viele."

„Aber es ist nicht leicht, gegen den Lärm von dem Tresen anzuspielen. Ich wünsche mir doch nur ein bisschen Rücksichtnahme."

„Eben, die wünsche ich mir auch. Ich bin Sponsor dieser Veranstaltung, das Geld muss ja irgendwo wieder reinkommen."

Yannick sagte nichts mehr. Seine gute Laune nach dem gelungenen ersten Kurzauftritt sackte ihm in die Füße, schlüpfte dort aus den Zehen raus und verkroch sich unter der Europalette. Sie hinterließ eine Leerstelle, in die nun von allen Seiten Wut hineindrang.

„Vielleicht sollten Sie das Thema besser mit Herrn Grütz besprechen. Ich bin hier nur Gastkomiker."

„Das habe ich schon. Er ist ganz meiner Meinung."

Yannicks Blick suchte Kalle Grütz. Der stand am Tresen, grinste herüber und schlürfte einen Latte macchiato. Ein Klecks Milchschaum klebte ihm wie ein ergrautes Hitlerbärtchen unter der Nase.

„So, da sind wir wieder in ‚Volle Latte Spaß'. Kurze Durchsage: Der Inhaber dieses wunderbaren Etablissements hat uns in der Pause darauf hinjewiesen, dass ihr *natürlich* während der Show Milchschaumjetränke bestellen dürft. Die wollen hier ja ooch von wat leben! Irgendwer muss uns ja unsere Millionengagen auszahlen können, von denen wir uns morgen dahin absetzen werden, wo euer Kaffee herkommt. Also, Leute: Trinkt Kaffee! Lasst' krachen!"

Yannick schaute zu Heiner Sturback, der zufrieden neben dem Tresen stand und nickte.

„Dit dazu. Hier kommt mit seinem zweiten Set noch mal die Type, die heute für zwanzichtausend Euros im Theater des Westens hätte ufftreten können, aber leider hatte er nicht jenügend Kohle jehabt ..."

Yannick verdrehte die Augen angesichts der mit demonstrativer Lustlosigkeit vorgetragenen Anmoderation. Seit heute hatte er einen Feind mehr, da war er sich sicher.

„Er hat neulich im Raschbein-Theater, wie man hört, megamäßich abjeräumt mit dem Jeständnis, er sei jar nich komisch. Und wissta wat: Dit hab ick schon immer jesacht. Hier kommt noch mal Yannick Herbst!"

Das Publikum lachte und klatschte höflich. Yannicks Lippen formten nur ein tonloses Wort: „Fuck!" Wie kam dieses Arschloch dazu, die Pointe seines Sets vorher auszuplaudern? Mit einem Mal schoss jede Menge Wut in das Reservoir irgendwo in seinem Bauch. Und wieso bewegte sich dieser Vollaffe nicht von der Bühne runter? Das hatten sie in der Pause doch noch einmal besprochen: Anmoderieren. Applaus. Bühne frei, dann kommt Yannick verspätet rauf.

„Weeß ick jetzt ooch nicht, wieso er nicht kommt."

Yannick ging entnervt hoch und hoffte, dass Kalle Grütz sich umgehend dematerialisierte.

„'tschuldigung, ich bin zu spät. Geht mir immer wieder so. Das war ja eben wie beim Sex. Sie geben alles und ich komme, wenn Sie schon fertig sind."

Zwei oder drei müde Lacher huschten durch das Publikum.

„Ich bin zu spät, weil … weil da hinter der Bühne eben noch …" – CRUSH-CRUSH-CRUSH-CRUSH – „vorbeikam. Also 'ne Panikattacke."

Yannick horchte ins Publikum und hoffe auf einen Zwischenruf. Es kam keiner. Das hatte er fast erwartet. Stattdessen schippte die Tresenkraft einen Zentner Eiswürfel in Gläser.

Er startete die Hilf-dir-selbst-Routine: „Was soll ich dazu sagen? Sie war grün und hatte rote Augen und trug 'ne weiße Kellnerschürze."

Schweigen im Raum. Nur die Espressomühle schrammelte geschäftig vor sich hin.

Okay, dachte Yannick resigniert, die Sache mit der Panikattacke funktioniert schon mal nicht.

„Vielleicht wollte sie mich ja warnen: vor Ihnen. Ganz ehrlich? Kann ich ahnen, ob nicht jemand von Ihnen einen Sprengstoffgürtel um hat oder 'ne Autobombe in der Handtasche?"

Immerhin, der erste Lacher in diesem Set. Dabei hatte er sich gerade mit Atom- und Autobombe versprochen. War Autobombe vielleicht sogar das witzigere Bild?

CRUSH-CRUSH-CRSH-CRUSH-CRUSH

„Und Flakgeschütze klingen auch nicht anders als die Maschine da hinten!" Yannick deutete zur Theke. Jetzt lachten noch ein paar Leute mehr.

Yannicks Augen suchten das Publikum ab, ob irgendwer aussah, als döste er vor sich hin. Kein Schläfer da, auf den er zeigen könnte. Kein Wunder bei dem Lärm. Er sprang weiter im Text.

„Ich bin nicht komisch", sagte er bald und fand leider selbst, dass er recht hatte. Er war gerade überhaupt nicht komisch. Zwei Lacher in den ersten drei Minuten, das war entschieden zu wenig.

„*Sie* sind komisch." Er zeigte ins Publikum.

„Neulich hatte ich einen Typen im Publikum, der hatte so ein Nasenlachen. Kennen Sie das? So ein krächzendes Lachen, das knatternd wie ein Furz aus den Nasenlöchern gurgelt."

Ein Glück! Ein paar Leute schmunzelten gerade.

„Das ist komisch. Ich könnte es nachmachen, Sie würden nicht lachen."

Yannick machte es nach, und es lachte tatsächlich niemand. Ein paar Leute in der ersten Reihe verzogen ihre Lippen zu einem Lächeln. Immerhin. In der Not frisst der Teufel Fliegen.

Yannick zerrte das zerfledderte Taschentuch aus der Tasche und blies hinein. WÜSSSCHHHWWWÜÜÜSSSSSSSCHHHHHH, machte in genau diesem Moment der Milchaufschäumer. Zufallstreffer. Trotzdem ein Lacher.

„Mein Gott, ich glaub, ich hab mir das halbe Sprachzentrum mit rausge- … rausge- wie sagt man? Ich komm nicht auf das richtige … und darauf auch nicht."

Okay, der Gag funktionierte auch nicht. Seine Selbstkritik hielt den Text der Nummer in der Hand und strich fleißig durch.

„Ich bin nicht komisch. Ich bin hier, weil ich muss. … Ich hab doch nicht …"

„Grande vanilla latte to go?", brüllte jemand vom Tresen.

Zwecklos! Es hatte einfach keinen Sinn, hier zu spielen. Da half auch keine Flusspferdmethode.

„Ich hab doch nichts anderes gelernt. Es ist mein Job und es ist ein komischer …"

„Sorry! Grande *hazelnuss* latte, meinte ich, to go."

Einige Leute im Saal prusteten los. Yannick stieß Wut auf, die ihm gallig in seinem Mund stand. Er schluckte sie wieder runter, sie schmeckte widerlich. Er fühlte sich widerlich und versuchte noch einen Anlauf.

„Sehen Sie, *das* ist komisch. Damit kann ich nicht mithalten."

Ein paar Leute nahmen die Vorlage dankbar auf.

Ich sollte jetzt eigentlich aufhören, irgendwie heile von der Bühne kommen, dachte Yannick. Dann fiel ihm der Cheeseclub wieder ein. Er musste diese Nummer einmal komplett durchspielen. Nur noch vier Tage. KLONK KLONK, klopfte eine Tresenkraft die Espressofilter aus.

„Wissen Sie, wo ich jetzt gerne lieber wäre?"

Die Kaffeemühle legte los und Yannick musste seine Stimme heben. „Im Zoo!", rief er in den Raum und merkte schon, dass damit der Witz weg war. Er musste leise und versonnen klingen und durfte den Satz nicht gegen eine Kaffeemühle anbrüllen. Die nächsten Sekunden kämpfte er sich mit wütenden Schlägen durch den Text. Sinnlos.

„… weil mein Freund ist Flusspferdpfleger."

Lachte jemand? Yannick starrte suchend ins Publikum. „Ja, er heißt …" SSSCHHHWWWÜÜÜÜÜÜFFFFFFFF SSSSSSSCCCHHH.

Als der Milchaufschäumer ertönte, spürte Yannick nur noch angestaute Wut in sich hochschäumen. Mit einem Mal sprudelte sie auf, quoll in seinen Verstand hinein.

„Moment mal", sagte er zum Publikum und wusste gar nicht, wieso. Yannick war wieder auf Autopilot. Er spürte ein Brizzeln in seinem Hirn, die Raserei-Bremse brannte durch und er sprang von der Bühnenpalette. Gut dreißig Augenpaare folgten ihm verwundert. Sahen zu, wie der Komiker Yannick Herbst zum Tresen hechtete, ein paar leere Stühle dabei umwarf, sich auf ihm abstützte und daran hoch zog, sein Knie an der Kante anschlug, einmal „Autsch!" zischte und hinüberkletterte. Die Bedienungen wichen unwillkürlich zurück. Das Publikum beobachtete ihn mit einer Mischung aus Neugier und Amüsiertheit. Mal was Neues, dachten sich wohl einige.

Ich sollte das hier gerade nicht tun, funkte ein Gedanke in Yannicks Hirn auf, doch der Ice-Crusher war schon gegriffen, von der Anrichte gezerrt; sein Stromkabel riss eine Ladung Latte-macchiato-Gläser ins Verderben, dann war er auch schon geworfen und zerschellte nun an der Wand. Yannick griff nun mit beiden Armen das Monstrum von Kaffeeautomat und bemühte sich, es hochzustemmen, irgendwie musste er dabei auf die Taste für den Milchaufschäumer gekommen sein, jedenfalls zischte ihm kochend heiße Luft auf den Bauch. Er schrie auf, seine Wut steigerte sich, ein Flusspferd mit Tollwut. Er riss an dem verdammten Gerät, das ihm jetzt auch noch wehgetan hatte, dann hatte er es geschafft. Schmerztränen standen in seinen Augen, aber der Maschinenblock in Edelstahloptik geriet ins Wanken und neigte sich langsam über die Kante der Ablage wie ein kalbender Gletscher, dann krachte er auf den Boden, Laminatplatten splitterten.

Das Publikum schaute nun doch etwas verstört und schwieg.

„Verdammt, was machst du?", schrie ihn ein Tresenmitarbeiter mit tätowierten Oberarmen aus Testosteron an.

„Es stört! Es stört!", brüllte Yannick Herbst, seine Stimme überschlug sich pubertär, „Verdammt noch mal, das stört! Ich bin nicht zum Spaß hier. Ich *arbeite* hier!"

„Ich auch", sagte der Typ hinter dem Tresen und schlug zu.

29 [Tagesspiegel]

„Du hast deine erste Kritik im Tagesspiegel", sagte Laura süffisant: „*Komiker randaliert in Coffeeshop.*"

Yannick lag auf dem Sofa, die Verbrühungen auf seinem Bauch taten weh, eine kühlende Salbe verschaffte kaum Linderung. Gestern hatte er das Bett gar nicht verlassen. Es war spät geworden am Sonntagabend. Zwar hatte Heiner Sturback die Show sofort abgebrochen, aber bis ihn die gerufenen Streifenpolizisten endlich hatten ziehen lassen, war es fast Mitternacht geworden. Während der gesamten Vernehmung hatten sie ihr dümmliches Grinsen nicht aus der Fresse bekommen, während Yannick kleinlaut alles gestand, von Stress faselte und Wiedergutmachung schwor. Die ganze Wut war verpufft oder schien aus der Wunde im Bauch hinausgesuppt zu sein. Von der Friedrichstraße war er direkt mit dem Taxi in die Notaufnahme der Charité gefahren, wo er sich die Verbrühungen hatte behandeln lassen. Drei Stunden hatte er gewartet und auch die übernächtigte Hautärztin konnte sich das Grinsen kaum verkneifen, als Yannick schilderte, wie es zu den Verbrühungen gekommen war. Mann, war er komisch! Erst am frühen Morgen war er zu Hause, hatte sich ins Bett gelegt und es erst knapp vierundzwanzig Stunden später verlassen, um aufs Sofa umzuziehen.

„*Weil ihn eine Kaffeemaschine störte, zertrümmerte der Berliner Komiker Yannick Herbst während einer beliebten Comedy-Show die Einrichtung eines Kaffeehauses*", fuhr Laura fort.

„Klingt mehr nach einem Verriss", seufzte Yannick und kühlte seinen Kiefer, den inzwischen ein veritabler blaugrüner Fleck zierte.

„Veranstalter Kalle Grütz: ‚Es kann halt nicht jeder mit amerikanischen Bedingungen umgehen.' Herbst selbst war für eine Stellungnahme nicht zu erreichen."

Das erklärte die rund vierzig entgangenen Anrufe auf seinem Handy gestern. Fünfmal die Nummer von Kalle Grütz, zehnmal die seiner Agentin, Sarah Tempel hatte es auch einmal probiert. Daneben viele unterdrückte Rufnummern. Nur Konrad war der einzige, der nicht angerufen hatte. Seit Tagen nicht. Er war immer noch „erst mal ein wenig für sich". Yannick fragte sich, wie lange wohl „erst mal" und „ein wenig" sein würden. Laura unterbrach diesen Gedanken: *„Inhaber Heiner Sturback schätzt den Sachschaden auf mehrere tausend Euro und will die Veranstaltungsreihe nicht fortsetzen.*"

„Immerhin, dann war es ja nicht ganz umsonst."

„Willst du die Schlagzeile im Kurier auch noch hören?"

„Nein."

Laura grinste und hielt das Boulevardblatt hoch: Titelseite. Welcher Berliner Comedian konnte das schon von sich behaupten! Dort, wo sonst Lauras Tierbabyaugen niedlich den Betrachter ankullerten, glotze ihn nun sein eigenes Portraitfoto an, von seiner Homepage gezogen, extra grob gerastert und per mutwillig verwischter Schwarzweiß-Kontraste auf Verbrecherkartei getrimmt.

„Laura, das reicht!", stöhnte Yannick. „Du hast zu viel SM-Zeug fotografiert, hör auf, mich zu quälen!"

„Das ist kein SM", korrigierte ihn Laura. „Das ist nur ganz normaler Psychoterror, wie er in harmonischen Wohngemeinschaften vollkommen üblich ist."

Yannick stöhnte.

„Aber hier, das ist auch noch komisch. B.Z.: *„Seinen nächsten Auftritt hat der Krawallkomiker im Cheeseclub*". ‚Krawallkomiker' klingt grandios, nicht wahr?"

O shit! Das Desaster war verheerender, als er dachte. Jetzt stand wegen einer beschissenen Kaffeemaschine auch noch sein Cheeseclub-Engagement auf der Kippe! Tolle Leistung! Super! Grandios!

Trotzdem hatte es sich verdammt gut angefühlt. Das Bild des schmauchenden Kaffeemonstrums, mit verbogenem Rüssel und fast senkrecht mit einer Ecke im Laminat eingesackt, hing schon jetzt in verziertem Goldrahmen auf einem Ehrenplatz in der

Galerie seiner schönsten Erinnerungen. Es war ein verdammt teures Werk. Und jetzt stand wegen dieser beschissenen Kaffeemaschine sein nächstes Cheeseclub-Engagement auf der Kippe! Verdammt, verdammt, verdammt! Irgendeine aufgeweckte Zelle seines Verstandes hatte offenbar sein logisches Denken kurzerhand auf Repeat gestellt. Jetzt stand doch tatsächlich sein Engagement im Cheeseclub auf der Kippe!

Ein Pop-up-Fenster der Erkenntnis öffnete sich. Yannick sprang auf und rannte zu seinem Schreibtisch: „Sorry, Laura, ich muss mal telefonieren!"

„Ach, der Herr Krawallkomiker", begrüßte ihn eine irgendwie allgemeine Assistentin für alles Mögliche in der Geschäftsführung des Cheesclubs. „Ich stell dich gleich durch. Der Manuel ist gerade nicht am Platz. Der bringt gerade die Kaffeemaschine in Sicherheit." Sie lachte über ihren Witz. Yannick lachte höflichkeitshalber mit, obwohl der Witz genau genommen gar nicht so schlecht war. Trotzdem musste er sich zum Lachen zwingen.

Manuel stieß in dasselbe Horn, als er abnahm: „Hallo, Yannick, altes Haus! Na? Du hast wohl den Kaffee auf, was?"

„Sehr witzig."

„Kann dich aber gut verstehen: Die Show da vom Grütz, die ging echt gar nicht. Was gibt's denn?"

„Eigentlich sind wir schon beim Thema. Ich meine, wegen dieser Kaffeehaus-Sache da … und den ganzen Schlagzeilen. … also ich könnte gut verstehen, wenn ihr mich angesichts dessen lieber nicht in der Show haben wolltet."

Jetzt war es raus. Yannick fühlte eine fast religiös anmutende, wohltuende Wärme sich in ihm ausbreiten, ein seliges Kaminfeuer der Läuterung entzündete sich in ihm. Er tat gerade das Richtige.

„Ich wollte nur sagen, ich wäre euch nicht böse. Im Grunde fände ich es sogar besser so. Wir könnten das Engagement vielleicht nachholen, wenn etwas Gras über die Sache …"

Manuel Pons unterbrach ihn: „Kommt überhaupt nicht in Frage."

„Wie bitte?"

„Ich sagte, das kommt überhaupt nicht in Frage. Du spielst Donnerstag im Club. Keine Widerrede."

„Aber schädigt das denn nicht den Ruf eures Hauses?"

„Quatsch! Wir sind diese Woche in *allen* Zeitungen! Ich hab eben mit unserer Vorverkaufskasse gesprochen. Da klingelt seit sechs Stunden ununterbrochen das Telefon. Wir sind restlos ausverkauft, sämtliche Vorstellungen – und das trotz Maiwetter!"

Das Kaminfeuer der Läuterung verwandelte sich in einen Scheiterhaufen der Hölle. Yannicks Verbrühungswunde am Bauch strahlte dazu urplötzlich Schmerzen in selbst die entlegendsten Körperregionen aus. Krankmeldung wäre vielleicht noch eine Alternative. Gelber Schein. Oder doch die Niederländischen Antillen?

„Okay, wenn du meinst ...", sagte Yannick leise.

„Ja, meine ich. Du bist gerade der bekannteste Comedian Berlins! Gerade rief mich die B.Z. an und wollte allen Ernstes wissen, wie wir uns auf den ‚gefürchteten Krawallkomiker' vorbereiten!"

„Und was hast du gesagt?"

„Dass wir unsere Kaffeemaschine von einem Sicherheitsdienst bewachen lassen. Und wenn er unserem Publikum was antäte, würden wir ihm ordentlich die Fresse polieren." Manuel Pons kicherte. Alle durften über eigene Witze lachen. Außer Komikern; die mussten so tun, als hätten sie keine gemacht. Die Welt war ungerecht.

„Keine Sorge. Aber was soll ich denn machen?"

„Mach deine Nummer. So, wie wir das besprochen haben. Geh vielleicht am Anfang kurz auf die Kaffeehaussache ein, und dann läuft der Rest eh wie geschmiert."

„Aber ..."

„Ich muss Schluss machen, ich hab gleich ein Meeting. Wir sehen uns am Donnerstag!"

„Bis Donnerstag", sagte Yannick tonlos, aber die andere Seite war schon tot.

30 [Cheeseclub]

Yannicks Lampenfieber steigerte sich ins Unerträgliche. Nervosität treibt an, seine Füße hörten nicht auf, Schritte auszuführen, die ihn schon mindestens mehrere Kilometer hinter der Bühne und in den Gängen vor den Garderoben hatten auf und ab laufen lassen. Zum Bewegungsdrang gesellte sich der Harndrang. Alle fünf Minuten führten ihn seine Füße in einer konzertierten Aktion mit seiner Blase vor die Backstage-Toilette, wo er sich wieder ein paar Tropfen hinauszwang und abschüttelte. Wenn sich das Lampenfieber auch einfach so abschütteln ließe! Dann lief Yannick wieder los, taperte weiter durch die Katakomben des Cheeseclubs, als hoffte er, sein Lampenfieber irgendwo auf dem Weg abhängen zu können. Doch das wollte schon wieder aufs Klo.

„Bist du immer so nervös?"

Im Backstage-Raum saß Leonhard von Wegen und musterte ihn aus dem tiefen Sofa heraus. Das Revers seines Polyesteranzugs warf seltsam zackige Falten auf, aus denen sein Gesicht herausragte wie der Kopf einer Ur-Echse, eines Chamäleons vielleicht. Eines Chamäleons mit Geschmacksverwirrung, denn die Farbe seines Kleidungsstückes changierte irgendwo zwischen Ultramarin und Klostein. Sie war sein Markenzeichen.

„Nicht immer", antwortete Yannick. „Nur heute."

Leonhard von Wegen kannte wahrscheinlich kein Lampenfieber mehr. Er stand seit gut vierzig Jahren auf der Bühne, hatte sich aus den Varietés als blaue Eminenz auch in die Comedyclubs vorgearbeitet, in denen das überwiegend junge Publikum den ungelenken Opa mit der phänomenalen Gesichtsmimik sehr schnell ins Herz geschlossen hatte.

Auch Yannick ließ sich gerne von seinem Wesen einnehmen. Von Wegen zog die Augenbrauen unnatürlich hoch, schürzte die Lippen und fragte: „Wieso nur heute?"

Eine Frage wie von seinem Therapeuten.

„Ich werde gezwungen, eine Nummer zu spielen, die ich eigentlich nicht spielen will, weil ich sie für unausgegoren halte."

„Was für ein Blödsinn! Niemand kann dich zwingen, irgendwas zu spielen. Wenn du rausgehst auf die Bühne, bist du nur deinem Publikum verpflichtet. Niemandem sonst."

„Aber …"

„Nichts aber. Das ist so. Vielleicht bekommst du hinterher Ärger, weil du nicht das gespielt hast, was jemand anders sehen wollte. Aber da draußen bist du ganz allein, und du bist frei, deinen Auftritt so zu gestalten, wie du ihn für richtig hältst."

Leonhard von Wegen hatte natürlich recht. Er konnte sich so etwas leisten. Er war Komikerkoryphäe, Yannick wurde noch immer als Anfänger gehandelt.

„Vielleicht fürchte ich mich vor den Konsequenzen."

„Was wären denn die Konsequenzen? Wenn du nicht die Nummer spielst, die du spielen sollst, wirst du hier womöglich kein Engagement mehr bekommen."

„Das ist es eben."

„Wird die neue Nummer, die du spielen sollst, funktionieren?"

„Ich bin mir nicht sicher."

„Also nein."

„Ich weiß nicht, sie hat schon mal super, aber …"

„Das zählt als nein. Wenn du abschmierst, was passiert dann?"

„Ich werde hier so schnell kein Engagement wieder bekommen …?"

„Na also. Du hast also die Wahl zwischen Nie-wieder-engagiert-Werden und Nie-wieder-engagiert-Werden. Was ist dir lieber?"

„Nie wieder engagiert zu werden?", fragte Yannick leise und kramte in seiner Mimik nach einem fatalistischen Grinsen.

„Falsch."

„Aufhängen? Untertauchen auf den Niederländischen Antillen?"

„Du hast noch eine Chance."

Yannick überlegte. Die Antwort lag nahe: „Einfach drauf scheißen und das Publikum unterhalten?"

Leonhard von Wegen machte ein Gesicht, das Lehrer gemeinhin auflegten, wenn der Schüler gerade noch die rettende Vierminus erreicht hatte.

„Darf ich dir auch mal eine Frage stellen?"

Von Wegen nickte.

„Hast *du* eigentlich noch Lampenfieber?"

„Natürlich. Und ich sag dir eins: Wenn ich merkte, dass ich keins hätte, würde ich erst richtig nervös werden." Er griente und lehnte sich zurück. Der alte Varieté-Sokrates hatte gesprochen. Sein Kopf zog sich zurück in seinen Kragen.

Lampenfieber gehörte also tatsächlich dazu, für immer und ewig, und eigentlich war das ja auch gut so. Das wusste er, schließlich hatte es die wichtige Aufgabe, eine Zeit lang so viel innere Unruhe auf Vorrat auszuleben, dass für die Zeit auf der Bühne einfach keine mehr übrig blieb. Trotzdem war das Lampenfieber gerade unerträglich, sogar Magengrimmen, leichte Übelkeit und Durchfall wurden heute herbeizitiert.

Leonhards Rat hatte auch nicht zum Absenken beigetragen. Im Gegenteil, er heizte das Lampenfieber noch an. Was sollte er tun? Gleich auf der Bühne?

Yannicks Füße trugen ihn von der Backstage-Toilette hinter den Vorhang. Gleich war er dran.

Seinem Wohlbefinden war auch nicht gerade zuträglich, dass der Moderator der Show im Cheeseclub ausgerechnet Harm Obarti war, der die Stimmungsmaschine gerade mit Männer-Frauen-Witzen befeuerte: „Dit is wissenschaftlich erwiesen, Freunde: Frauen ham einfach 'nen schlechteren Orientierungsinn. Deswejen jehn sie ooch immer zu zweit uffs Klo. Um den Weg jemeinsam zu suchen! Außerdem muss eene den Kompass halten. Deshalb brauchen die Weiber ooch immer so lang, bis se zurück sind, weil sie sich uff'm Weg zurück zum Tisch noch ma verloofen. Ehrlich, meene Olle is mal alleene uffs Klo, nach zwei Stunden hab ick se im Heizungskeller wiederjefunden. Da hatte se gerade in den Kessel jepieselt und suchte'n Knopp für die Spülung."

Das Publikum gackerte fröhlich vor sich hin. Auch die Frauen. Und das wunderte Yannick am meisten. Waren Frauen wirklich so doof, wie Harm Obarti sie immer machte? Yannick kannte sich mit Frauen einfach nicht genug aus. Laura und Uta Sybille Kramer passten jedenfalls nicht in Obartis Frauenbild.

Immerhin lacht das Publikum, warf sein Lampenfieber ein, das gerade mit seinem Selbstzweifel in den Kulissen seiner Kunst stand. Der Selbstzweifel setzte seinen fetten Arsch gerade auf ein paar dünne Überleitungen und schaukelte lustig hin und her. „He, nicht kaputt machen!", rief Yannick ihm zu. Ob die Überleitungen wirklich trugen?

„Der nächste Künstler des heutijen Abends is ein Mann. Dit heißt, er hat vom Klo zurückjefunden. Nu kommt er hier uff die Bühne. Viel war in den letzten Tagen von ihm zu lesen, ick sach nur: Jeh'n Se mit ihm lieber Bier trinken als Kaffee. Er ist der einzige Comedian, der es uffe Titelseite vom Kurier jeschafft hat – mal von mir selba abjesehn! Hier kommt Yannick Herbst!"

Yannick guckte in einen rappelvollen Saal des Cheeseclubs. Knapp dreihundertfünfzig Augenpaare waren auf ihn gerichtet. Es herrschte eine ehrfurchtsvolle Erwartungshaltung im Raum, wie sie in einem Opernhaus hängt, während der letzte Orchestermusiker vor der Overtüre sein Instrument stimmt. Yannick räusperte sich.

„Ich weiß genau, was Sie erwarten."

Yannick zog eine Kaffeemaschine hinter seinem Rücken vor, hielt sie hoch und warf sie in hohem Bogen auf den Bühnenboden. KROCK!

Das Publikum betrachtete den Deckel der Kanne, der noch drei Meter über die Bühne rollte.

Zwei oder drei von dreihundertfünfzig Zuschauern wagten sich mit einem Kichern aus der Deckung und hasteten danach unter die Decke des kollektiven Schweigens zurück.

Yannick schaute irritiert auf die Trümmer seiner Kaffeemaschine. Die hat mal 19,95 Euro gekostet, fiel ihm ein.

„Tja, ich dachte, das wär der Brüller heute Abend."

Das hatte er wirklich gedacht, und er hatte auch nicht die geringste Ahnung, wieso der Gag mit der Kaffeemaschine derart gefloppt war. Sogar sein Selbstzweifel guckte etwas überrascht aus der Wäsche. Immerhin: Das Eingeständnis, dass der Gag gefloppt war, ließ doch eine ganze Reihe Leute schmunzeln. Vielleicht sogar knapp ein Drittel des Saals.

Was war mit den anderen zwei Dritteln?

Yannick kam ein Verdacht. Das waren keine Zuschauer, das waren Gaffer. Die waren nicht aus Interesse da, sondern aus

Neugier. Es war wie bei einem Verkehrsunfall auf der Autobahn. Tempo drosseln, Hälse recken, um möglichst noch einen Blick auf eine blutbefleckte Bahre zu erhaschen oder wenigstens auf viel zerbeultes Blech. Zehn Kilometer Rückstau wegen Schaulustigen. Genau! Das Publikum wollte den „Krawallkomiker“ aus der Zeitung sehen! Doch Gaffer waren schwer zufriedenzustellen. Gaffer gafften halt nur.

Noch immer war Yannick nervös. Das war ungewöhnlich, normalerweise blieb das Lampenfieber hinter dem Vorhang stehen, wenn er ins Rampenlicht trat. Heute musste es sein Selbstzweifel überredet haben, mitzukommen. Na, wunderbar. Fehlte nur noch die Panikattacke und das Dreigestirn war komplett.

„Komme schon!“, rief die Panikattacke und gesellte sich dazu. Mit einem Mal bekam Yannick wieder weiche Knie. Weglaufen! Festhalten! Flusspferd imaginieren!, tauchten als Befehle in seinem Kopf auf.

Immerhin, dachte er, jetzt bin ich authentisch wie nie.

„Moment“, sagte Yannick und verstieß gegen eine der wichtigsten Bühnenregeln, „bin gleich wieder da.“

Kurz zischte er hinter den Vorhang und zerrte einen Barhocker auf die Bühne.

„’tschuldigung, ich muss mich setzen. Grad kam nämlich ’ne Panikattacke vorbei.“

Kein Zwischenruf. „Sie war grün mit roten Augen und hatte einen Kaffeebecher von Sturback’s in der Hand.“

Kein Lacher.

„Ist Ihnen schon mal aufgefallen, dass der Hinweis auf Sturback’s-Kaffeebechern, das Getränk könnte unter Umständen heiß sein, auf der Unterseite des Bechers steht? Wer lesen will, dass der Kaffee heiß ist …“ Yannicks Geste kippte etwas Unsichtbares in seinen Schoß. Ein paar Leute schmunzelten daraufhin.

„Also ich fand’s lustig.“

Die Schaulustigen nicht. Ich bin ein Flusspferd. *Come on*, Uhura! Sei bei mir, dieses eine Mal noch.

„Sie nicht, mir egal.“

Yannick hatte das Gefühl, dass er sich gerade um Kopf und Kragen redete, und machte eine überraschende Erfahrung: Das Gefühl gefiel ihm.

„Wissen Sie: Ich bin überhaupt nicht komisch. Ich bin hier, weil ich nichts anderes gelernt habe. Und diesen Scheiß erzähle ich Ihnen nur, weil der künstlerische Leiter des Hauses diese Nummer gerne haben wollte, und *genau* diese Nummer und *nur* diese. Dabei finde ich die selbst nicht mal komisch."

Yannick spürte noch etwas Weiteres: Die Dreifaltigkeit aus Nervosität, Selbstzweifel und Panik beamte sich gerade aus seinem Bewusstsein. Yannick war wieder allein auf der Bühne.

Nur das Flusspferd stand noch unschlüssig in seinen Gedanken und schaute sehnsuchtsvoll Richtung Porzellanladen. Wieso blieb das teure Geschirr eigentlich nur Elefanten vorbehalten?

„Egal. Ich zieh das jetzt durch. Wunsch ist Wunsch. Kennen Sie ja, bück dich Fee, ha ha. Sie haben sich das zwar nicht ausgesucht. Aber andererseits ... Ey, ich hab mir Sie ja auch nicht ausgesucht." Dieser Spruch funktionierte fast immer. Yannick arbeitete sich fast ungewollt zur Publikumsbeschimpfung vor. Das Element hatte im Raschbein-Theater ja hervorragend gezündet. Heute: Fehlzündung. Das Publikum kam sich beschimpft vor.

Yannick hätte jetzt gern die *Theorie des Kabaretts* hervorgeholt, ein schmales Büchlein, das er mal gelesen hatte und auf die entsprechende Seite gedeutet: „Da! Da steht's! Publikumsbeschimpfung gehört seit gut hundert Jahren zu den Stilmitteln der Bühnenunterhaltung, also stellt euch nicht so an!"

Immerhin, ein paar gut meinende Zuschauer wrangen sich tatsächlich ein leises Lachen aus dem Gesicht. Egal. Yannick fühlte sich gerade gut wie nie. Das Flusspferd nahm Anlauf aufs Porzellan und trampelte als Erstes das „*Elephants only*"-Schild am Eingang der Metapher um. Er würde heute die neue Nummer spielen. Komme, was wolle. Und wenn es nur darum ging, Manuel Pons zu beweisen, dass er keine Ahnung hatte. Er erhob sich.

„Wissen Sie, wo ich jetzt lieber wäre, als hier auf der Bühne?"

Pathologische Neugier. Genau! *Das* war der Ausdruck in den Gesichtern der Zuschauer. Eine Neugier am Pathologischen. Gut, bei einigen auch demonstrative Langeweile, aber bei den meisten überwog doch die Faszination für Verfall. Blicke wie auf zerknautschte Autowracks.

„Im Zoo."

Nur ganz vereinzelte Lacher. Viele Augen, neugierig aufgerissen. Blicke, mit denen damals alle im Kino der Titanic beim Versinken zugesehen hatten, bis irgendein Scherzbold die Stille brach mit einem albernen „und tschüss!"

„Sie gucken mich gerade so an, als würden Sie alle denken: Ey, da kommt doch gleich noch der Megakracher!"

Das Publikum guckte Yannick an, als komme gleich noch ein Megakracher.

„Kommt aber nicht. Was noch kommt, ist noch eine kleine niedliche Geschichte. Auf die ist der künstlerische Leiter hier total abgefahren. Es ist nämlich so: Ich hab mich im Zoo verliebt. In einen Flusspferdpfleger."

Lachte da jemand? Yannick hörte nicht mehr hin.

„Er heißt Konrad. Konrad der Flusspferdpfleger. Da haben sich neulich die Leute weggeschmissen. Konrad, der Flusspferdpfleger. Lustig. Da lachten alle. Haha hehe hihi huhuhu … Konrad, der Flusspferdpfleger. Ich weiß nicht, was daran witzig ist. Wir haben Fotos gemacht im Zoo …" Etwas in Yannick deutete auf ein gedankliches *„Betreten verboten"*-Schild, das auch gerade umgetrampelt wurde, „… bei den Nilpferden und bumms, hab ich mich verliebt. Einfach nur verliebt. Ich weiß nicht, was daran komisch ist."

Yannick wurde abgelenkt durch eine Bewegung im Publikum. Er sah, dass in den hinteren Reihen jemand aufstand und sich durch die Reihe zum Mittelgang drängelte. Jetzt ging also der Erste. Yannick triumphierte. Manuel Pons hatte unrecht! *Nichts* funktionierte an dieser Nummer. Rein gar nichts!

Die Tür zum hell erleuchteten Foyer öffnete sich einen Moment und tauchte den Gehenden kurz ins Gegenlicht: Eine schwarze, schlanke Silhouette, für eine Sekunde erflammte um ihren Kopf eine kleine Korona aus rotem Haar, dann war sie verschwunden. Die schwere Tür des Saals schloss sich mit einem dumpfen Ka-Klock.

Yannick stockte. Seine Gedanken brannten. Konrad, durchfuhr es ihn. Konrad?, fragte er sich. Konrad, mutmaßte er. Alles gleichzeitig. Rote Haare, schlank, aber was hieß das schon? Es war doch nur eine Silhouette! Vielleicht sogar nur eine optische Täuschung?, traten als Fragen ans Lagerfeuer seiner Gedanken und fingen Feuer. Ich bin ein Flusspferd, das Reißaus nimmt, und sich gerade unter einem Schrank verkriecht.

Yannick stand sprachlos auf der Bühne.

Wenn das Konrad war, dann … dann war … Was dann war, wusste er auch nicht. Eben war er nur am Arsch gewesen. Wenn das Konrad war, war er jetzt weiter.

„Ich …", sagte Yannick mit einer Stimme, die ihm mit einem Mal unvertraut vorkam.

„Wie gesagt … Ich … bin nicht komisch. … Ich … bin jämmerlich."

So stand er da und blickte in den Saal.

Schweigen kann so laut sein.

Er musste etwas sagen.

Aus den Tiefen seiner Erinnerung trieben längst vergessen geglaubte Worte an die Oberfläche seines Bewusstseins wie eine Wasserleiche. Yannick nahm diesen Text; er hatte sonst nichts anzubieten:

„Was sind wir Menschen doch! Ein Wohnhaus grimmer Schmerzen.
Ein Ball des falschen Glücks, ein Irrlicht dieser Zeit,
Ein Schauplatz herber Angst, besetzt mit scharfem Leid,
Ein bald verschmelzter Schnee und abgebrannte Kerzen."

Die Zuschauer glotzen ihn jetzt an. Erschrocken, neugierig, ratlos, aber gespannt. Sie hatten Lust am Verfall? Verfall sollten sie bekommen!

„Dies Leben fleucht davon wie ein Geschwätz und Scherzen.
Die vor uns abgelegt des schwachen Leibes Kleid
Und in das Totenbuch der großen Sterblichkeit
Längst eingeschrieben sind, sind uns aus Sinn und Herzen."
Eine quälende Stille lag nun im Saal.

In der elften Klasse hatte er das Gedicht auswendig lernen müssen. Frau Niem hatte darauf bestanden, dass sie Lyrik vorzutragen lernten. Yannick hatte eine Einsminus bekommen. Es hatte seine Stimmung seinerzeit gut getroffen. Postpubertäre Schwermut. Die heutige Jugend hörte Emo und trug dazu komisch-karierte Käppchen auf dem Kopf. Er hatte Gedichte auswendig gelernt. Wie Gryphius wohl in Emo-Klamotten aussähe?

„Gleich wie ein eitel Traum leicht aus der Acht hinfällt
Und wie ein Strom verscheußt, den keine Macht aufhält,
So muss auch unser Nam, Lob, Ehr und Ruhm verschwinden."

Andy Kaufman hat in manchen seiner Comedyshows *The Great Gatsby* vorgelesen. Komplett. Bis ins Morgengrauen hinein. Und wenn das Publikum nicht mehr wollte, bot er an, ihnen eine Schallplatte vorzuspielen. Auf der hörte man aber nur ihn *The Great Gatsby* lesen. Was war an dem Buch so toll?

„Was itzund Atem holt, muss mit der Luft entfliehn;
Was nach uns kommen wird, wird uns ins Grab nach ziehn.
Was sag ich? Wir vergehn, wie Rauch von starken Winden."

Yannick setzte ab.

„Andreas Gryphius, falls Sie es nicht erkannt haben. Größter Comedian des Dreißigjährigen Krieges."

Yannick schaute auf den leeren Raum zwischen Bühnenkante und erster Reihe. Er sah die Füße der dort Sitzenden ungeduldig wippen. Füße waren gut. So konnte er schließlich nicht stehen bleiben. Er beschloss, sich auf seine Füße zu konzentrieren. Er setzte den linken Fuß eine Schrittlänge zurück, zog dann den rechten nach. Hielt so kurz inne, schaute noch einmal in den Saal, in die Gesichter der Zuschauer. Blicke, mit denen man Motten betrachtet, die eine Kerzenflamme umschwirren und nun mit einem Flügel im heißen Wachs kleben bleiben. So schauten sie.

Yannick konnte sich das nicht länger ansehen. Er drehte seinen Körper auf dem linken Fuß ein um nicht ganz neunzig Grad, setzte dann den rechten Fuß nach vorne. Gehen, nicht rennen. Langsam gehen! Am besten schreiten.

„Jämmerlich, genau!", rief jemand im Saal. Zwei Dutzend Menschen spendeten dem Zwischenrufer Applaus. Yannick Herbst verließ die Bühne. Nur wenige fühlten sich bemüßigt zu klatschen. Ein paar Deutschlehrerinnen vielleicht. Oder Beifall dafür, dass es zu Ende war.

„Mann Mann Mann, du hinterlässt ja heut verbrannte Erde, verbrannte Erde." Harm Obarti nahm sich die Zeit, ihn noch ordentlich anzuraunzen, obschon sich wieder frostige Stille über den Saal legte.

Yannick ließ ihn stehen. Obarti ging raus auf die Bühne: „Jaaa, dit war ja mal so richtig kacke, wat dieser Komiker da grade uffe Bühne jemacht hat. Und vorm Ufftritt hat die Flitzpiepe noch rumjetönt, er könnte heute für zwanzigtausend Euro im

Friedrichstadtpalast ufftreten. Aber ick gloob ja, die wollten seine Kohle nich ..." Das Publikum nahm den alten Gag dankbar auf und lachte, wie um zu vergessen.

Yannick schritt weiter. Für eine Sekunde schaute er in das Gesicht von Leonhard von Wegen, der noch immer auf dem Backstage-Sofa saß und ihm direkt in die Augen sah. Ein Blick, mit dem Gerichtsmediziner auf entstellte Leichen sahen oder Klinikpathologen auf Krebszellen unter dem Mikroskop.

Yannick befahl seinen Füßen, in seine Garderobe abzubiegen. Er schloss die Tür, dann schloss er sie ab. *„Abschließbare Garderobe erforderlich"*, stand immer in seinem Vertrag. Seit Jahren schon. Er hatte noch nie eine Garderobe abgeschlossen. Geschweige denn von innen.

Yannick Herbst setzte sich vor den Spiegel. Er suchte Tränen, Wut, Verzweiflung in seinem Gesicht. Er fand nichts davon. Und auch sonst nichts.

So blieb er sitzen, während draußen die Show weiterlief, Leonhard von Wegen die Aufgabe zukam, die Stimmung im Saal wieder aufzurichten und Harm Obarti wie blöd an seine Garderobentür bollerte.

„Mensch, du Wichser, Yannick, komm da raus! Wat sollte 'nn die Scheiße eben? Oh, Mann, schließt sich dieset untalentierte Arschjesicht in seine Jaderobe ein! Ick fass es nicht."

Ein Rütteln an der Tür. Dann ein Tritt dagegen.

„Yannick Herbst! Nach dem Mist kannste dir deine Karriere abschminken! Verjiss es. Nirgends, sach ick dir, nirgends wirst du noch einen deiner untalentierten Füße uff 'ne Comedybühne stell'n. Dit jarantier ick dir. Ick bin nich umsonst Harm Obarti. Wenn ich über irjendwen sage ‚talentfreie Zone', dann glaubt man mir dit!"

Yannick starrte weiterhin sein Spiegelbild an.

Harms Tirade war jämmerlich. Der ganze Harm Obarti war eine jämmerliche Figur. Noch nie fühlte sich Yannick dem verhassten Kollegen so nah wie in diesem Moment.

Eine Viertelstunde später klopfte es erneut. Yannick hatte sich nicht bewegt.

„Yannick! Hier ist Leonhard. Mach bitte auf."

Yannick erhob sich und schloss die Tür auf.

„Was gibt's?"

„Respekt. Das war der beste Gryphius-Vortrag, den ich auf einer Comedybühne je gehört habe."

„Ich nehme das mal als Kompliment."

Von Wegen ging nicht weiter darauf ein: „Gleich ist Finale."

„Ich glaube, das solltet ihr besser ohne mich machen."

„Kommt nicht in Frage, Yannick. Gryphius hin oder her, du hast eben den beschissensten Auftritt deines Lebens hingelegt. Jedenfalls hoffe ich, dass es der beschissenste war, denn noch viel beschissener wäre strafrechtlich relevant. Trotzdem: Steh dazu. Du gehst gleich beim Finale da raus, wirst artig lächeln und dich zu den Mitleidsklatschern verbeugen, die dir ein paar Verblendete spendieren, und so tun, als freutest du dich riesig. Hast du mich verstanden, Yannick? Wenn du dir dieses Finale heute nicht antust, hast du auf der Bühne nichts verloren."

Yannick nickte. „Danke."

Leonhard von Wegen ging. Yannick ließ die Tür offen stehen.

Als bald darauf sein Name aufgerufen wurde, kläglicher Applaus und Buhrufe ertönten, schloss er die Tür von außen. Er hatte sich umgezogen, trug seine Tasche in der Hand und verschwand durch den Hinterausgang des Cheeseclubs.

Als Leonhard von Wegen seinen Schlussapplaus entgegennahm, war Yannick schon auf der Straße. Er lief den Weg nach Hause zu Fuß.

So durchschritt er die Nacht. Nur einmal machte er halt an einer Straßenlaterne, an die eine Mülltonne angeschraubt war. Er zog sein Mobiltelefon aus der Tasche und schaute drauf. Lautlos hatte ihn eine SMS erreicht: *„entbinde dich mit sofortiger wirkung von weiterem engagement im cheeseclub. mfg, m. pons"*.

Yannick nahm den Akku aus dem Gerät und operierte die SIM-Karte heraus. Er würde sich eine neue kaufen. So einfach kam man an eine funktionierende neue Nummer, dachte Yannick und musste kurz lächeln. Er knickte das kleine Plastikkärtchen und ließ es in die Mülltonne fallen. Dann richtete Yannick seinen Blick hoch zum Kopf der Laterne. Motten umschwirrten das Licht.

[1. Sitzung]

– *Das verstehe ich nicht. Sie haben in der Spalte* „Name“ *zwei Namen eingetragen. Einmal Yannick Herbst …*
– *Ich dachte, ich sage lieber gleich, dass ich schizophren bin.*
– *Das ist ein Scherz, denke ich mal. Ein Schizophrener würde das nie so sagen. Aber ich sehe gerade:* „Beruf: Komiker usw.“
– *Das ist ganz einfach, Yannick Herbst ist mein Künstlername. Mit den Jahren ist das auch mein Rufname geworden, mehr oder weniger. Also eigentlich mehr. Ich bin Yannick Herbst. Deshalb hab ich den da mit hingeschrieben. Ist sogar bei mir im Personalausweis eingetragen.*
– *Ich hab mal gehört, das geht inzwischen gar nicht mehr.*
– *Hab ich auch gehört. Aber bei mir ging's noch.*
– *Sie haben also ganz amtlich eine zweite Identität.*
– *Weiß ich nicht. Ich bin ja ein und dieselbe Person.*
– *Aber Sie schreiben schon beim allerersten Besuch bei einem Therapeuten gleich den Künstlernamen mit ins Anmeldeformular.*
– *Na ja, ich muss schon gestehen, dass mir Yannick Herbst besser gefällt als Jan-Friedrich Henselmann.*
– *Aber Jan-Friedrich ist doch auch ein schöner Vorname. Klingt sogar fast wie ein voller Name. Sie hätten ja als „Jan Friedrich“ auftreten können.*
– *Sie reden wie meine Mutter.*
– *Mutter … Aha.*
– *Yannick Herbst ist ein schöner Künstlername. Klingt nicht allzu ungewöhnlich, aber bleibt doch hängen. Klingt freundlich, ist lautlich aber noch nah an meinem eigentlichen Namen. Ich finde ihn perfekt.*

– Mhm.

– Es ist eben auch nur ein Künstlername. Es ist ja nicht so, dass ich damit eine komplett andere Identität verbinde.

– Nicht komplett anders.

– Ein bisschen anders schon, natürlich.

– Aber ein bisschen anders schon.

– Ja. Eigentlich bin ich schon Yannick Herbst. Wenn ich gefragt werde, wie ich heiße, sage ich schon meistens Yannick Herbst.

– Aha.

– Das ist ja tatsächlich so, dass Therapeuten immer „aha“ und „mhm“ sagen.

– Haben Sie das Gefühl?

– Mhm.

– Dann ist es wohl so. Was führt Sie denn nun zu mir, Herr Henselmann?

– Ich glaube, Herbst wäre mir doch lieber.

– Aha.

– Was führt Sie also zu mir?

– Wie soll ich das sagen … Ich bin unzufrieden. Irgendwie. Sehr unzufrieden. Mit meinem Leben, mit mir selbst …

– Hm.

– Ich weiß nicht, ob man dazu nun Burn-Out oder Depression oder was auch immer sagt, keine Ahnung.

– Das ist nicht so wichtig, das sind nur Begrifflichkeiten … Sie sagten „unzufrieden“. Mit Ihrem Leben und Ihnen selbst.

– Ja.

– Mit Yannick Herbst oder Herrn Henselmann?

– Mit beiden natürlich … Und manchmal habe ich das Gefühl, dass ich den Boden unter den Füßen verliere. Komplett. Mit einem Mal … einfach.

– Aha.

– Ich krieg dann total weiche Knie und will nur noch weg …

– Wie oft passiert so etwas und in welchen Situationen?

– Früher alle halbe Jahr mal, inzwischen häufiger. Und nur, wenn ich auf der Bühne stehe.

– Als Yannick Herbst.

– Ja.

– Hm.

31 [Curaçao]

Man müsste tauchen können.

Yannick schaute den mit Sauerstoffflaschen bepackten Neopren-Rücken am Strand hinterher.

Dann dachte er an die Rechnungen, die sich zu Hause stapeln würden. Konventionalstrafen für nicht absolvierte Auftritte. Honorare für seine Agentin. Er war sich sicher, dass es ihr gelingen würde, Vertretungskünstler für all seine anstehenden Auftritte zu finden. Er war sich ebenso sicher, dass sie ihm trotzdem jede Konventionalstrafe wegen Nichterscheinens in voller Höhe in Rechnung stellen würde. Mit Uta Sybille Kramer war nicht zu spaßen. Sein Leben würde teuer werden, so viel stand fest.

„Wegen Erkrankung eines Künstlers kommt es zu einer Umbesetzung im Cheeseclub. Neu in der Show ist Max Liebold", hatte Yannick noch nachts auf der Homepage des Clubs gelesen; Manuel Pons hatte es wirklich eilig gehabt. Yannick musste dabei an sein einziges Gastspiel in Wien denken. Wenn sich dort jemand vor die U-Bahn warf, hieß es auch, die Strecke sei „wegen Erkrankung eines Fahrgastes" gesperrt. Yannick hatte den Browser geschlossen und dann seinen Koffer gepackt. Laura hatte er am frühen Morgen einen Zettel auf den Frühstückstisch gelegt *„Bin auf den Niederländischen Antillen. Bis bald!"*

Bei ihr zu klopfen, hatte er sich nicht getraut, denn ein Paar Jack-Wolfskin-Stiefel und eine Jacke an der Garderobe, die er einem WG-bekannten Veterinär zuordnete, verrieten, dass Laura nicht allein im Bett lag. Yannick hatte in sich reingegrinst und ein Taxi gerufen.

Ein paar Gewissensbisse waren schon mit eingestiegen, als er sich in Berlin-Tegel ins Flugzeug nach Amsterdam gesetzt und dort den Langstreckenflug mit KLM nach Willemstad angetreten hatte. Er war sich vorgekommen wie ein Nazi oder Steuerflüchtling, der sich nach Südamerika absetzte. Doch den Gewissensbissen war bei ein paar Turbulenzen, rund fünfhundert Meilen östlich von Puerto Rico, schlecht geworden. Seitdem waren sie still.

Auf Curaçao war es heiß, knapp unter dreißig Grad, aber vom Meer her wehte ihm eine ganz leichte Brise die Zukunftsängste aus dem Kopf.

Yannick lehnte sich zurück in den Schatten und griff zu seinem Buch. Er hatte es in einer kleinen Buchhandlung in einer Seitenstraße der Altstadt gekauft. Ein etwas abgegriffenes Taschenbuch bei der Secondhand-Ware. *The Great Gatsby by F. Scott Fitzgerald* prangte in großen Lettern auf dem Cover. Er schlug es auf und begann zu lesen.

Yannick fühlte sich allein im fast dreißig Grad warmen Wasser. Er sah zwar die anderen aus seinem Tauchkurs vor sich, doch unter Wasser war man im Zweifel wohl immer allein. Man hörte nur sich selbst. Man hörte sein Atmen. Nur Luftblasen babbelten unaufhörlich neben seinen Ohren. Auf den Ohren Druck, Farben im Blick. An seinem Auge glitten blühende Landschaften aus Korallen vorbei, die noch bunter waren als die Häuserfassaden auf Curaçao.

Beim *Punda Diving Center* hatten sie seine Kreditkarte anstandslos akzeptiert. Yannick fragte sich, wie lange das noch der Fall sein würde.

Sicherlich lag zu Hause schon ein Brief von Heiner Sturbacks Rechtsanwalt. Zahlungsaufforderung über die Neuanschaffung von Gastronomie-Kaffeemaschine, Ice-Crusher, Reparatur des Fußbodens und Umsatzausfall für soundsoviele Tage plus Anwaltskosten und Mehrwertsteuer. Vielleicht könnte er sein Auto verkaufen …

Der Gedanke trieb davon, denn vor Yannick tauchte ein Schwarm aus tausenden von kleinen silbrigen Fischchen auf, die sich wie ein Glittervorhang vor ihm öffneten. Yannick schwamm hindurch, staunte und vergaß für einen Moment zu atmen. Ein paar Sekunden lang umfing ihn eine silbrige Stille.

Die Hafenpromenade von Willemstad wirkte, als hätte man die Häuserfront an einer Amsterdamer Gracht in bunten Legosteinen nachgebaut und an die Südsee verfrachtet. An einem Souvenirstand erstand Yannick eine einzelne Postkarte. Flamingos oder Fische hatte er zur Auswahl. Er entschied sich für Fische.

Unter einem bonbonfarbenen Sonnenschirm sitzend bestellte er sich einen Eiskaffee und adressierte die Karte an *„Zoo Berlin, z. Hd. Konrad Rauting (Flusspferdhaus), Berlin, Germany"*.

Dann überlegte er, was er schreiben sollte.

„Hallo Konrad,
ich lerne tauchen. Es ist wie mit den Nilpferden bei dir im Haus. Unter Wasser fühle ich mich leicht, und alles fällt von mir ab. Dabei bin ich an Land nur ein erbärmliches Trampeltier.
Ich entschuldige mich bei allen Trampeltieren für diesen Witz von Yannick Herbst.
Und ich entschuldige mich bei dir. Ich weiß nicht einmal, ob du weißt, wofür ich mich entschuldige, aber das ist egal.
Ich liebe dich und schäme mich unendlich.
Jan-Friedrich"

Er warf die Karte schneller ein, als sein Verstand die Worte auf die Goldwaage legen konnte. Dann griff er seinen Rucksack und lief zum Hafen. Das Boot wartete schon.

Wenn man in einen Schwarm silbrig glänzender Fische taucht, stieben sie in alle Richtungen auseinander, drehen aber schnell bei und formieren sich wieder zum Schwarm. Man kann mit ihnen spielen, kollektive Richtungsänderungen provozieren, Haken schlagen. Das macht Spaß, dachte Yannick, ein Publikum, das herrlich lenkbar ist. Und so angenehm still.

32 [Epilog]

„Wieso macht der Eisbär das?“, fragte Torben am Zaun des Außengeheges und zeigte auf den autistischen Eisbären. Drei Schritt vor, drei Schritt zurück. Kopfschütteln. Und von vorn.

Er war einfach zu lange im Showgeschäft, dachte Jan-Friedrich Henselmann.

„Sieht voll eklig aus.“

„Ihm geht's aber gut. Ein Tierpsychologe kümmert sich um ihn.“

„Was ist ein Psychologe?“, fragte Marie-Antonia.

„Das ist ein Doktor, zu dem man geht, wenn man sehr traurig ist.“

Wie erklärte man das bloß? Hoffentlich fragte sie nicht weiter.

„Als Nächstes gehen wir dann zu den Flusspferden“, kündigte er eilig an.

„Aber da stinkt's!“, krähte eine Schülerin.

„Wir bleiben ja draußen“, versuchte er die Klasse zu locken. „Außerdem ist gleich die große Flusspferd-Fütterung!“

Bald drängelten sie sich am Zaun des Außengeheges und schauten dem jungen Pfleger zu, wie er den Dickhäutern Salatköpfe und Gurken in die aufgerissenen Rachen warf. „Ohs“ und „Ahs“ von den Stehplätzen. Showtime.

Torben hielt sich mit einer Hand am Gitter fest und zeigte mit ausgestrecktem Finger ins Gehege: „Der Typ da hat ja voll den ekligen Fleck aufm Arsch!“

„Na und? Außerdem sagt man nicht ‚Arsch‘ sondern ‚Po‘, und man zeigt nicht mit Fingern auf fremde Leute!“

Doch Torben hörte schon nicht mehr zu: „Guckt mal! Er hat uns zugewunken!“, rief der Junge den anderen Schülern zu.

„Na, dann winkt mal zurück“, sagte Jan-Friedrich und hob als Erster seine Hand. Die Kinder taten es ihm nach.

„Ich glaube, Flusspferde sind meine Lieblingstiere“, verkündete Marie-Antonia mit einem Mal stolz.

„So ein Zufall“, verriet ihr Jan-Friedrich Henselmann, „meine auch.“

Kurz darauf war die Fütterung vorbei. Der Tierpfleger hielt die leeren Futtereimer in die Höhe. Die Zoobesucher, darunter eine Schulklasse, spendeten artig Applaus.

[Dank]

Dies ist mein erster Roman. Ich verdanke ihn einer Selbstüberlistung. Denn beim dritten Anlauf konnte ich einfach nicht mehr zurück, nachdem ich penetrant überall hinaus posaunt hatte: „Hört her! Ich schreibe einen Roman!“; vor allem bei meiner Lesebühne *Brauseboys*, dessen Publikum die frischen Romanauszüge stets als Erstes hören durfte und manchmal auch musste. Dank den *Brauseboys*-Kollegen Paul Bokowski, Hinark Husen, Robert Rescue, Heiko Werning und Frank <kann berlinern> Sorge für vielerlei Rückmeldung. Dank auch allen Leserinnen und Lesern des Blogs *Browserboy*, in dem ich das Werden dieses Romans seit Anfang 2009 begleite, für freundlich zugedachte Kommentare, Neugier und Aufmunterungen.

Marian Bresnikar gab mir einen sehr entscheidenden Anstoß. Thomas Paul Schepansky und Daniela Brune mümmelten als literarische Versuchskaninchen das Manuskript als Erste weg und äußerten in langen Telefonaten wertvolle Ideen. Julia Keil, Ingo Börchers und Christian Meyer gaben ebenfalls gern gehörte Rückmeldung. Nils Fladerer stellte mich für die Hauptschreibphase bei den *Lokalreportern* der Siegessäule frei.

Jess Jochimsen, Martina Brandl, Moritz Netenjakob und Thilo Bock halfen mit guten Tipps bei der Suche nach einem Verlag, Matthias Keidtel „verkuppelte“ mich mit seiner tollen Literaturagentin Gudrun Hebel, die mich daraufhin an den Mann gebracht hat. Der trägt den Namen Jim Baker und ist ein engagierter Verleger, Lektor und Flusspferdfreund.

All diesen Personen gebührt mein Dank!

Nicht zuletzt bedanke ich mich mit diesem ersten Roman bei meinen Eltern dafür, dass sie mir, als ich sechs war, eine alte Reiseschreibmaschine von Olympia überließen. Damit fing alles an.

Den Flusspferden dieser Welt für ihre Existenz zu danken, erspare ich mir. Es interessiert sie eh nicht. Als könnte sich ein Mensch einbilden, je ein Flusspferd zu beeindrucken.

Volker Surmann
Berlin, im Januar 2010

www.volkersurmann.de
www.browserboy.de

Anhang

[Interview]

Volker Surmann im Gespräch mit Yannick Herbst

S: Yannick, wir kennen uns ja nun schon sehr lange.
H: Fast *zu* lang, würde ich sagen.
S: Dann könnten wir uns ja eigentlich duzen, nicht wahr?
H: Kommt gar nicht in Frage. Wir bleiben schön beim „Sie", Herr Surmann. Und bitte nennen Sie mich bei meinem richtigen Namen.
S: Wenn Sie das wünschen, meinetwegen. Herr Henselmann. Oh, das geht mir immer noch schwer über die Lippen.
H: Wieso? Sie *schreiben* diesen Dialog doch.
S: Herr Henselmann, wenn man Sie ein Alter Ego des Autors nennt, stört Sie das?
H: Wieso sollte es das? „Alter" heißt „anders", und anders als der Autor bin ich gerne.
S: Moment!
H: Ist doch wahr. Wenn ich Sie wäre, dann wäre dies hier ja gerade ein Selbstgespräch. Ich bin doch nicht meschugge.
S: Das führt aber zu einer spannenden Frage: Wie viel vom Autor steckt denn nun in Ihnen?
H: Könnten Sie das nicht viel besser beantworten?
S: Ich habe aber Sie gefragt.
H: Nun, ich glaube schon, dass ich in dem Roman einiges erlebe, was Sie auch schon erlebt haben, aber ich handle dann eben doch immer anders.
S: Wo konkret?
H: Ich weiß nicht, ob ich das sagen darf.

S: Dürfen Sie nicht.
H: Warum fragen Sie dann danach?
S: Nur so.
H: Verdammt, von so selbstreferenziellen Dönekes bekomme ich immer Kopfschmerzen. Das ist so wie bei …
S: Captain Janeway und den temporalen Paradoxien.
H: Genau, woher wussten Sie, dass ich das gerade sagen wollte?
S: Intuition. Dafür sind wir Schriftsteller berühmt.
H: Furchtbar, ich hasse das. Wer gibt hier eigentlich gerade wem die Antworten?
S: Sie mir.
H: Echt? Oh, ich spüre da schon wieder so ein fieses Ziehen im Schläfenlappen.
S: Wie viele reale Comedians tauchen in dem Buch eigentlich auf?
H: Für mich sind alle sehr real, die auftauchen. Aber ich glaube, außerhalb des Romans kennt sie niemand.
S: Niemand?
H: Nein, man darf nicht vergessen: Dies ist ein Roman. Wenn es überhaupt reale Vorbilder gab, dann wirkten die auf mich wie Mutanten, geschaffen aus unterschiedlichen Existenzen. Ich hatte zeitweise das Gefühl, ich agiere in einem einzigen Mutantenstadl.
S: Autsch! Schlechtes Wortspiel, auch nicht ganz neu.
H: Ich bin eben etwas aus der Übung.
S: Sie haben den Beruf des Comedians ja an den Nagel gehängt.
H: Das müssten Sie doch wissen.
S: Ich wollte es für den Leser dieses Interviews noch einmal kurz referieren.
H: Sie stellen dieses Interview hinter Ihren Roman und meinen, Ihren Lesern den Roman noch einmal referieren zu müssen? Sie scheinen keine hohe Meinung vom Gedächtnis Ihrer Leser zu haben …
S: Äh, wie gesagt: Sie haben den Beruf des Comedians an den Nagel gehängt.
H: Ja und? Haben Sie selbst nie die Lust dazu verspürt?
S: Doch schon, aber ich hab's halt nie gemacht.
H: Wo sehen Sie sich denn in dreißig bis vierzig Jahren?
S: Die Frage ist mir zu privat. Ich bin hier nicht in Therapie.
H: Denken Sie mal drüber nach.

S: Was ist dran an dem Gerücht, der Roman solle von Detlev Buck verfilmt werden mit Mario Barth in der Rolle des Yannick Herbst?

H: Wollen Sie mich verarschen?

S: Ja.

H: Dann sofort die nächste Frage bitte.

S: Mal ehrlich: Wenn der Roman verfilmt würde, wer sollte die Hauptrollen übernehmen?

H: Matthias Schweighöfer den Konrad.

S: Und wer soll Sie spielen?

H: In dem Fall selbstredend ich selbst – vorausgesetzt, ich bekomme eine Freistellung von meiner Schulleitung.

S: Und die Rolle der Uta Sybille Kramer?

H: Tilda Swinton. Meinetwegen auch Thekla Carola Wied, die ist gut, spielt aber immer nur Nonnen oder überforderte Jammerlappen. Die sollte mal so 'ne richtig fiese Sau geben. Oder Claudia Roth.

S: Was die Leser dieses Romans natürlich brennend interessiert, ist die Frage: Wie ist es denn mit Ihnen und Konrad nun weitergegangen?

H: Wissen Sie das etwa selber nicht?

S: Tut mir leid. Ich kommentiere grundsätzlich keine offenen Enden.

H: Und mir ist die Frage zu privat.

S: Ach bitte, geben Sie sich ein Herz: Was ist aus Ihnen beiden geworden?

H: Kein Kommentar. Dies ist ein Interview, kein Sequel.

S: Es ist wirklich die letzte Frage.

H: Ach so? Dann danke ich Ihnen für dieses Gespräch.

S: Moment mal. Das ist mein Satz!

H: Aber es ist meine Geschichte.

S: Meine auch.

H: Und ich habe Kopfschmerzen.

[Klausur]

Bernhard-Grzimek-Gymnasium Berlin-Wedding
Jahrgangsstufe 12.1
Deutsch-Kurs Henselmann

KLAUSUR IM FACH DEUTSCH
Deutschsprachige Literatur seit 1949 (Gegenwartsliteratur)
Thema „V. Surmann: *Die Schwerelosigkeit der Flusspferde*"

Pflichtaufgaben:

1. Lesen Sie das Kapitel 30 „Cheeseclub" und erörtern Sie dessen Funktion im Roman.

2. Analysieren Sie die Rolle der Figur „Leonhard von Wegen".

3. Wie bewerten Sie den Schluss des Romans? Beziehen Sie Stellung!

Wahlpflicht:
Bearbeiten Sie eine der folgenden Aufgaben!

4.1 Kreativ-Aufgabe: Schildern Sie das Kapitel 30 aus der Perspektive einer der anderen vorkommenden Personen.

oder (!!!)

4.2 Literarökonomische Analyse: Der Roman wurde erstmals in einem Verlag mit überwiegend homosexueller Zielgruppe publiziert. Diskutieren Sie Pro und Kontra.

Zusatzaufgabe:

5. Zeichnen Sie ein Flusspferd.

Zeit: 4 Unterrichtsstunden
Erlaubtes Hilfsmittel: *Die Schwerelosigkeit der Flusspferde*
(Reclam-Ausgabe)

Viel Erfolg!
J.-F. Henselmann

Sex ist wunderbar!

Richtig guter Sex ist grandios und traumhaft euphorisierend. Doch es gibt auch den schlechten Sex, bei dem schief läuft, was nur schief laufen kann, wo man statt kommen lieber gehen will. Wer hat gesagt, dass es beim Liebesspiel nicht auch Verlierer gibt?

Jeweils über 40 Autorinnen und Autoren diverser sexueller Orientierungen aus der Lesebühnen-, Poetry Slam-, Comedy- und Kabarettszene über Pubertätskatastrophen, Verkehrspannen und Montagsautos im Bett.

»Schlechter Sex ist besser als guter Sex, denn guter Sex verdirbt die Maßstäbe. Schlechter Sex gibt wenigstens Anlass zum Lachen.« (Dr. Eckart von Hirschhausen)

herausgegeben von Volker Surmann

Erhältlich unter www.satyr-verlag.de oder www.medienbu.de

224 S., 12,90 EUR
SEX1: ISBN 978-3-938625-47-7
SEX2: ISBN 978-3-938625-57-6

SATYR VERLAG